KB167307

지하로부터의 수기

Записки из подполья

세계문학전집 239

지하로부터의 수기

Записки из подполья

표도르 도스토옙스키

김연경 옮김

민음사

차례

1부

지하*

* 이 수기의 저자도 '수기' 자체도 물론 지어낸 것이다. 그럼에도 불구하고 대체로 우리 사회를 형성하는 여러 상황을 고려한다면 이 수기의 작가와 같은 인물은 우리 사회에 얼마든지 존재할 수 있을 뿐더러 심지어 존재할 수밖에 없다. 나는 그다지 멀지 않은 과거에 속하는 성격 중 하나를 좀 더 또렷하게 뭇사람들 앞에 내보이고 싶었다. 이자는 아직도 명맥을 유지하고 있는 저 세대의 대표자 중 하나다. '지하'라는 제목이 붙은 이 단편(斷片)에서 이 인물은 자기 자신과 자신의 견해를 소개하고 이런 인물이 우리의 환경 속에서 생겨난, 또 생겨날 수밖에 없었던 이유를 밝히고 싶어 하는 듯하다. 다음 단편(斷片)에서는 이 인물의 인생에서 일어난 몇몇 사건을 담은 진짜 '수기'가 나올 것이다.(표도르 도스토옙스키)

1

나는 아픈 인간이다……. 나는 심술궂은 인간이다. 나란 인간은 통 매력이 없다. 내 생각에 나는 간이 아픈 것 같다. 하긴 나는 내 병을 통 이해하지 못하는 데다가 정확히 어디가 아픈지도 잘 모르겠다. 의학과 의사를 존경하긴 하지만 치료를 받고 있지 않으며 또 받은 적도 결코 없다. 게다가 나는 아직도 극도로 미신적이다. 뭐, 의학을 존경할 정도로는 미신적이란 소리다.(미신적이지 않을 만큼은 교육도 충분히 받았지만, 그럼에도 나는 미신적이다.) 아니, 나는 심술이 나서라도 치료 따위는 받기 싫다. 이런 심보를 여러분은 잘 이해하지 못할 것이다. 뭐, 하지만 나는 이해한다. 물론 이 경우 이렇게 심술을 부려 대체 누구를 골탕 먹이려는지 여러분에게 설명할 재간은 없다. 의사의 치료를 받지 않는다고 그네들 얼굴에 '먹칠'을 할 수 없다는 것쯤은 나도 아주 잘 안다. 그런 짓을 해 봐야 그 누구도 아닌, 오직 나 자신만 손해라는 걸 내가 제일 잘 안단 말이다. 하지만 그럼에도 불구하고 치료를 받지 않는다면 그건 심술이 나서이다. 간이 아프다면, 그 녀석 실컷 더 아파 버려라!

나는 이미 오래전부터, 거의 이십 년째 이렇게 살고 있다. 이제 나는 마흔이다. 예전엔 관청에서 근무했지만 지금은 그렇지 않다. 나는 심술궂은 관리였다. 거칠게 굴었고 거기서 만족을 찾곤 했다. 사실 난 뇌물도 받지 않았으니까, 이런 걸로라도 마땅히 보수를 받아야 했다.(형편없는 말장난이지만, 그래도 이 부분을 지우진 않겠다. 이 부분도 쓸 때는 아주 예리한 말장난이 될 것이라고 생각했다. 한데 이제 와서 보니 그냥 추악하게 젠체하고 싶었을 따름임을 내가 더 잘 알겠다—그래도 일부러라도 지우지 않겠다!) 내가 앉아 있는 책상 앞으로 청원자들이 이런저런 일을 문의하러 다가오면 나는 그들에게 이를 갈았고 아무나 붙잡아 혼쭐을 내 줄 수 있게 됐을 땐 걷잡을 수 없는 쾌감을 느꼈다. 이건 거의 언제나 뜻대로 됐다. 대부분 한결같이 겁 많은 족속이니 말이다. 청원자들 어떤지 뻔하지 않은가. 그런데 점잔을 떠는 자들 중에 유달리 참아 줄 수 없는 장교가 한 놈 있었다. 이놈은 절대로 고분고분 굴려고 하지 않았고 추잡스럽게 사벨[1]을 절거덕거렸다. 이 사벨 때문에 나는 이놈과 일 년 반 동안 전쟁을 벌였다. 결국엔 내가 이겼다. 이놈이 절

1) 유럽의 기병이 주로 사용했던 길고 가벼운 칼.

거덕거리는 짓을 그만둔 것이다. 하긴 이것도 내가 아직 젊었을 때의 일이다. 그나저나 여러분, 내 심술의 요점이 정확히 무엇인지 알겠는가? 문제의 핵심이, 그러니까 가장 지저분한 것이 뭐냐 하면, 나란 놈은 심술궂은 인간도 아닐뿐더러 심지어 악에 받친 인간도 아니라는 사실을, 그저 괜스레 참새들이나 놀래는 주제에 그걸 자기 위안거리로 삼는 인간이라는 사실을 시시각각, 심지어 울화통이 터져 미칠 것 같은 순간에도 속으로 수치스럽게 의식하고 있었다는 점이다. 나란 놈은 입에 거품을 물고 으르렁거릴 때도 무슨 인형을 안겨 주든가 설탕을 곁들인 차라도 내오면 아마 금방 진정할 것이다. 심지어 마음속 깊이 감동까지 할 테지만, 분명히 나중에는 나 자신에게 이를 갈고 수치심 때문에 몇 달 동안 불면증에 시달릴 것이다. 원래 이게 나의 고질병이다.

아까 내가 심술궂은 관리였다고 말한 건 나 자신에 대한 거짓말이었다. 심술이 나서 거짓말을 했던 것이다. 나는 그저 청원자들과 장교를 상대로 장난을 좀 쳤을 뿐, 본질적으론 절대 심술궂은 놈이 될 수 없었다. 오히려 나의 내부에는 그와 정반대되는 요소들이 아주 넘치고 또 넘친다는 것을 시시각각 의식해 왔다. 나는 그것들, 즉 그 정반대되는 요소들이 나의 내부에서 그렇게 득실거리고 있음을 느꼈던 것이다. 나는 그것들이 평생 나의 내부에서 득실거리면서 저어기 내 바깥으로 나가게 해 달라고 난리를 쳤음을 알았지만, 그럼에도 그것들을 내보내지 않았다, 내보낼 리가 있나, 일부러라도 바깥으로 내보내지 않았다. 그것들은 나를 수치스러울 정도로까지 괴롭혔다. 그러다 경련이 일 지경에 이르자 마침내는 신물이 났다, 어찌나 신물이 났던지! 설마 여러분은 내가 지금 여러분 앞에서 뭔가를 뉘우치고 있다고, 내가 여러분에게 뭔가 용서를 구하고 있다고 생각하는가……? 확신하건대, 여러분은 그렇게 생각할 것이다……. 하지만 단언하건대, 여러분이 그렇게 생각하든 말든 나는 아무 상관없다…….

나는 심술궂은 인간이 되지 못한 건 말할 것도 없고 숫제 아무것도 될 수 없었다. 심술궂은 인간도, 착한 인간도, 야비한 인간도, 정직한 인간도, 영웅도, 벌레도 될 수 없었던 것이다. 하지만 지금은 내 방구석에서 이렇게 연명하면서, 현명한 인간이라면 진정 아무것도 될 수 없다, 오직 바보만이 뭐든 되는 법이다, 하는 아무짝에도 쓸모없는 표독스러운 위안이나 하며 나 자신을 약 올리고 있다. 그렇다, 19세기의 현명한 인간은 정신적으로도 우선적으로 성격이 없는 존재가 되어야 한다. 반면 성격이 있는 인간, 즉 활동가는 우선적으로 꽉 막힌 존재가 되어야 한다. 이것이 사십 년 묵은 나의 소신이다. 나는 지금 마흔 살인데, 사실 마흔 살이라니, 이건 그야말로 한평생이 아닌가. 사실 이쯤 되면 늙을 대로 다 늙은 거다. 사십 년 이상 산다는 것은 점잖지 못하고 속되고 부도덕한 일이다! 성심성의껏, 솔직하게 대답해 보라 — 누가 사십 년 이상을 산단 말인가? 누가 그런지 내 여러분한테 말해 주겠다. 바보와 불한당이 그렇게 산다. 나는 모든 노인장들, 이 모든 존경받은 노인장들, 백발이 성성하고 향기가 폴폴 나는 모든 노인장들을 똑바로 쳐다보며 이 말을 해 줄 것이다! 온 세상을 똑바로 쳐다보면서 말할 테다! 나는 그렇게 말할 권리가 있다, 왜냐면 나도 예순 살까지 살 테니까. 일흔 살까지 살고야 말겠다! 여든 살까지도 살겠다……! 잠깐! 잠깐 숨 좀 돌리자…….

여러분은 분명 내가 여러분을 웃기고 싶어서 이런다고 생각할 텐가? 그렇다면, 천만의 말씀. 나는 여러분이 생각하는 것 같은, 혹은 여러분이 생각할지도 모를 것 같은 명랑한 사람이 전혀 아니올시다. 하지만 여러분이 이 모든 수다에 짜증이 나서(아무래도 여러분이 짜증이 났다는 느낌이 드는데) 대체 내가 뭐 하는 놈이냐? 하고 물을 생각이 든다면, 나는 일개 8등관이다, 하고 여러분에게 대답해 줄 것이다. 나는 밥벌이를 하기 위해(오직 이 때문이었지만) 관직 생활을 하다가 작년에 먼 친척이 6000루블을 유산으로 남겨 주었을 때 당장 사표를 내고 내 방구석에 틀어박혔다. 이전부터 이 방구석에서 살았지만 이제는 이 방구석에 아주 틀어박힌 것이다. 더럽고 고약한 내 방은 도시의 변두리에 있다. 나의 하녀는 늙은 시골 아낙네인데 멍청하기 때문에 심술궂고 게다가 늘 고약한 냄새가 난다. 페테르부르크의 기후가 나한테 해롭고 나의 보잘것없는 재정 상태로는 페테르부르크에서 살기가 몹시 힘들 것이라고들 한다. 이 모든 건 나도 안다, 풍부한 경험과 지혜를 뽐내며 충고를 해 주고 고개를 주억거리는 오만 작자들보다도 내가 더 잘 안단 말이다. 하지만 나는 여전히 페테르부르크에 남아 있다. 페테르부르크에서 떠나지도 않을 것이다! 떠나지 않는 이유는…… 에잇! 사실 내가 떠나든 말든 그게 무슨 상관이냐.

그나저나, 점잖은 사람이 가장 큰 만족감을 맛보며 얘기할 수 있는 주제는 과연 무엇일까?

대답인즉, 바로 자기 자신이다.

자, 그럼 나도 나 자신에 대해 얘기하도록 하겠다.

2

내가 지금 하고 싶은 얘기는, 여러분, 여러분이 듣기 좋든 싫든 간에, 내가 왜 한낱 벌레조차 될 수 없었는가에 대한 것이다. 여러분에게 의기양양하게 말하건대, 나는 벌레가 되고 싶었던 적이 한두 번이 아니다. 하지만 나는 그만한 가치도 없는 놈이었다. 맹세하건대, 여러분, 너무 많이 의식하는 것이야말로 병, 그야말로 진짜 병이다. 인간이 일상생활을 하는 데는 인간이면 으레 갖는 평범한 의식만으로도 너무나 충분할 텐데, 즉 불행한 우리 19세기에 지적으로 성숙한 인간으로 태어났고 더욱이 이 지구를 통틀어 가장 추상적이고 계획적인 도시(도시에도 계획적인 것과 비계획적인 것이 있다.)인 페테르부르크에 산다는 이중의 불행을 안은 인간에게 부여된 의식 분량의 절반, 아니 4분의 1만 있으면 될 것이다. 예컨대, 이른바 모든 즉흥적인 인간들과 활동가들이 살아가는 데 필요한 의식 정도면 정말 충분할 것이다. 장담하건대, 여러분은 내가 괜히 젠체하면서 활동가들에 대해 빈정대기 위해 이 모든 얘기를 쓰고 있다고, 그것도 모자라 나의 저 장교처럼 형편없는 취향을 갖고 젠체하며 사벨을 절거덕거린다고 생각할 것이다. 하지만 여러분, 도무지 자기 병을 갖고 허세를 부릴 놈이 어디 있으며 더욱이 그런 걸로 젠체할 놈이 또 어디 있겠는가?

하긴 지금 내가 무슨 소릴 하는 건가? 다들 그렇게 하는 걸. 다들 그렇게 병을 갖고 허세를 부리지만 아마 나란 놈이 다른 누구보다도 더 심하지 않을까. 더 왈가왈부하지 말자, 나의 반박은 얼토당토않은 것이니까. 하지만 어쨌거나 굳게 확신하는바, 너무 많은 의식은 물론이거니와 심지어 어떤 것이든 의식이란 다 병이다. 그렇다고 나는 고집한다. 하지만 이것도 잠깐 제쳐 두자. 우선 다음의 질문에 답해 달라. 어째서 나는 하필이면 바로 그 순간에, 그러니까 언젠가 우리 사이에서 얘기됐던 '모든 아름답고 숭고한 것'의 온갖 미묘한 부분까지도 가장 잘 의식할 수 있는 상태가 된 바로 그 순간에 그것을 의식하기는커녕 그토록 볼썽사나운 짓거리를 하게 되는 것일까, 어째서 이런 일이 일어나는 것일까…… 뭐 그러니까 어떤 짓거리냐 하면 한마디로 말해서 비록 누구나 다 하는 짓이긴 하지만, 하필이면 절대 그러지 말아야 된다는 의식이 가장 강렬해지는 바로 그때 작당이라도 한 듯 나한테 그런 일이 일어나는 건 대체 무슨 이유에서일까? 나는 선과 이 모든 '아름답고 숭고한 것'을 더 많이 의식할수록 나의 진흙탕 속으로 더 깊숙이 빠져들었고 그러다가 그 안에서 완전히 옴짝달싹도 할 수 없는 신세가 되었다. 하지만 더 큰 문제는 나의 내부에서 이 모든 일이 우연이 아니라 꼭 필연인 양 그렇게 됐다는 점이다. 이것은 절대 질병이나 부패가 아닌, 나의 가장 정상적인 상태인 것 같았고 따라서 마침내 나는 이 부패와 싸울 마음이 싹 사라져 버렸다. 그러다 결국에는 아마 이것이 나의 정상적인 상태일 것이라고 거의 믿을 뻔했다.(정말 그렇게 믿었는지도 모르겠다.) 하긴 원래는, 처음에는 이 투쟁 때문에 얼마나 많은 고통을 감내했던가! 다른 사람들한테 이런 일이 일어나리라곤 생각지 않았기 때문에 나는 평생 동안 이걸 비밀인 양 속에 감추어 왔다. 부끄러워했던 것이다.(지금도 부끄러워하는지도 모르겠다.) 그 정도가 얼마나 심했던지 어떤 비밀스럽고 비정상적이고 비열한 만족을 느끼는 일까지 있었으니, 참으로 더러운 어느 페테르부르크의 밤에 내 방구석으로 돌아오면서 오늘도 또 이렇게 더러운 짓을 저질렀다, 일단 저지른 일은 절대 다시 돌이킬 수 없는 법이다, 하는 것을 강렬하게 의식하고 그걸 빌미로 남몰래 속으로 나 자신에게 이를 갈고 또 갈고 나 자신을 물어뜯고 쥐어뜯으며 못살게 굴고, 그러다 보면 쓰라림이 마침내는 어떤 치욕적이고 저주스러운 감미로움으로 바뀌고, 마침내는 단연코 진지한 쾌감으로 바뀌는 것이었다! 그렇다, 쾌감, 그야말로 쾌감이 되는 것이다! 그렇다고 나는 주장한다. 내가 이런 말을 꺼낸 건 늘 정확히 알고 싶은 것이 있기 때문이다. 즉, 다른 사람들도 이런 쾌감을 맛볼 때가 있을까? 내 여러분에게 설명해 주겠다. 이 경우 쾌감은 바로,

자신의 굴욕을 너무도 선명하게 의식하는 데서 생기는 것이었다. 즉, 막다른 벽에 다다랐다는 것을, 이건 추악하기 짝이 없지만 달리 어쩔 수가 없다는 것을, 더 이상 출구도 없고 절대 다른 사람이 될 수도 없다는 것을, 설령 뭐든 다른 것으로 변할 수 있는 시간과 믿음이 아직 남아 있다고 할지라도 분명히 자기 스스로 그 변화를 원하지 않을 것임을, 설령 원한다고 한들 사실상 마땅히 변할 대상이 전혀 없을 테니까 결국에는 아무것도 하지 않을 것임을 스스로 느끼기 때문에 쾌감이 생기는 것이다. 한데 무엇보다도, 또 결국엔 이 모든 것이 강렬해진 의식의 정상적이고 기본적인 법칙들과 이런 법칙들에서 직접적으로 파생하는 관성에 따라 일어나고, 따라서 이 경우엔 뭔가로 변하는 건 고사하고 도무지 아무것도 할 수 없는 법이다. 예컨대, 강렬해진 의식의 결과인즉, 만약 이미 스스로 자신이 정말로 비열한이라고 느낀다면, 또 그것이 바로 이 비열한에게 위안이 될 성싶다면 비열한인 것도 옳다는 식이다. 그나저나 이제 됐다……. 에잇, 쓸데없는 소리를 잔뜩 지껄여 대긴 했지만 대체 뭘 속 시원히 설명했겠는가……? 이런 쾌감이 어떻게 설명된단 말인가? 그래도 속 시원히 설명해 볼 테다! 어쨌거나 나는 끝까지 가겠다! 내가 손에 펜을 잡은 것도 이 때문이니까…….

나는, 예컨대, 자존심이 끔찍이도 강하다. 나는 꼽추나 난쟁이처럼 의심이 많고 곧잘 모욕감을 느끼는 성격이지만, 사실 따귀라도 얻어맞을 일이 생긴다면 오히려 얼씨구나 기뻐할 순간들도 더러 있었다. 진지하게 하는 말인데, 분명히 나는 여기서도 그 나름의 쾌감을 찾아낼 수 있었을 것이다, 물론 절망의 쾌감이긴 하지만. 한데 바로 이 절망 속에서 그야말로 불타는 쾌감이 생기곤 하거니와 특히 자신이 출구 없는 상황에 처해 있음을 몹시 강렬하게 의식할 때는 더욱더 그렇다. 이럴 때 따귀라도 얻어맞으면 당장 자기 낯짝이 정말 처참하게 뭉개졌다는 의식에 짓눌릴 것이다. 중요한 것은 아무리 설쳐 본들 어쨌거나 모든 일에서 늘 내가 제일 큰 죄인이 된다는 점인데, 무엇보다도 모욕적인 것은 말하자면 자연의 법칙에 따라 아무 죄도 없이 그냥 죄인이 된다는 점이다. 첫째, 나는 내 주위의 그 어떤 사람보다 더 똑똑하기 때문에 죄인이다.(나는 나 자신이 내 주위의 그 어떤 사람보다 더 똑똑하다고 꾸준히 생각해 왔고, 여러분이 믿을지는 모르겠지만, 이따금씩은 이 때문에 좀 창피스럽기도 했다. 적어도 나는 어쩐지 평생 동안 먼 산만 바라봤지 절대 사람들의 눈을 똑바로 바라볼 수 없었다.) 끝으로,[2] 나의 내면에 관대함이 깃들어 있다고 할지라도, 그것이 아무 소용없다는 것을 의식할 것이고 고로 오직 내 고통만 더 커질 것이기 때문에 또 내가 죄인인 것이다. 사실 관대하다고 한들 나는 분명히 아무것도 할 수 없었을 것이다. 용서조차 할 수 없었을 텐데, 가령 어떤 놈이 나를 때린 건 자연의 법칙에 따른 것일진대 자연의 법칙을 용서할 수는 없잖은가. 또한 잊을 수도 없었을 텐데, 제 아무리 자연의 법칙이라고 해도 어쨌거나 모욕적이기 때문이다. 끝으로, 설령 내가 관대하게 굴기는커녕

---

2) 맥락상 '둘째'가 되어야 맞다.

오히려 나를 모욕한 놈에게 복수할 생각을 품더라도 나는 그 어떤 일로든 아무한테도 복수할 수 없었을 텐데, 설령 뭘 할 능력이 있을지라도 그걸 단행할 결단을 내리지 못했을 것이기 때문이다. 어째서 결단을 내리지 못했을까? 이 점에 대해 특별히 한두 마디 하고 싶다.

3

정말이지 복수를 할 줄 아는, 대체로 자기 고집을 부릴 줄 아는 사람들의 경우, 예컨대 어떤 식으로 그렇게 하는 걸까? 정말이지 일단 복수심에 사로잡히기만 하면 그 시간 동안엔 그들의 전 존재 속에 그 감정 외엔 더 이상 아무것도 남지 않을 것이다. 이런 양반은 곧장 성난 황소처럼 뿔을 아래로 처박은 채 목표를 향해 곧장 돌진하는데, 벽이 그를 제지하지 않는 한 달리 수가 없다.(말이 나온 김에 덧붙이자면, 벽과 맞닥뜨리면 이런 양반들, 즉 즉흥적인 인간들과 활동가들은 진정으로 항복한다. 그들에게 있어 벽이란 예컨대 우리처럼 생각만 하고 따라서 아무것도 하지 않는 인간들의 경우와는 달리 방향을 틀 건수도, 가던 길을 되돌아가게 만드는 핑곗거리도 아니다. 우리 같은 사람이라면 보통 그 자신도 믿지는 않지만 그래도 늘 이런 핑곗거리에 몹시 기뻐한다. 반면, 그들은 정말 진정으로 항복해 버린다. 그들에게 있어 벽이란 뭔가 평온을 안겨 주고 정신적인 해결책을 제시해 주는, 결정적인, 어쩌면 신비스럽기까지 한 뭔가를 담고 있는 모양이다……. 하지만 벽 얘기는 나중에 하자.) 뭐 그러니까 나는 바로 이런 즉흥적인 인간이 진짜 인간, 정상적인 인간이라고 생각하는데, 상냥한 어머니인 자연이 자상한 마음으로 인간을 지상에 낳으면서 보고 싶어 했던 것도 이런 모습의 인간이었으리라. 나는 이런 인간이 배알이 꼴리도록 부럽다. 이런 인간이 멍청하다는 것, 이 점에 관해선 왈가왈부하지 않겠지만, 정상적인 인간은 꼭 멍청해야 하는 것인지도 모르겠는데, 그 까닭을 여러분은 아는가? 어쩌면 그것이 아름다울 수도 있을 것이다. 내가 말하자면 이런 의혹에 대해 더욱더 확신을 갖는 것은 다음과 같은 근거에서다. 가령 정상적인 인간의 안티테제, 즉 강렬하게 의식하는 인간, 물론 자연의 품이 아니라 증류기에서 나온 인간(이건 이미 신비주의에 속하지만, 여러분, 나는 여기에도 혐의를 둬 본다.)을 보면, 이 증류기 인간은 이따금씩 자신의 안티테제 앞에서 완전히 항복하고 그 결과 예의 그 강렬해진 의식에도 불구하고 자기 자신을 기꺼이 인간이 아닌 생쥐로 간주해 버린다. 비록 강렬하게 의식하는 생쥐라고 할지라도 어쨌거나 생쥐는 생쥐지만, 여기서는 인간이 문제가 되는 것이고 고로…… 뭐 등등이다. 그리고 무엇보다도 중요한 것은 정말이지 그가 바로 저 스스로 자신을 생쥐로 간주한다는 점이다. 누가 제발 좀 그러라고 사정을 하는 것도 아니건만 저 혼자 그런다는 것, 바로 이게 중대한 점이다. 이제 이 생쥐의 행동 양상을 좀 살펴보자. 예컨대, 생쥐 주제에 역시나 모욕감에 젖어(이놈은 거의 언제나 모욕감에 젖어 있지만) 또 역시나 복수를 바란다고 치자. 이놈의 내부에는 l'homme de la nature et de la vérité(자연과 진리의 인간)[3]의 경우보다 훨씬, 훨씬 더 많은 악의가 쌓일 것이다. 또 자기를 모욕한 자에게 동일한 악으로 앙갚음하려는 추잡하고 저열한 욕망도 이놈의 내부에선 l'homme de la nature et de la vérité보다도 더 추잡하게 들끓을 텐데, 이는 l'homme de la nature et de la vérité는 타고난 어리석음 탓에 자신의 복수를 그냥 정의라고 간주하는 반면 생쥐는 강렬해진 의식 탓에 이런 경우 정의 자체를 부정하기 때문이다. 그러다가 결국에는 일 자체, 복수 행위 자체에 이르게 된다. 불행한 생쥐는 원래 있던 하나의 추잡한 것 외에, 이미 그토록 많은 다른 추잡한 것을 의문과 의심의 형태로 자기 주위에 잔뜩 쌓아 버리고 말았다. 해결되지 못한 너무도 많은 의문을 하나의 의문에 포함시켰기 때문에 생쥐 주위에는 어쩔 수 없이 어떤 숙명적인 잡탕이 생기는데, 그건 생쥐의 의심들, 흥분들, 끝으로 심판관과 독재자의 모습으로 의기양양하게 나타나 생쥐를 에워싸곤 쩌렁쩌렁한 목소리로 생쥐를 비웃고 껄껄대는 즉흥적인 활동가들이 생쥐에게 뱉어 댄 침으로 이루어진 구린내 나는 시궁창 같은 것이다. 물론 그래 본들 생쥐로선 한 손을 내젓고 그 자신도 믿지 않는 썰렁한 경멸의 미소를 지으며 창피스럽게 자신의 쥐구멍 속으로 기어 들어갈

---

3) 이하, 원문의 프랑스어는 그대로 쓰되 괄호 속에 번역을 병기했다.

도리밖에 없다. 그곳, 구린내 나고 추악한 자신의 지하에서 우리 생쥐는 모욕과 조롱에 짓이겨진 채로 그 즉시 싸늘한 독기를 품은, 무엇보다도 영원토록 사라지지 않을 악의 속으로 침잠한다. 그러곤 사십 년을 내리 자신의 모욕을 가장 극악하고 수치스러운 세부 사항까지 죄다 기억해 내고 그때마다 자기 쪽에서 훨씬 더 수치스러운 세부 사항을 덧붙이면서 자신의 환상을 통해 표독스럽게 스스로를 약 올리고 짜증나게 만들 것이다. 그놈 스스로 자신의 공상을 부끄러워하면서도 어쨌거나 모든 것을 기억해 내고 모든 것을 곱씹고 이런 일도 일어날 수 있었다는 구실을 대며 자신에게 불리한 얼토당토않은 것만 잔뜩 지어내고 어느 것 하나 곱게 넘어가지 않을 것이다. 아마 복수를 시작하긴 할 테지만 그나마도 어쩐지 띄엄띄엄, 살금살금, 페치카 뒤에서 몰래몰래 할 테고, 그러면서도 자기한테 복수할 권리가 있는지, 또 복수가 성공할지에 대한 믿음도 없고, 복수를 하려고 제아무리 발버둥 쳐 봤자 자기가 그 복수 상대보다 백배는 더 고통 받고 상대방은 오히려 눈도 꿈쩍하지 않으리라는 것을 미리부터 잘 알고 있다. 죽음의 침상에 누워서도 또다시 모든 것을 기억해 내되, 그때는 이제껏 쌓여 온 이자까지 덤으로 붙을 테고, 또……. 하지만 이 싸늘하고 역겨운 반(半) 절망과 반(半) 믿음 속에, 너무 괴로웠던 나머지 자신을 사십 년간 의식적으로 지하에 생매장한 것에, 이렇게 강렬하게 창조되었고 어쨌거나 약간은 의심스럽지만 달리 출구도 없는 자신의 상황에, 내부로 들어와 버린 충족되지 못한 욕망의 이 모든 독기 속에, 계속 망설이고 그러다 어떤 영원불변의 결단을 내리고 그러다 일 분 뒤면 회한에 사로잡히곤 하는 이 모든 열병 속에 — 내가 앞서 말한 이상야릇한 쾌감의 정수가 들어 있는 것이다. 그 쾌감은 너무나 섬세하고 때론 의식으로부터 너무나 자유롭기 때문에 조금이나마 꽉 막힌 인간들, 혹은 마냥 튼튼한 신경을 가진 인간들조차도 그것에 관한 한 단 하나의 특성도 이해하지 못할 것이다. "어쩌면 말이오." 여러분은 이가 훤히 드러나도록 희죽거리며 자기 의견을 덧붙일 것이다. "단 한 번도 따귀를 맞아 본 적이 없는 자도 역시나 이해하지 못할 거요." 여러분은 이런 식으로, 아마 내가 살아오면서 역시나 따귀를 맞아 본 적이 있으니까 이런 것에 도통한 것처럼 말하는 게 아니냐고 정중하게 운을 띄울 것이다. 장담하건대, 여러분은 그렇게들 생각하시겠지. 하지만 안심하시라, 여러분, 여러분이 그렇게 생각하든 말든 정말로 아무 상관도 없지만 어떻든 나는 따귀 같은 건 맞아 본 적이 없다. 차라리 살아오면서 내 손으로 따귀를 갈겨 본 적이 거의 없었던 점을 유감스러워할 수는 있겠지. 하지만 됐다, 여러분이 굉장히 재미있어할 이 주제에 대해서는 더 이상 한마디도 하지 않겠다.

쾌감의 어떤 섬세한 맛을 이해하지 못하는, 튼튼한 신경을 가진 사람들에 대해 차분하게 계속하련다. 이런 양반들은 경우에 따라선 예컨대 황소처럼 목청껏 울부짖을지라도, 또 그럼으로써 가령 어마어마한 명예를 얻을 수 있을지라도 어쨌거나, 내가 이미 언급했듯, 불가능성 앞에서는 금방 꼬리를 내린다. 불가능성이란 곧 돌벽과 같은 것일까? 돌벽이란 또 무엇일까? 그러니까 당연히, 자연의 법칙들, 자연 과학의 결론들, 수학을 말하는 것이다. 가령 너에게 네가 원숭이한테서 나왔다는 것을 증명해 보인다면 얼굴을 찌푸릴 것도 없이 그냥 그대로 받아들여라. 또 본질적으로 너 자신의 지방 한 방울이 너와 비슷한 10만 명보다 더 귀중해야 하며 그 결과 결국에 가서는 소위 선행과 의무와 나머지 헛소리와 편견이 모두 해결될 것임을 너에게 증명해 보인다면 별 뾰족한 수 없이 그대로 받아들여야 한다. 2×2는 수학이니까. 어디 한번 반박해 보시지.

"당치도 않은 말씀." 사람들은 여러분에게 소리칠 것이다. "반항해선 안 된다. 이건 2×2=4니까! 자연은 당신한테 뭘 묻지도 않는다. 자연은 당신의 소망이 뭔지, 또 자연의 법칙이 당신의 마음에 드는지 어떤지는 관심도 없다. 당신은 자연을, 따라서 그것의 모든 결과를 있는 그대로 받아들여야 한다. 벽은 어디까지나 벽이니까…… 등등." 하느님 맙소사, 이 법칙들과 2×2=4가 왠지 아무튼 마음에 안 든다면, 자연의 법칙과 대수학이 나와 무슨 상관인가? 물론 나는 이마로 이런 벽을 뚫지 못할 테지만, 정말로 그럴 힘도 없을 테지만 그럼에도 나는 그것과 타협하지 않을 텐데, 그 이유는 오직 나한테 돌벽은 있지만 그걸 뚫을 힘은 나한테 부족하기 때문이다.

이런 돌벽은 흡사 진실로 위안이 되고 진실로 평화를 위한 무슨 말이라도 담고 있는 것 같은데, 이는 오로지 그것이 2×2=4이기 때문이다. 오, 어처구니없음의 극치로다! 모든 것을, 모든 불가능성과 돌벽을 이해하고 의식하는 것이 차라리 훨씬 낫다. 만약 타협하는 것이 역겹다면 이 불가능성과 돌벽 중 단 하나와도 타협하지 않는 것이 낫단 말이다. 그리하여 이번에도 뭘로 보나 명백히 당신은 아무 죄가 없음에도, 가장 불가피하고 논리적인 결합을 통해, 돌벽에 대해서조차도 흡사 왠지 자기가 죄인이라는 영원한 주제에 매달려 가장 혐오스러운 결론에 도달한다. 그 결과 말없이 무기력하게 이를 갈고 음탕하게 관성 속으로 침잠하여 성질을 부리려고 해도 사실 그럴 상대가 통 없다는 몽상에 젖는다. 정말 그럴 상대가 없다, 어쩌면 영영 없을 거다, 이건 도박판에서 남의 눈을 속여 슬쩍 패를 바꿔치고 사기를 치는 것이나 다름없다, 이건 그냥 잡탕이다, 하는 식의 몽상인데, 뭐가 뭔지도 알 수 없고 누가 누군지도 알 수 없지만, 이렇게 통 영문을 모르겠고 속임수를 당하는 것 같은 느낌에도 불구하고 당신은 어쨌거나 아프고, 영문을 모르면 모를수록 더욱더 아픈 것이다!

4

"하-하-하! 그러고 보니 치통 속에서도 쾌감을 찾겠다는 거로군요!" 여러분은 웃으며 이렇게 외칠 테지.

"아니, 그래서요? 치통 속에도 쾌감은 있는 법인걸." 나는 이렇게 대답하겠다. "꼬박 한 달 동안 이가 아팠기 때문에 나는 여기에도 쾌감이 있다는 걸 잘 알고 있소. 이 경우에는 물론 말없이 성질을 부리는 것이 아니라 신음 소리를 낸다오. 하지만 이건 솔직한 신음이 아니라 적의에 찬 신음인데, 바로 이 적의 속에 이 장난의 핵심이 들어 있는 것이올시다. 이 신음 속에 고통스러워하는 자의 쾌감이 표현되거든. 만약 거기서 쾌감을 느끼지 않았다면 신음 따위는 하지 않았겠지요. 이것은 좋은 예니까, 여러분, 내 이쪽으로 설을 풀어 보리다. 이 신음 속에는 첫째, 우리 의식으로선 제법 굴욕적인, 우리 통증의 무목적성이 표현돼 있소. 이것이 곧 자연의 합법성일 텐데, 여러분은 응당 그것에 침을 뱉어 주어야 마땅하건만 어쨌거나 그로 인해 고통스러워하는 반면 자연은 전혀 그렇지 않단 말이오. 해서, 여러분에게 적이란 아예 있지도 않건만 통증은 있다, 하는 의식이 표현되는 것이오. 즉, 바겐하임[4] 같은 의사가 세상에 널렸더라도 여러분은 자기 이에 대해 완전히 노예나 다름없다는 의식, 행여 누가 마음이 내켜서 여러분의 치통을 멈추게 해 준다면 모를까 안 그러면 세 달은 족히 계속 더 앓아야 될 것이라는 의식, 끝으로 여러분이 수긍하기는커녕 어쨌거나 줄곧 반항한다면 여러분은 오직 스스로를 위로하는 차원에서 자기 자신을 채찍질하거나 아니면 주먹을 움켜쥐고 여러분의 벽을 좀 더 세게 치는 수밖에, 그야말로 별 뾰족한 수가 없다는 의식 말이오. 자, 그러니까 피범벅이 된 이 모욕감, 누구의 것인지도 모르는 이 냉소에서 마침내 쾌감이 시작되고 그것은 이따금씩 극도의 음탕함에까지 이르지요. 여러분, 부탁인데, 언제든 19세기의 교양 있는 사람이 치통을 앓으며 내는 신음 소리에 귀를 기울여 보시오, 그것도 앓기 시작한 지 이틀째나 사흘째여서 이미 첫날과는 다른 식으로 신음 소리를 내기 시작할 때, 즉 거친 농사꾼 무지렁이처럼 그냥 이가 아프기 때문에 신음하는 것이 아니라 발전과 유럽 문명에 감화된 사람처럼, 시쳇말로 '대지와 민중적 원칙을 버린' 사람

4) 1860년대 중반 페테르부르크에서 명성을 날린 치과 의사를 말하는 것으로 보인다.

처럼 신음할 때 말이오. 그의 신음 소리는 어쩐지 추잡하고 더럽고 심술궂은 것이 되어 몇 날 며칠에 걸쳐 밤낮으로 계속되지요. 실상, 그렇게 신음해 봤자 자기에게 아무런 득이 되지 않는다는 걸 스스로 더 잘 알면서 말이오. 오히려 괜히 자기 자신과 남들의 마음을 갈기갈기 찢어 놓고 짜증을 북돋을 뿐이라는 걸 그 자신이 제일 잘 알고 있다는 말이지요. 심지어 그가 애써 의식하는 저 청중도, 진즉부터 혐오감을 느끼며 그의 소리를 들어 온 그의 가족도 모두 그를 손톱만큼도 믿지 않을뿐더러 속으론 그가 달리, 즉 달달 소리를 내지 않고 또 괴상한 기교를 부리지 않고 좀 더 소박하게 신음할 수도 있지만 그냥 오기가 발동한 나머지, 또 적의에 사로잡힌 나머지 어리광을 부린다고 생각한다는 것을 그는 알고 있는 것이지요. 뭐 그러니까 이 모든 의식과 치욕 속에 음탕함이 도사리고 있는 것이올시다. '그래, 나는 너희에게 폐를 끼친다, 너희의 마음을 갈기갈기 찢어 놓는다, 집 안의 모든 사람들을 잠도 제대로 못 자게 한다. 그럼 그냥 다들 잠도 자지 말고 시시각각 내가 치통을 앓고 있다는 것을 느끼란 말이다. 나는 이전에는 너희들한테 영웅처럼 보이고 싶었지만 이제는 영웅은커녕 그저 더러운 인간에, 애물단지에 지나지 않는다. 뭐 그러면 어때! 나는 너희들이 나의 정체를 간파해서 정말 기쁘다. 너희들, 나의 비열한 신음을 듣는 것이 역겹지? 뭐, 얼마든지 역겨워하란 말씀. 자, 그럼 이제는 내 너희에게 더욱더 역겹게 달달 소리를 곁들여 주마…….' 이래도 이해하지 못하겠소, 여러분? 아니, 이 음탕함의 온갖 섬세한 뉘앙스를 이해하려면 지적으로 심오한 성숙의 경지에 이르고 의식의 극단까지 가야 할 것 같군요! 비웃는 거요? 그렇다면 몹시 기쁘군. 나의 농담은, 여러분, 물론 품격도 떨어지고 변덕스럽고 앞뒤도 안 맞는 데다가 자기 불신감마저 가미되어 있소. 하지만 실상 이건 내가 나 자신을 존경하지 않기 때문이오. 도무지 의식이 발달한 인간이 조금이라도 자기 자신을 존경할 수 있겠소?"

5

그래, 자신의 굴욕감 속에서도 쾌감을 찾으려 혈안이 됐던 인간이 도무지 조금이라도 자신을 존경할 수 있겠는가, 정말 그럴 수 있을까? 지금 내가 이런 말을 하는 건 무슨 능글맞은 참회의 심정에 사로잡혀서가 아니다. 더욱이 원래 나는 "아빠, 용서해 주세요, 앞으론 안 그럴게요."라는 식의 말은 할 수 없는 놈이었다. 아니, 그런 말을 할 능력이 없었던 것이 아니라 오히려 정확히 그럴 능력이 너무도 많았기 때문인 듯한데, 그것도 어떤 식이었을까? 정말 내가 꿈에도 잘못한 적이 없는 경우에 꼭 일부러라도 그런 짓을 일삼곤 했던 것이다. 이것이야말로 정말 제일 더러운 짓이었다. 그러면서도 나는 다시금 마음속 깊이 감동하여 참회의 눈물을 흘렸고, 물론 나 자신을 기만한 것이지만 그렇다고 연극을 한 것은 아니었다. 그때는 어쩌다 그만 마음이 수작을 부린 것이었다……. 어쨌거나 자연의 법칙은 꾸준히, 무엇보다도 평생을 두고 나를 모욕해 왔지만 그럴 땐 자연의 법칙을 탓할 수도 없었다. 이 모든 것은 회상하는 것도 더러운 일이지만 사실 그때도 더럽긴 했다. 아닌 게 아니라 일 분만 지나도 성질을 내면서, 이 모든 것이 거짓에 또 거짓이다, 즉 이 모든 참회, 이 모든 감동, 이 모든 갱생의 맹세가 죄다 혐오스럽게 꾸며진 거짓이다, 하는 생각에 도달하는 것이었다. 그럼, 내가 무엇을 위해서 이렇게 자기 자신을 병신으로 만들고 괴롭혔느냐, 하고 물을 텐가? 대답인즉 이렇다. 즉, 가만히 팔짱을 끼고 앉아 있는 것이 너무나 지겨웠기 때문에, 바로 그래서 재주를 부려 본 것이다. 정말로 그렇다. 자신을 좀 더 잘 살펴보면, 여러분, 여러분도 정말로 그렇다는 걸 깨달을 것이다. 어떻게든 살아 보려고 하다 보니 스스로 이런저런 모험담을 고안해 내고 삶 자체를 지어냈던 것이다. 이런 일이 나한테 얼마나 자주 있었던지, 뭐, 예컨대 아무 이유도 없이 일부러 골을 내기도 했다. 그것도 실상 아무 이유도 없이 골을 내고 괜히 그런 체했다는 걸 나 자신이 더 알면서도 결국엔 정말로, 진짜로 골을 내는 지경으로까지 몰아 갔다. 왠지 나는 평생 이런 장난을 치고 싶은 충동을 느껴 왔고, 그래서 결국에는 나 자신에 대한 통제력을 잃어버렸다. 그 다음번엔 억지로 사랑에 빠지고 싶었던 적이 있었는데, 그것도 두 번이나 그랬다. 아닌 게 아니라 참으로 괴로워했다, 여러분, 정말이다. 마음 깊은 곳에서는 괴로워하고 있다는 것이 믿어지지 않아 냉소가 꿈틀거리지만, 어쨌거나 괴로워하고 그것도 진정으로, 진짜로 괴로워하는 것 말이다. 질투를 하고 앞뒤를 잃고……. 이 모든 것이 권태 탓이다, 여러분, 전부 권태 탓이다. 관성에 짓눌렸던 것이다. 실상 의식의 그야말로 합법적이고 직접적인 열매는 바로 관성, 다시 말해 멍하니 팔짱끼고 앉아 있기이다. 이 점은 이미 앞에서 언급했군. 그래도 강렬하게 반복, 또 반복하는바, 모든 즉흥적인 사람들과 활동가들이 활동적인 이유는 그들이 우둔하고 꽉 막혀 있기 때문이다. 이걸 어떻게 설명해야 할까? 바로 이런 식으로 설명해야겠다. 즉, 그들은 꽉 막혀 있기 때문에 제일 가깝고 부차적인 원인들을 근본적인 것으로 받아들이고, 이런 식으로 다른 사람들보다 더 빨리, 더 쉽게 자기 일의 확고한 근거를 찾았다고 확신하곤 그렇게 마음을 놓는다. 실상 이게 가장 중요한 것이다. 행동을 시작하기 위해서는 미리부터 마음을 완전히 편히 갖고 아무런 의심도 남아 있지 않도록 해야 한다. 그럼, 예컨대 나 같은 인간은 자신의 마음을 어떻게 진정시킬까? 내가 버팀목으로 삼을 만한 근본적인 원인들이 내 어디에 있는 것일까, 그 근거들은 어디에 있을까? 그런 것을 어디서 구할 것인가? 나는 사유하는 연습을 하고 있고, 따라서 내 경우엔 어떤 것이든 하나의 근본적인 원인은 당장 다른 원인을, 더욱이 보다 더 근본적인 원인을 끌어내어, 끝도 없이 꼬리에 꼬리를 물고 이어진다. 이게 바로 온갖 의식과 사유의 본질이다. 고로, 이게 이미 자연의 법칙이기도 하다. 마침내, 결과적으론 대체 어떻게 될까? 그게 그것이다. 내가 아까 복수 얘기를 했음을 상기해 주시길.(여러분은 분명히 귀담아듣지 않았을 테지만.)

내 말인즉, 인간이 복수를 하는 것은 거기서 정의를 발견하기 때문이다. 그러니까 그는 근본적인 원인을 발견했고 또 근거를 발견했으니, 그것이 다름 아니라 정의였던 것이다. 그랬기에 그는 모든 면에서 안심했고, 따라서 떳떳하고 정의로운 일을 한다는 확신에 차서 평온하게, 성공리에 복수를 한다. 하지만 나로선 그런 데 정의가 있는지도 잘 모르겠고 그 어떤 선행도 역시나 못 찾겠고, 따라서 복수를 하게 된다면 그건 오직 악의에 사로잡혀서 그러는 것이다. 악의란 물론, 나의 모든 의심을 비롯하여 모든 것을 이겨 낼 수 있는 것이므로 근본적 원인의 대역을 아주 성공적으로 해낼 수 있을 텐데, 이는 바로 그것이 원인이 아니기 때문이다. 하지만 나에게 악의조차 없다면(아까 나는 이걸로 운을 띄우지 않았나) 대체 무엇을 할 것인가. 나에게 있어 분노는 이번에도 이 저주받은 의식의 법칙들에 따라 화학적인 분해 작용을 일으킨다. 그러고 보면 복수의 대상은 흩어지고 논거는 증발하고 잘못한 사람은 발견되지 않고 모욕은 모욕이 아니라 숙명, 즉 치통과 비슷한 뭔가 되어 버리는데, 이 치통에 관한 한 아무도 잘못이 없기 때문에 이번에도 예의 그 출구밖에 없는 법, 즉 좀 더 아프게 벽을 치는 수밖에 없다. 그러니까 한 손을 내저을 수밖에 없는 것이 근본적인 원인을 못 찾았기 때문이다. 근본적인 원인이니 뭐니 이러쿵저러쿵 따지지 말고 잠깐이라도 의식을 쫓아내고서 맹목적으로 자신의 감정에 흠뻑 젖어 보라. 그저 팔짱을 낀 채 멍하니 있지 않기 위해서라도 증오하든지, 사랑하든지 해 보라는 것이다. 아무리 늦어도 모레면, 뻔히 알면서도 자기 자신을 속였다는 이유로 스스로를 경멸하기 시작할 것이다. 결과적으론, 비누 거품과 관성뿐이다. 오, 여러분, 내가 스스로를 현명한 인간으로 간주하는 것은 오직 평생 동안 뭐 하나 시작할 수도, 끝낼 수도 없었기 때문이다. 설령 내가 수다쟁이라고 한들, 우리가 죄다 그렇지만, 설령 백해무익하고 짜증나는 수다쟁이라고 한들 어떤가. 어차피 모든 현명한 인간의 그야말로 유일한 사명이 수다, 즉 머리를 굴려 공소한 잡담을 늘어놓는 데 있다면, 어쩌란 말인가.

6

오, 만약 내가 오직 게을러서 아무것도 하지 않은 것이라면. 맙소사, 그렇다면 나는 나 자신을 얼마나 존경했을까. 비록 게으름일망정 뭐라도 나의 내부에 지닐 수 있다는 바로 그 이유만으로도 나 자신을 존경했을 것이다. 비록 하나라도 나 자신이 확신할 수 있는 긍정적인 성질이 나의 내부에 있다면 말이다. 질문 : 대체 넌 뭐 하는 놈이냐? 대답 : 게으름뱅이. 과연 자신에 대해 이런 말을 듣는 것은 굉장히 유쾌하지 않겠는가. 확실한 정의가 내려졌다는 소리고, 또 나에 대해 말할 게 있다는 소리니까. '게으름뱅이!'라니. 정말이지 이건 하나의 직함이자 사명이며 또 이건 하나의 이력이다. 농담이 아니다, 정말 그렇단 말이다. 그렇게 되면 나는 제일가는 클럽의 명실상부한 회원으로서 끊임없이 나 자신을 존경하는 일에만 전념

하는 것이다. 내가 알았던 한 신사는 자기가 라피트[5]를 잘 안다는 걸 평생 자랑스러워했다. 그는 이것을 자신의 확실한 장점으로 여겼으며 스스로 추호의 의심도 없었다. 죽을 때도 그저 평온한 정도가 아니라 의기양양한 양심을 간직한 채였고 이 점에서 그는 극히 옳았다. 나라면 다음과 같은 이력을 선택했을 것이다. 즉, 나는 게으름뱅이에 대식가가 됐을 것인데, 평범한 부류가 아니라 예컨대 모든 아름다운 것과 숭고한 것에 공감하는 부류 말이다. 어떤가, 여러분 마음에 드는가? 오래전부터 이런 것이 내 머릿속을 맴돌았다. 이 '아름답고 숭고한 것'은 내 나이 마흔에 참으로 거세게 나의 목덜미를 짓눌렀다. 하지만 이건 내 나이가 마흔에 이른 지금의 얘기고 그때는, 그때는 전혀 달랐을 것이다! 나는 즉시 나 자신에게 맞는 활동을 찾았을 것인데, 다름 아니라 모든 아름답고 숭고한 것의 안녕을 위해 축배를 드는 것이다. 우선 내 술잔에 눈물을 쏟기 위해, 그다음엔 모든 아름답고 숭고한 것을 위해 그 잔을 들이키려고 온갖 건수를 만들었을 것이다. 그때는 세상의 모든 것을 아름답고 숭고한 것으로 바꿨을 것이고 의심의 여지없이 몹시 더러운 쓰레기 더미에서 아름답고 숭고한 것을 발견했을 것이다. 나는 물먹은 스펀지 수세미처럼 눈물이 많아졌을 것이다. 어느 예술가가, 예를 들어 게[6]가 그림을 그렸다고 치자. 당장에 나는 그림을 그린 그 예술가 게의 안녕을 위해 마시는

5) 적포도주의 일종.

6) 니콜라이 게(Nikolai Ge, 1831~1894). 러시아의 화가.

데, 이는 모든 아름답고 숭고한 것을 사랑하기 때문이다. 어느 저자[7]가 「누구든 제멋대로」라는 에세이를 썼다. 당장에 나는 '누구든 되는 대로' 그의 안녕을 위해 마시는데, 이는 모든 '아름답고 숭고한 것'을 사랑하기 때문이다. 이걸로 나 자신에 대한 존경을 요구할 테고, 나에게 존경을 보이지 않는 사람은 끝까지 못살게 굴 테다. 조용히 살다가 의기양양하게 죽어 간다는 것, 과연 이건 얼마나 매력적인가, 그야말로 매력적인 일이다! 그리고 그때 나는 뱃살을 잔뜩 찌우고 턱을 세 겹으로 만들고 딸기코를 매끈하게 손질하여, 만나는 사람마다 나를 보고서 "거참 난놈일세! 진짜 긍정적인 구석이 있는 놈이야!"라고 말할 것이다. 실상 뭐니 뭐니 해도, 우리의 부정적인 세기에 이런 평을 듣는 건 정말 유쾌한 일이 아닌가, 여러분.

---

7) 미하일 예브그라포비치 살티코프시체드린(1826~1889). 러시아의 소설가.

7

하지만 이 모든 것이 황금빛 몽상이다. 오, 말해 달라, 누가 맨 처음으로 이런 의견을 내놓았는가, 인간이 추잡한 짓을 하는 것은 오직 자신의 진짜 이득을 모르기 때문이라고 맨 처음 선언한 자 과연 누구인가. 즉, 인간을 계몽해 주고 진짜, 또 정상적인 자신의 이득을 보도록 눈뜨게 해 준다면 그는 즉시 추잡한 짓을 멈추고 즉시 선량하고 고결한 인간이 될 것이다, 왜냐면 계몽되어 자신의 진짜 이익을 이해함으로써 선(善) 속에서 자신의 이익을 꼭 발견하게 될 것이기 때문이다, 주지하다시피 세상의 어느 누구 하나 자기에게 이익이 되지 않을 걸 뻔히 알면서 그런 짓을 할 리는 없을 것이다, 따라서 말하자면 필연적으로 선을 행하게 되지 않겠는가? 하는 식이다. 오, 정녕 젖먹이나 다름없도다! 오, 정녕 순수하고 순진한 아이인지고! 그래, 대체 언제, 첫째, 저 수천 년의 세월 동안 인간이 오직 자신의 이익 하나만을 위해서 행동했던 적이 있었던가? 사람들이 뻔히 알면서도, 즉 자신의 진짜 이익이 뭔지 완전히 이해했으면서도 그걸 옆으로 제쳐 놓고 모험과 요행을 찾아 다른 길로 돌진했음을, 아무도, 아무것도 그걸 강요하지 않았건만 그야말로 지정된 길이 싫다는 이유만으로 고집스럽게 제멋대로 힘들고 터무니없는 다른 길을, 거의 어둠 속을 더듬듯, 개척해 왔음을 증명해 주는 수백만 개의 사실들은 대체 어찌할 것인가? 실상 그들로선 이 고집스러움과 제멋대로가 정말로 온갖 이익보다 더 유쾌했다는 소리가 아닐까……. 이익이라니! 이익이란 무엇인가? 그래, 여러분은 인간의 이익이 대관절 어디에 있는지 완전히 정확하게 정의할 자신이 있는가? 만약 인간의 이익이 때때로 어떤 경우에는 자신에게 유리한 것이 아니라 불리한 것을 바라는 데 있을 뿐만 아니라 심지어 틀림없이 그렇다면 어쩔 텐가? 만약 그렇다면, 만약 그런 경우가 있을 수만 있다면 법칙 자체가 산산조각 났을 것이다. 여러분은 어떻게 생각하는가, 그런 경우가 있을까? 다들 비웃는군. 비웃어도 좋지만, 단, 여러분 다음 질문에는 대답을 해 주시길. 즉, 인간의 이익이란 것이 완전히 정확하게 계산된 것일까? 어떤 분류에도 포함되지 않았을 뿐만 아니라 포함될 수도 없는 것들이 있지 않을까? 실상, 여러분, 내가 알고 있는 한, 여러분은 통계 수치와 경제학 공식의 평균치를 갖고 인간 이익의 총 장부를 만든 셈이었다. 여러분이 말하는 이익이란 안락, 부유함, 자유, 평온 같은 것들이다. 그러므로 예컨대 뻔히, 훤히 알면서도 이 총 장부에 반항하는 인간은 여러분 생각에, 뭐, 물론 내 생각에도 무지몽매한 작자거나 완전히 미치광이이다, 안 그런가? 하지만 정말 놀라운 건 이 점이다. 즉, 이 모든 통계학자들, 현자들, 인류애를 부르짖는 인사들이 인간의 이익을 산정할 때 항상 한 가지 이익을 빠뜨리는 일이 발생하는 건 대체 무엇 때문일까? 심지어 계산 전체가 걸려 있는 문제인데도 그것을 제대로 계산에 넣지도 않는다. 이 문제의 이익을 고려해 계산 목록에 넣으면 되니까 그다지 큰일은 아닐 것이다. 하지만 이 불가사의한 이익은 어떤 분류에도 들어맞지 않고 그 어떤 목록에도 넣을 수 없다는 게 바로 파탄이다. 예컨대, 나한테 친구가 하나 있는데……. 에잇, 여러분! 하긴 이자는 여러분의 친구이기도 하군. 하긴 누군들 이자의 친구가 아닐까! 이 양반은 무슨 일에 임할 때면 그 즉시, 이성과 진리의 법칙에 따라 정확히 어떻게 행동해야 할지를 청산유수 같은 달변으로 똑똑히 여러분 앞에 늘어놓을 것이다. 그뿐인가. 흥분과 열정에 차서 여러분에게 인간의 진짜, 또 정상적인 이득에 대해 말할 것이고, 자신의 이익도, 선행의 참뜻도 이해하지 못하는 근시안적인 멍청이들을 냉소적으로 꾸짖을 것이다. 그러곤 정확히 십오 분 뒤에 어떤 돌발적이고 외적인 동기도 없이, 정확히 그의 모든 이득보다 더 강렬한 뭔가 내적인 동기에 따라 전혀 엉뚱한 방향으로 나갈 것, 즉 제 입으로 말했던 것과 완전히 정반대되는 짓을 할 것이다. 이성의 법칙과 정반대되고, 자기 자신의 이익과 정반대되고, 뭐, 한마디로 말해서, 모든 것과 정반대되는 짓을……. 미리 말하건대,

이 내 친구란 집합명사 같은 존재이므로 이자 하나만을 탓하기는 왠지 어렵다. 바로 이게 문제인데, 여러분, 거의 누구에게나 그의 최상의 이익보다 더 소중한 어떤 것이 정말로 존재하지 않을까, 혹은 (논리를 와해시키지 않기 위해서) 다른 어떤 이익보다 더 중요하고 더 유리한, 고로 가장 유리한 이익(바로 방금 말했듯 저 빠뜨린 이익 말이다.)이 있지 않을까? 이 이익을 위해서 인간은, 만약 필요하다면, 모든 법칙에, 즉 이성과 명예와 평온과 안락에 역행할 준비가 되어 있으니 한마디로 말해서, 이 모든 아름답고 유용한 것에 정반대될지라도 그에게 제일 소중하고 가장 유리한 이익, 이 근본적인 이익을 손에 넣기만 하면 되는 것이다.

"뭐, 그래 본들 어쨌거나 이익은 이익이구먼." 여러분은 내 말을 가로막는다. 실례지만, 우리는 좀 더 얘기를 나눠야겠는데, 사실 지금 말장난을 하자는 게 아니고, 문제인즉, 이 이익이 뛰어난 것은 바로 그것이 우리의 모든 분류법을 와해시킴은 물론이고 인류애를 부르짖는 자들이 인류의 행복을 위해 세워 놓은 모든 체계를 꾸준히 부숴 버리기 때문이다. 한마디로 말해서, 이 이익이 모든 것을 방해하는 것이다. 하지만 이 이익의 이름을 여러분 옆에 거론하기 전에, 내 개인적인 명예의 손상을 무릅쓰고서라도 대범하게 공언하건대, 이 모든 아름다운 체계가, 즉 인류에게 자신의 진짜, 또 정상적인 이득을 설명해 주면서 이 이득을 손에 넣기 위해 꼭 노력함으로써 그 즉시 선량하고 고결해질 수 있다고 말하는 이 모든 이론이 지금 내 생각으론 한낱 엉터리 논리에 불과하단 말이다!

그렇다, 엉터리 논리다! 정말이지 이렇듯 인류의 이익 체계를 통해 온 인류의 갱신이라는 이론을 주장한다고 한들, 정말이지 이건, 내 생각으론, 거의 뭐와 똑같은가 하면…… 그러니까 예컨대, 버클[8]을 좇아 문명 덕분에 인간은 좀 더 부드러워지고 따라서 피에 덜 굶주리게 되고 전쟁도 좀처럼 잘 할 수 없게 된다고 주장하는 식이다. 그의 논리를 따라가면 이런 식의 결론이 나올 듯싶다. 하지만 인간은 체계와 추상적인 결론에 너무 치우친 나머지, 오직 자신의 논리를 정당화하기 위해 고의로 진리를 왜곡하고 보면서도 보지 못하고 들으면서도 듣지 못할 준비가 돼 있다. 내가 이것을 예로 드는 건 이것이 워낙 생생한 예이기 때문이다. 그래, 주위를 한번 둘러 보라. 피가 강물처럼 흐른다, 그것도 꼭 샴페인처럼 사뭇 즐겁게 솟구친다. 자, 여러분, 이것이 버클도 살았던 우리 19세기의 진면목이다. 자, 여러분, 나폴레옹도 있거늘, 위인이면서 또 현재적인 인간이 아닌가. 자, 여러분, 북아메리카도 있거늘, 저 영구적인 연합 말이다. 자, 여러분, 끝으로 캐리커처 같은 슐레스비히-홀스타인[9]도 있군……. 문명이 대체 우리 내부의 무엇을 부드럽게 해 준단 말인가? 문명은 오직 인간 내부의 감각들의 다면성을 개발해 줄 뿐…… 그뿐, 더 이상 단연코 아무것도 아니다. 이 다면성이 발전함으로써 결국 인간은 아마 더욱더 피 속에서 쾌감을 찾게 될 것이다. 실상 인간은 그렇지 않았던가. 여러분도 알아차

8) H. T. 버클(Henry Thomas Buckle, 1822~1862). 영국의 역사학자.
9) 1864년 슐레스비히-홀스타인을 둘러싼 프러시아, 오스트리아, 덴마크 사이의 영토 분쟁을 말한다.

렸을지 모르지만, 가장 세련된 방식으로 살육을 일삼았던 자들이 거의 하나에서 열까지 가장 문명화된 양반이었고 어떨 땐 온갖 아틸라[10]니 스텐카 라진[11]이니 하는 자들조차 이들의 발바닥도 못 따라갈 정도였는데, 만약 이들이 아틸라나 스텐카 라진처럼 또렷하게 눈에 들어오지 않는다면 그건 바로 이런 자들이 너무 자주 출몰하고 너무 흔해서 익숙해진 탓이다. 적어도, 인간이 문명 덕분에 더 피에 굶주리게 된 건 아닐지라도 분명히 이미 예전보다는 더 고약하고 더러운 꼴로 피에 굶주리게 됐다. 예전에는 유혈에서 정의를 보았기에 평온한 양심으로, 마땅히 처단해야 될 자를 살육했다. 하지만 지금 우리는 유혈을 더러운 짓으로 여길지언정 어쨌거나 이 더러운 짓을 계속 하고 있으며 그 정도도 예전보다 더 심해졌다. 과연 무엇이 더 나쁜가? 여러분이 직접 결정하시라. 흔히 말하길, 클레오파트라(로마 역사까지 들먹거려 죄송하다.)는 황금 핀으로 자기 여자 노예들의 젖가슴을 찌르는 걸 좋아했고 그들이 비명을 지르며 몸을 비트는 걸 보면서 쾌감을 느꼈다고 한다. 여러분은, 이건 상대적으로 말해 야만적인 시대의 일이다, 그런데 (역시나 상대적으로 말해서) 지금도 핀으로 몸을 찌르는 일이 있는 걸 보니 지금도 야만적인 시대다, 인간이 이따금씩은 야만적인 시대보다는 사물을 좀 더 분명히 보는 법을 배웠다고 할지라도 지금도 이성과 과학이 그에게 지시해 주는 대로

10) Attila(406~453). 훈족의 왕.

11) 스텐카 T. 라진(1630~1671). 1667년부터 1671년까지 러시아의 농노 반란을 지휘한 카자크.

행동하는 법을 아직 완전히 익히지는 못했다, 하고 말할 것이다. 하지만 그럼에도 여러분은 어떤 낡고 고약한 관습이 완전히 사라지고 상식과 과학이 인간의 본성을 재교육하여 정상적인 방향으로 이끌어 주면, 반드시 그걸 익힐 것이라고 전적으로 확신한다. 그때면 인간은 자발적으로 오류를 범하는 일도 없을 것이고 말하자면 자신의 정상적인 이득과 정반대로 자신의 의지를 발휘하는 것은 자연스레 원하지 않게 될 것이라고 확신하는 것이다. 그 뿐인가. 그때는 과학이 나서서(이건 내 생각으론 좀 사치스러운 것 같지만) 인간에겐 실은 의지도 변덕도 없고 더욱이 이전에도 원래 없었다고, 인간은 그 자체가 피아노 건반이나 오르간 스톱과 비슷한 뭔가에 불과할 뿐이라고 가르칠 것이다, 하고 여러분은 말한다. 덧붙여 세상에는 아직 자연의 법칙이 있기 때문에 인간이 하는 일은 모두 절대 그의 욕망에 따라 행해지는 것이 아니라 자연의 법칙에 따라 저절로 이루어진다, 하고. 따라서 이 자연의 법칙을 발견하기만 하면 인간은 자신의 행동에 책임을 지지 않게 될 것이며 사는 것도 굉장히 편해질 것이다. 그렇다면 인간의 모든 행동은 저절로 이 법칙에 따라 로그표처럼 수학적으로 분류되어 100만 8천 종에 이를 것이고 그렇게 연감에 기입될 것이다. 아니면 이보다 훨씬 더 훌륭한 방법으론, 지금의 백과사전 같은 편람과 유사한 몇몇 건전한 출판물이 나와서 모든 걸 정확히 계산해 주고 명시해 주면 세상엔 이미 더 이상 행동이라는 것도, 엽기적 사건도 없어질 것이다.

그때가 되면—이건 모두 여러분이 하는 얘기다—새로운

경제적 관계, 즉 완전히 준비되고 역시나 수학적 정확성을 뽐내며 계산된, 완전히 기성품 같은 관계들이 나타날 것이고, 본질적으로 모든 질문에 대한 모든 가능할 법한 대답이 제시되기 때문에 모든 가능할 법한 질문이 한순간에 사라질 것이다. 그때야말로 수정궁[12]이 건설될 것이다. 그때는…… 뭐, 한마디로 말해서, 그때는 카간의 새[13]가 날아들 것이다. 물론(이제야 하는 말이지만) 그때도 이를 테면 끔찍이 권태롭지 않으리라는 보장은 절대 할 수 없지만(모든 것이 도표에 따라 계산되는데 뭘 하란 말인가?) 대신 모든 것이 굉장히 합리적일 것이다. 물론, 권태롭다 보면 무슨 궁리를 못하겠는가! 정말이지 권태롭다 보면 황금 핀으로 몸을 찌르기도 하거늘, 이런 건 어떻든 아무것도 아니다. 정말 고약한 것은(또 이 얘기를 하는데) 그때는 그들이 황금 핀을 보고 오히려 기뻐할지도 모른다는 점이다. 인간이란 원래 어리석으니까, 이례적일 정도로 어리석지 않은가. 달리 말해, 절대 어리석지는 않다고 할지라도 대신 워낙에 배은망덕하기 때문에 다른 걸 찾으려야 도무지 못 찾을 것이다. 정말이지 나는 예컨대, 만약 총체적인 양식(良識)으로 빛날 저 미래에 고결하지 못한, 더 정확히 말해, 반동적이고 냉소적인 생김새를 한 웬 신사 양반이 밑도 끝도 없이 갑자기 툭 튀어나와 양손을 허리에 댄 채 떡 버티고 서서 우리 모두를 향해, 여러분, 우리 이 모든 양식을 단숨에 한 발로 휙 건

12) 영국의 조각가 J. 팩스턴(1803~1865)이 만들어 1851년 영국 무역 박람회에서 선보인 유리 건물.

13) 칸의 새, 천국의 새.

어 차 버리는 게 어떻겠소, 그것도 오로지 이 모든 로그표가 썩 꺼져 버려서 우리가 다시 우리 자신의 어리석은 의지에 따라 살기 위해서 말이오! 하고 말할지라도 조금도 놀라지 않겠다. 이 정도는 아직 아무것도 아니지만, 그가 기필코 추종자들을 찾아내고야 말 것이라는 점이 모욕적이긴 하다. 인간이란 원래 그렇게 생겨 먹었다. 그리고 이런 일은 모두 언급할 가치조차 없어 보이는 가장 공소한 이유 때문에 생긴다. 다름 아니라, 인간은 언제나 어디서나 그가 누구든 간에 절대 이성과 이익의 명령이 아닌, 자기가 하고 싶은 대로 행동하길 좋아했던 것이다. 심지어 자기 자신의 이익에 반해서라도 그렇게 하고 싶어 할 수 있고 이따금씩은 꼭 그래야만 한다.(하여간 내 생각으론 그렇다.) 자기 자신의 의지적이고 자유로운 욕망, 아무리 거친 것일지라도 여하튼 자기 자신의 변덕, 이따금씩 미쳐 버릴 만큼 짜증스러운 것일지라도 여하튼 자기 자신의 환상, 이 모든 것이 바로 저 누락된 이익, 즉 어떤 분류에도 속하지 않고 모든 체계와 이론을 끊임없이 산산조각 내 버리는 가장 유리한 이익인 것이다. 대체 무슨 근거로 저 모든 현자들은 인간에겐 뭔가 정상적인 욕망이, 뭔가 선량한 욕망이 필요하다고 했던 것일까? 무슨 근거로 인간에겐 반드시 합리적으로 따져 유리한 욕망이 반드시 필요하다고 상상했던 것일까? 인간에게 필요한 것은 오직 독립적인 욕망 하나뿐이다, 이 독립성이 어떤 대가를 요구하든, 어떤 결과를 초래하든 간에. 거참, 대체 욕망이라는 게 뭔지…….

8

"하-하-하! 욕망이란 본질적으론, 물론, 없는 거란 말이오!" 여러분은 껄껄 웃음을 터뜨리며 이렇게 말을 가로막는다. "과학은 지금도 인간을 참으로 속속들이 해부해 놓았기 때문에 이제는 이미 다 아는 사실이지만, 욕망과 이른바 자유로운 의지라는 것은 다름 아니라……"

"잠깐만, 여러분, 나도 바로 그렇게 말문을 열고 싶었소. 나는, 솔직히, 심지어 경악했지 뭐요. 나는 지금 막, 욕망이 도무지 무엇에 달려 있는지 누가 알겠느냐마는 그래도 괜찮을 듯싶다고 외칠 참이었는데, 다행히도 과학이라는 게 떠올라서…… 그냥 말았다오. 그 참에 여러분이 말문을 연 것이지요. 실상 정말로, 만약 진짜로 언제든 우리의 모든 욕망과 변덕의 공식을 발견한다면, 즉 그것이 무엇에 달려 있는지, 정확히 어떤 법칙에 따라 발생하는지, 정확히 어떻게 확산되는지, 이러저러한 경우에 어디를 지향하는지 등등에 대한 진짜 수학적인 공식을 발견한다면, 실상 그러면 인간은 아마 당장에 뭘 욕망하는 일이 없어질 거요, 아마 정도가 아니라 거의 확실히 그럴 테지요. 아니, 도표에 따라 욕망하는 게 뭐 그리 좋겠소? 어디 그뿐이겠소. 인간은 그 즉시 인간에서 오르간 스톱이나 그 비슷한 뭐로 변할 거요. 소망도, 의지도, 욕망도 없는 인간이라면 배럴 오르간의 스톱이지, 무슨 인간이오? 여러분 생각은 어떻소? 이게 신빙성이 있는지 한번 따져 봅시다. 이런 일이 일어날 수 있겠소, 없겠소?"

"음……." 여러분은 이렇게 결론을 내리려 한다. "우리의 욕망이 오류투성이인 것은 대부분 우리의 이익에 대한 시각에 오류가 있기 때문이오. 우리가 이따금씩 순전히 허튼 수작을 원하는 것은 우리가 어리석은 탓에 그 허튼 수작 속에서 뭐든 미리 제안된 이익을 달성하기 위한 가장 손쉬운 길을 보기 때문이오. 그래, 이 모든 것이 해석되어 종이 위에 계산된다면(이럴 가능성이 몹시 높은데, 자연의 어떤 법칙들은 인간이 절대 알아내지 못할 거라고 미리부터 믿는 것이 상스럽고도 터무니없기 때문이오.) 그때는 물론 이른바 소망이라는 것도 없어질 거요. 실상 욕망이 언제든 이성과 완전히 맞아떨어진다면, 그때 우리는 욕망하는 대신 이성에 따라 판단하게 될 것인데, 이는 예컨대 이성을 간직한 채로 터무니없는 것을 욕망하고 그런 식으로 뻔히 다 알면서 이성에 역행하여 자기에게 해로운 일을 바라는 것이 불가능하기 때문이지요……. 언젠가는 이른바 우리의 자유로운 의지의 법칙을 발견할 것이기에 모든 욕망과 이성이 정말로 계산될 수 있고, 이 때문에 농담이 아니라 진짜 도표와 같은 무엇이 작성될 수도 있으며, 따라서 우리는 정말로 이 도표에 따라 욕망하게 될 거요. 예컨대, 내가 아무개한테 손가락을 겹쳐 엿 먹으라는 시늉을 했고 꼭 그렇게 할 수밖에 없어서, 또 반드시 특정 손가락을 써야 했기 때문에 그런 것임을 언제든 나에게 계산해 주고 증명해 준다면, 그때는 나의 내부에 무슨 자유로운 것이 남겠소, 특히나 내가 어디서 무슨 학과 과정을 끝마친 학자라면? 그러면 나는 앞으로 삼십 년 동안의 내 인생도 계산해 낼 수 있지 않겠소. 한마디로 말해서, 이런 식이 된다면 실상 우리로선 할 일이 그야말로 아무것도 없을 거요. 그래도 어쨌거나 받아들이긴 해야 할 거요. 아니, 대체로 우리는 이러저러한 순간, 이러저러한 상황에서 자연이 우리의 의향 따위는 안중에도 없다는 것을 스스로에게 지칠 줄 모르고 되뇌어야 하지요. 자연을 우리가 공상하는 대로가 아니라 있는 그대로 받아들여야 하고, 우리가 정말로 도표와 연감과, 그래, 뭐…… 심지어 증류기 같은 것까지 지향한다 할지라도 어떡하겠소, 증류기조차도 받아들여야 한단 말이오! 안 그러면 당신이 뭐라 하든 말든 증류기 녀석이 알아서 받아들여지고 말 테니까…….”

그렇다, 하지만 나로선 바로 여기에 난관이 있다! 여러분, 이렇게 개똥철학이나 잔뜩 늘어놓는 나를 용서해 주시길. 하긴 사십 년이나 지하 생활을 하고 있으니, 원! 허튼 공상을 늘어놓아도 좀 봐주시길. 그나저나 여러분, 이성이란 좋은 것이지만,

이건 틀림없지만, 이성은 오직 이성일 뿐이어서 오직 인간의 이성적 판단력만을 만족시킬 뿐이지만, 욕망은 삶 전체, 즉 이성과 온갖 긁적임을 포함하는, 인간의 삶 전체의 발현이다. 그 발현에 있어 우리의 삶은 종종 너저분한 꼴이 되기 십상이지만 그럼에도 삶은 삶이지, 한낱 제곱근 개평방법(開平方法) 따위는 아니다. 예컨대 내가 극히 자연스레 삶을 원하는 것은 나 자신의 삶의 능력을 만족시키기 위해서이지, 오직 나의 판단 능력 하나만을, 즉 나의 삶의 능력 전체의 20분의 1정도를 만족시키기 위해서는 아니다. 이성이 대체 뭘 알겠는가? 이성은 자기가 알아낼 수 있었던 것만을 알지만(다른 것은 아마 절대 알아내지 못할 텐데, 비록 이게 위안은 안 될지라도 이런 말을 못할 이유는 또 어디 있겠는가?) 인간의 본성은 의식적이든 무의식적이든 오롯이 그 자체로 자기 안에 들어 있는 모든 것으로써 행동하고 설령 거짓말을 할지언정 어떻든 살아가긴 한다. 나는, 여러분, 여러분이 나를 불쌍하다는 듯 바라보지 않을까 싶다. 여러분은, 계몽되고 지적으로 성숙된 인간, 한마디로 말해서 미래의 인간이 될 그런 자가 자신에게 이익이 되지 않을 걸 뻔히 알면서도 뭘 욕망할 리는 없다, 이건 수학이다, 하고 나에게 반복해 주는군. 전적으로 동의한다, 정말로 수학이다. 하지만 여러분에게 백 번째 반복하거니와, 인간이 그냥 어리석다 못해 어리석기 그지없는 것을, 심지어 자기에게 해로운 것을 일부러, 의식적으로 바라는 경우가 한 번, 정말 딱 한 번은 있다. 다름 아니라, 어리석기 짝이 없는 것을 바랄 권리를 갖기 위해, 오직 현명한 것 하나만을 바랄 의무에 얽매이지 않기 위해서다. 실상 이건 어리석기 그지없는 일이고 실상 이건 자신의 변덕에 불과하지만, 이것이야말로, 여러분, 우리 같은 인간에겐 정말 지상에 존재하는 모든 것을 통틀어 가장 이로운 것일 수 있으며 어떤 경우에는 특별히 더 그렇다. 부분적으론, 심지어 우리에게 명백히 해를 입히고 이익에 관한 우리 이성의 가장 건강한 결론과 모순되는 경우에도 모든 이익들보다도 더 이로운 것일 수 있는데, 이는 어떤 경우든 그것이 우리에게 가장 중요하고 가장 소중한 것, 즉 우리의 인격과 우리의 개성을 보존해 주기 때문이다. 어떤 이들은 이것이 인간에게 있어 정말로 그 무엇보다도 더 소중한 것이라고 주장한다. 욕망은 물론, 그럴 욕망이 있다면, 이성과 합치될 수도 있으며, 특히 그것을 남용하지 않고 적절하게 이용한다면 유용할 뿐만 아니라 심지어 칭찬받아 마땅한 것이다. 하지만 욕망은 몹시 자주, 심지어 대부분의 경우 완전히, 또 집요하게 이성과 상치되고······ 또······ 또 그렇긴 하지만 이것도 유용할 뿐만 아니라 심지어 이따금씩은 매우 칭찬받아 마땅하다는 것을 알고 계신지? 여러분, 인간이 어리석지 않다고 치자.(정말로 한 가지 이유 때문에라도 실상 인간을 두고 이런 얘기는 절대 할 수 없는데, 즉, 인간이 어리석다면 그때는 누가 현명하단 말인가?) 하지만 어리석지는 않다고 할지라도, 어쨌거나 괴물처럼 배은망덕하다! 이례적일 만큼 배은망덕하단 말이다. 내 생각으론 심지어, 인간에 대한 가장 훌륭한 정의는 두 발로 걷는 배은망덕한 존재라는 것이다. 하지만 이것도 아직 전부는 아니다. 이것도 아직은 인간의 주된 결함은 아니라는 것이다. 인간의 가장 주된 결함은 바로 지속적인 부정(不淨), 즉 대홍수부터 슐레스비히-홀스타인 시기에 이르는 인간의 운명에서 지속적으로 나타난 부정이다. 부정이 곧 무분별이기도 한데, 오래전부터 알려졌듯, 무분별은 다름 아닌 부정에서 비롯되는 것이다. 인류의 역사를 슬쩍 훑어 보라. 자, 무엇이 보이는가? 장엄한가? 하긴 장엄하기도 하겠지. 이를 테면 로도스의 거상 하나만 해도 얼마나 대단한 가치가 있는지! 그것을 두고서 아나옙스키[14] 씨가 증언하듯, 어떤 이들이 그것은 인간의 손이 만들어 낸 작품이라고 하는 반면 또 어떤 이들은 자연 자체의 창조물이라고 주장하는 건 우연이 아니다. 휘황찬란하다고? 하긴 휘황찬란하기도 하겠지. 그저 모든 세기에 걸쳐 모든 민족의 문관, 무관 예복 하나만 검토해 봐도 정말 이것 하나만도 얼마나 큰 가치가 있는데, 평상 제복들까지 짊어지면 다리 하나는 족히 부러질 것이다. 이 정도니 단 한 명의 역사가도 버텨 내지 못할 것이다. 단조롭다고? 그래, 단조롭기도 하겠지. 싸우고 또 싸우고, 지금도 싸우고 있고 예전에도 싸웠고 이후에도 싸웠고, 정말 너무나 단조롭다, 그렇지 않은가. 한마디로 말해, 세계사에 관해선 무슨 말이든, 완전히 엉망진창이 된 상상력으로만 생각해 낼 수 있는 온갖 말을 다 할 수 있다. 하지만 딱 한 가지, 할 수 없는 말은 분별이 있다는 말이다. 이런 말이라면 첫마디를 꺼내기가 무섭게 혀가 굳어 버릴 것이다. 뿐더러, 시시각각 기막힌 일이 일어나기도 한다. 살다 보면 행실이 올바르고 분별 있

14) A. E. 아나옙스키(1788~1866). 러시아의 저널리스트.

는 사람들이, 현자들과 박애주의자들이 꾸준히 나타나는데, 이들은 다름 아니라 평생 동안 가능한 한 더욱더 올바르고 분별 있게 행동함으로써 가까운 이들을 위해 말하자면 불을 밝혀 주는 것을 자신의 목표로 삼고, 또 이로써 그들에게 정말로 올바르고 분별 있게 세상을 살아갈 수 있다는 것을 증명하고자 한다. 그럼, 실은 어떤가? 주지하다시피, 이런 박애주의자들 중 대다수가 이르든 늦든 인생의 끄트머리에 가서는 무슨 사건을, 그것도 이따금씩은 가장 점잖지 못한 축에 들어가는 사건을 일으킴으로써 스스로를 배반해 왔다. 이제 여러분에게 묻겠다. 이렇게 이상한 성질을 부여받은 생명체인 인간에게서 대체 무엇을 기대할 수 있겠는가? 자, 인간에게 모든 지상의 행복을 퍼부어 머리까지 그 행복 속에 푹 잠기도록, 오직 거품만이 그 행복의 수면 위로 끓어오르도록 하라. 그에게 어마어마한 경제적 만족을 주어, 잠이나 자고 당밀 과자나 먹고 세계사의 영속을 놓고 골머리를 앓는 것 말고는 할 일이 숫제 아무것도 남아 있지 않도록 해 보라. 이런 상황에서도 그는 여러분 앞에 인간입네 할 것이고 이런 상황에서도 오직 배은망덕한 습성 때문에, 오직 비꼬지 않으면 안 되는 습성 때문에 추잡한 짓을 저지르고 말 것이다. 심지어 당밀 과자마저 희생할 각오로 일부러 가장 파멸적인 허튼 짓을, 가장 비경제적인 터무니없는 짓을 저지르고 싶어 할 텐데, 그 목적이란 오로지 이 모든 긍정적인 분별에 자신의 파괴적이고 환상적인 요소를 뒤섞어 넣는 것이다. 그러니까 자신의 이런 환상적인 몽상들, 자신의 가장 속물적인 바보짓을 꼭 부여잡고 싶어 할 것이란 말이다. 그것도 오로지 인간이란 어쨌거나 인간이지 피아노 건반은 아니라는 것을, 자연의 법칙들이 직접 제 손으로 그 피아노 건반을 두드리지만 계속 그러다 보면 결국 일람표를 벗어나선 아무것도 욕망할 수 없는 지경에 이를 위험이 있다는 것을 자기 자신에게 확증시키기 위해서(마치 이것이 정말 꼭 필요한 일인 양) 말이다. 어디 그뿐인가. 심지어 인간이 정말로 피아노 건반인 것으로 판명될 경우에도, 또 자연 과학까지 동원해 그것을 수학적으로 증명해 줄 경우에도, 그런 상황에서도 그는 정신을 못 차리고 오히려 일부러, 오로지 저 배은망덕한 습성 하나 때문에 워낙에 자기 고집을 꺾기가 싫어서라도 무슨 짓이든 할 것이다. 마땅한 수단이 없을 경우에라도 온갖 궁리를 다 하고 파괴와 혼돈과 다양한 고통을 생각해 내서라도 어떻든 자기 것을 고집할 것이란 말이다! 온 세상에다 저주를 퍼부을 텐데, 이렇게 할 수 있는 건 오직 인간뿐이니까(이것이야말로 인간을 다른 동물과 근본적으로 구별시켜 주는 특권이니까.) 아마 그는 이 저주 하나만으로도 자신의 목적을 달성한 셈이니, 즉 자신이 피아노 건반이 아니라 인간이라는 확신에 도달할 것이다! 만약 여러분이 혼돈이든 암흑이든 저주든 이 모든 것을 도표에 따라 계산할 수 있고 따라서 미리 계산할 수 있는 가능성 하나만으로도 모든 것을 저지하고 이로써 이성이 승리를 거둘 것이라고 말한다면, 그 경우 인간은 이성을 갖지 않을지언정 자기 고집을 꺾지 않기 위해서라도 일부러 미치광이가 될 것이다. 나는 그렇게 믿는다, 이건 내가 보증하겠다. 왜냐면 말이다, 정말로 인간의 일이란 오직 자신이

오르간 스톱이 아니라 인간이라는 것을 스스로에게 시시각각 증명하려는 데 있으니까! 하다못해 손해를 볼지라도, 하다못해 혈거 시절로 돌아갈지라도 증명하려 할 것이다. 그러니 어떻게 죄를 짓지 않을 수 있겠는가, 그런 것 따위는 아직 없으며 욕망이 무엇에 좌우되는지 아직은 통 모르는 것이라고 찬미하지 않을 수 있겠는가…….

여러분은 나에게 외칠(단, 나 같은 것한테도 이렇게 외쳐 줄 가치가 있다고 생각한다면) 것이다, 그럴 경우 아무도 너에게서 의지를 빼앗진 않을 것이며, 사람들은 너의 의지가 너 자신의 의지에 의해 스스로 너의 정상적인 이득이나 자연의 법칙이나 대수학과 일치하도록 어떻게든 수를 써 보기 위해 골머리를 앓을 따름이다, 하고.

"에잇, 여러분, 문제가 도표와 대수학에까지 이르러 2×2=4 하나만이 통용된다면 그 상황에서 무슨 의지가 있을 수 있겠소? 2×2는 나의 의지가 없어도 4가 될 텐데. 자기 의지라는 것이 이런 것이란 말이오!"

9

여러분, 나는 물론 농담을 하고 있고 내 농담이 변변치 않다는 것도 잘 알고 있지만, 실상 전부 다 농담으로 받아들여서는 안 된다. 어쩌면 농담을 하면서 이를 부득부득 가는지도 모르겠다. 여러분, 나는 이런저런 문제에 시달리고 있다. 여러분이 좀 해결해 줬으면 한다. 그러니까 여러분은, 예컨대 인간을 낡은 습관으로부터 떼어 놓고 과학과 상식의 요구에 맞게 인간의 의지를 교정하고자 한다. 하지만 여러분은 인간을 개조할 수 있을 뿐만 아니라 그럴 필요가 있다는 것을 어떻게 아는가? 무슨 근거로 인간의 욕망을 그렇게 교정해야 한다는 결론을 내리는가? 한마디로 말해서, 그런 교정이 정말로 인간에게 이익을 가져오리라는 것을 어떻게 아는가? 기왕지사 말이 나온 김에 죄다 말하자면, 이성의 추론과 대수학에 의해 보장

된 진짜 이익, 정상적인 이익에 역행하지 않는 것이 정말로 늘 인간에게 이롭고 전 인류를 위한 법칙이라고 어떻게 그렇게 정확히 확신하는가? 실상 이것은 아직은 한낱 여러분의 가정에 불과하다. 설령 이것이 논리의 법칙이라 할지라도, 인류의 법칙은 절대 아닐 수 있다. 설마, 여러분, 내가 미친놈이라고 생각하는가? 그래도 토를 다는 것쯤은 양해해 줬으면 한다. 나도 동의하지만, 인간은 무엇보다도 무언가를 창조하는 동물로서 의식적으로 목표를 향해 질주하고 공학에 종사할, 즉 어디를 가든 영원히, 끊임없이 자기 길을 개척하지 않으면 안 되는 존재이다. 하지만 바로 이렇게 길을 개척하지 않으면 안 되기 때문에 그는 이따금씩 갑자기 엉뚱한 쪽으로 빠지고 싶어 하는지도 모르겠다. 더욱이 즉흥적인 활동가란 원래 멍청한 족속이지만 그들조차도 이따금씩은, 길이란 어디로 나 있든 거의 언제나 나 있는 법이다, 따라서 중요한 문제는 길이 어디로 나 있느냐가 아니라 오직 길이 나 있도록 하는 것, 그래서 행실이 올바른 아이가 공학을 무시한 채 모든 죄악의 어머니로 알려진 파괴적인 무위(無爲)에 빠져들지 않도록 하는 것이다, 하고 생각하게 된다. 인간이 창조를, 또 길을 개척하는 것을 좋아한다는 것, 이건 틀림없다. 하지만 대체 무엇 때문에 파괴와 혼돈을 또 그렇게 좋아하는 것일까? 바로 이걸 얘기해 달란 말이다! 하지만 이 점이라면 나 자신도 따로 두어 마디 하고 싶다. 인간이 파괴와 혼돈을 그토록 좋아하는 것(실상 이런 것을 이따금씩 너무 좋아한다는 건 이론의 여지가 없다, 정말 그렇다.)은 혹시 목표에 도달하는 것이, 지금 짓고 있는 건물이 완성되는 것이 그 자신도 본능적으로 두렵기 때문은 아닐까? 여러분이 어떻게 알겠느냐마는, 인간은 오직 먼발치에서만 그 건물을 좋아할 뿐, 가까이서는 절대 그렇지 않을지도 모른다. 어쩌면 건물을 짓는 것만 좋아할 뿐, 그 안에서 사는 것은 좋아하지 않기 때문에 나중에 그걸 aux animaux domestiques(가축들에게), 그러니까 개미나 양이나 뭐 그런 것들에게 줘 버릴 수도 있는 것이다. 한데 이 개미들은 취향이 전혀 다르다. 그들에게는 이것과 비슷한 종류이긴 하되 영원토록 허물어지지 않는, 놀랄 만한 건물이 하나 있다. 바로 개미집이다.

이 존경할 만한 개미들은 개미집에서부터 시작했으며 필경 개미집으로 끝날 텐데, 이는 꾸준함과 긍정성을 자랑하는 그들에게 크나큰 명예를 안겨 줄 것이다. 하지만 인간은 경박하고 볼썽사나운 존재여서, 체스 기사처럼 목적 자체가 아니라 오직 목적을 달성하기 위한 과정 하나만을 좋아하는 것인지도 모른다. 그리고 누가 알겠느냐마는(장담할 순 없으니까.) 인류가 지향하는 지상의 모든 목적은 오직 목적 달성을 위한 이 끊임없는 과정에, 달리 말해 삶 자체에 있는 것이지, 어차피 2×2=4가 될 수밖에 없는 목적 자체에, 즉 공식에 있는 것이 아닐지도 모른다. 2×2=4는 이미 삶이 아니라, 여러분, 죽음의 시작이 아닌가. 적어도 인간은 늘 어쩐지 이 2×2=4를 두려워해 왔지만, 나는 지금도 두렵다. 인간이 하는 일은 오직 이 2×2=4를 찾아 대양을 항해하는 것뿐이지만, 또 이 탐색의 과정에서 삶을 희생하기도 하지만 정말로 그걸 찾는 것, 발견하는 것은 맹세코 어쩐지 두려워한다. 실상 그걸 발견하고 나면 그땐 더 이상 찾아 헤맬 대상이 아무것도 없을 것임을 직감하는 것이다. 일꾼들이라면 일을 마친 뒤 적어도 돈을 받아서 술집에라도 가고 그다음엔 경찰서에 떨어지는 신세가 되고, 뭐 이렇게 일주일치 일이 나온다. 하지만 인간은 어디로 갈 것인가? 적어도 이와 같은 목적을 달성할 때마다 매번 그에게는 뭔가 어색한 것이 나타난다. 목적 달성이야 좋아하지만 완전한 달성은 썩 내키지 않는다는 것인데, 물론 참 우스꽝스럽기 짝이 없는 일이다. 한마디로 말해서, 인간은 희극적으로 생겨 먹었다. 또 이 모든 것에는 명백히 말장난이 들어 있다. 하지만 2×2=4는 어쨌거나 정말 참을 수 없는 것이다. 2×2=4는 내 생각으론 정말로 뻔뻔스러움의 극치일 따름이다. 2×2=4는 양손을 허리에 대고 젠체하듯 여러분을 바라보고 그렇게 여러분의 길을 가로막고 선 채 거드름을 피우며 침을 뱉는 것이다. 2×2=4가 훌륭한 녀석이라는 점에는 나도 동의하지만, 이것저것 다 칭찬할 바엔 2×2=5도 이따금씩은 정말 귀여운 녀석이 아닌가.

그런데 여러분은 왜 그렇게 확고하게, 그렇게 의기양양하게, 오직 정상적이고 긍정적인 것 하나만이, 한마디로 말해서 오직 안락 하나만이 인간에게 이롭다고 확신하는가? 무엇이 정말 이익인지를 놓고 이성이 오류를 범하고 있는 건 아닐까? 실상 인간이 안락 하나만을 사랑하는 건 아닐 수도 있지 않을까? 혹시 고통도 딱 그만큼 사랑하는 건 아닐까? 혹시 고통이라는 것도 딱 안락만큼이나 그에게 이로운 건 아닐까? 인간은 이따금씩 고통을 끔찍이도, 죽도록 좋아한다, 이건 사실이다.

이 경우엔 새삼스레 세계사를 뒤져 볼 필요도 없다. 여러분이 인간이고 또 조금이라도 삶의 경험이 있다면 여러분 자신에게 물어보면 된다. 나의 개인적인 견해로 말할 것 같으면, 오직 안락 하나만을 사랑하는 것은 심지어 어쩐지 점잖지 못한 일이다. 좋든 나쁘든, 이따금씩 뭘 부수는 것은 역시나 몹시 유쾌한 일이다. 실상 나는 여기서 고통을 옹호하는 것도, 더욱이 안락을 옹호하는 것도 아니다. 내가 옹호하는 것은…… 나 자신의 변덕이요, 또한 필요할 때마다 내가 마음껏 변덕을 부리는 것이 보장되었으면 하는 것이다. 고통은 예컨대 보드빌[15]에서는 허용되지 않는다, 이 점을 나는 알고 있다. 수정궁에서라면 생각조차 할 수 없는 일이다. 무릇 고통은 의심이요 부정인데, 의심할 수 있는 공간이라면 그게 무슨 수정궁인가? 그래도 나는 인간이 이따금씩은 진짜 고통, 즉 파괴와 혼돈을 거부하지 않으리라고 확신한다. 고통이야말로 실상 의식의 유일한 원인이니까. 처음에는 의식이란 것이 내 생각으론 인간에게 있어 크나큰 불행이라고 말했지만, 인간이 그것을 사랑하여 그 어떤 만족과도 바꾸지 않으리라는 것을 나는 알고 있다. 의식은 예컨대 2×2보다는 무한히 더 높은 것이다. 2×2 이후엔 할 일이 전혀 없어질 뿐만 아니라 알아내야 할 것도 전혀 없어질 것이다. 그때 가서 할 수 있는 일이란 기껏해야 자신의 오감을 틀어막고 명상에 잠기는 것뿐이다. 뭐 그래도 의식을 갖고 있으면, 결과는 똑같을지언정, 즉 역시나 할 일이 전혀 없어지게

---

15) 춤과 노래를 곁들인 가볍고 풍자적인 통속 희극.

될지언정, 최소한 이따금씩은 자기 자신을 채찍질할 수는 있고 이 정도만 해도 어쨌거나 조금은 살맛이 나지 않겠는가. 좀 반동적일지라도 아무것도 없는 것보다야 어쨌거나 더 낫다.

10

여러분은 영원토록 허물어지지 않는 수정 건물을, 즉 몰래 혀를 내밀 수도, 호주머니 속에서 손가락을 겹쳐 엿 먹으라는 시늉을 해 줄 수도 없는 건물의 존재를 믿고 있다. 글쎄, 내가 이 건물이 무서운 이유는 그것이 수정으로 되어 있어서 영원토록 허물어지지 않기 때문, 그놈한테는 몰래 혀를 내밀 수도 없기 때문인지도 모르겠다.

그런데 말이다, 만약 궁전 대신에 닭장이 있고 마침 비가 온다면 나도 비에 젖지 않으려고 닭장으로 기어 들어갈지 모르겠지만, 어쨌거나 비를 피하게 해 주었다는 고마움 때문에 닭장을 수정궁으로 받아들이지는 않을 것이다. 여러분은 비웃으면서 이런 경우엔 닭장이나 대저택이나 다 똑같다는 말까지 한다. 그렇다, 오직 비에 젖지 않을 목적을 위해서만 살아야 하는 것이라면 말이다, 하고 나는 대답한다.

하지만 만약 그것 하나만을 위해서 사는 것은 아니다, 기왕 살 바엔 어떻든 대저택에서 살아야 된다, 하는 생각이 내 머릿속에 떠올랐다면 대체 어쩔 텐가. 그것이 나의 욕망이요 또 나의 소망이다. 여러분이 내 머릿속에서 이런 생각을 없애 버리려면 나의 소망부터 바꿔야 할 것이다. 자, 바꿔 보라, 다른 걸로 나를 유혹해 보라, 나에게 다른 이상을 줘 보라. 하지만 지금으로선 닭장을 궁전으로 받아들이지는 않겠다. 설령 수정 건물이 공중누각에 불과하고 자연의 법칙에 따르면 그런 건 있을 수도 없다고 할지라도, 내가 그런 걸 고안해 낸 것은 오직 나 자신의 어리석음 탓이요, 또 우리 세대의 다소간의 고리타분하고 비합리적인 관습 탓이라고 할지라도 말이다. 하지만 그런 건 있을 수도 없다고 한들 나와 무슨 상관인가. 그것이 나의 소망 속에 존재한다면, 아니, 더 정확히 말해 나의 소망이 존재하는 한 그것이 존재한다면 어차피 상관없지 않은가? 여러분, 또 비웃을 텐가? 그래, 얼마든지 비웃어라. 어떤 비웃음이라도 감수하겠지만 아무리 그래도 뭘 좀 먹고 싶은데 배가 부르다고 말하지는 않겠다. 어쨌거나 나는, 내가 단지 자연의 법칙에 따라 그런 것이 존재한다는, 실제로 존재한다는 이유 하나 때문에 순순히 타협하거나 끊임없이 순환하는 영(零) 따위에 안착하지는 않을 것임을 알고 있다. 앞으로 천년 동안 가난한 거주자들에게 내줄 셋집이 잔뜩 딸려 있고 만일의 경우를 위해 치과 의사 바겐하임의 이름까지 내건 간판이 붙어 있는 어마어마한 건물이 내 손에 떨어진다고 할지라도 나는 그 건물을 내 소망들의 월계관으로 받아들이지는 않겠다. 나의 소망들을 없애고 나의 이상들을 말살하고 대신 나에게 뭐든 더 좋은 것을 보여 주면, 그때는 여러분을 따르겠다. 여러분은 아마, 개입할 가치도 없다고 말하겠지. 하지만 그 경우엔 나도 똑같은 식으로 여러분에게 대꾸할 수 있다. 우리는 진지하게 논의하고 있는데 여러분은 나에게 조금도 주의를 기울이지 않으니까 나도 애걸복걸하지 않겠다. 나에게는 지하가 있단 말이다.

어쨌든 내가 아직 살아 있고 소망하는 동안에는 그런 어마어마한 집을 짓는 데 벽돌 한 장이라도 나를 수 있다면 내 손이 말라비틀어져도 좋다! 아까 나는 오로지 혀를 내밀어 골려 줄 수 없다는 이유만으로 수정 건물을 부정했지만, 이건 괘념치 마라. 내가 이런 말을 한 것은 절대로, 딱히 혀 내밀길 좋아해서는 아니다. 그저 나는 여러분의 건물들을 통틀어 혀를 내밀 수도 없는 건물이 지금까지 하나도 없다는 사실에 화가 났을 뿐인지도 모르겠다. 오히려 나는 내가 혀를 쏙 내밀 마음이 앞으로 절대 생겨나지 않도록 해 주기만 한다면, 오직 고마운 마음에서라도 내 혀를 싹둑 잘라 버리도록 했을 것이다. 그렇게는 지을 수 없다, 그냥 보통 집으로 만족해야 한다니, 이게 나와 무슨 상관인가? 대체 왜 나는 이런 소망들을 품도록 생겨 먹었을까? 정녕, 나는 오직 나의 모든 조직이 한낱 엉터리에 불과하다는 결론에 도달하지 않으면 안 되게끔 생겨 먹은 것일까? 정녕 여기에 모든 목적이 있는 것일까? 설마 그럴 리가.

하긴 여러분이 알지 모르겠지만, 나는 우리 같은 지하 인간에겐 재갈을 물려야 된다고 확신한다. 그는 사십 년 동안 말없이 지하에 틀어박혀 있을 수 있지만, 세상으로 뛰쳐나와 일단 터져 버리는 날엔 말에 또 말에 하여간 끊임없이 말하니까…….

11

결국, 여러분, 차라리 아무것도 하지 않는 편이 낫다! 차라리 의식적인 관성이 낫다! 그러니까 지하 만세! 나는 정상적인 사람이 배알이 꼴릴 만큼 부럽다고 말했지만, 그가 지금 내 눈에 보이는 상태에 있는 한 그런 사람이 되고 싶은 마음은 손톱만큼도 없다.(그럼에도 계속 그를 부러워할 것이다. 아니다, 아니야, 어쨌거나 지하가 더 이롭다!) 거기서는 적어도……. 에잇! 또 거짓말이나 늘어놓고 있잖은가! 이렇게 거짓말을 늘어놓는 건, 절대로 지하가 더 좋은 것도 아니고 뭔가 다른 더 좋은 것이 있지만 내가 그 뭔가를 그토록 갈망해도 결코 찾지 못할 것이라는 점을 나 자신이 2×2처럼 잘 알고 있기 때문이다! 지하라니, 엿이나 먹어라!

이럴 바엔 차라리 뭐가 더 낫겠느냐 하면, 지금 내가 쓴 이 모든 것 중에서 나 자신이 뭐라도 믿을 수 있다면 좋겠다. 맹세코, 여러분, 나는 지금 내가 휘갈긴 것 중 한 마디, 단 한 마디도 믿지 않는다! 즉, 믿고 있는지도 모르겠지만, 왠지 이와 동시에 내가 갖바치처럼 어설프게 거짓말을 늘어놓는 것 같은 느낌이 들어 영 찜찜하다.

"그럼, 대체 뭘 위해 이 모든 걸 쓴 거요?"라고 여러분은 나에게 말한다.

"자, 내가 여러분을 아무 일거리도 없이 사십 년쯤 가둬 두었다가 사십 년이 지난 뒤에 어떤 지경이 됐는지 알아보기 위해 여러분의 지하에 왔다면? 아니, 인간을 사십 년 동안이나 아무 일거리도 없이 혼자 방치해 두는 법이 어디 있소?"

"그런 소리를 하다니, 정말 창피하고 정말 굴욕적이구려!" 여러분은 경멸스럽다는 듯 머리를 흔들며 나에게 말할 테지. "당신은 삶을 갈망하고 있으며 당신 스스로 인생의 문제들을 뒤엉킨 논리로 풀어 보려고 하는 거요. 당신의 행동거지는 정말 끈덕지고 뻔뻔스럽기 짝이 없지만 그러면서도 동시에 겁은 또 얼마나 많은지! 당신은 헛소리를 지껄이면서 그 헛소리에 만족하고 있소. 뻔뻔스러운 소리를 지껄이면서도 그 때문에 끊임없이 겁을 집어먹고 용서를 구하잖소. 아무것도 무섭지 않다고 주장하면서도 동시에 우리의 견해가 궁금해서 아첨을 하고 있구려. 이를 갈고 있노라고 주장하면서도 동시에 우리를 웃기려고 갖은 농담을 늘어놓고 있잖소. 당신은 당신의 농담이 가당찮다는 것을 알면서도 분명히 그것의 문학적 진가에 몹시 만족하고 있는 거요. 당신이 정말로 고통 받았던 적이 있었는지는 모르겠지만 당신은 자신의 고통을 조금도 존경하지 않소. 당신의 내면에 진실은 있지만, 그 내면에 순결함은 없소. 당신은 아주 시시껄렁한 허영에 사로잡힌 나머지 괜히 과시하기 위해 당신의 진실을 시장 바닥에 내놓고 치욕을 자처하는 거요……. 당신은 정말로 뭔가 하고 싶은 말이 있으면서도 겁을 집어먹은 까닭에 최후의 한마디를 감추는데, 이는 당신이 그걸 입 밖에 낼 결단력은 없고 오직 겁을 집어먹은 채 시건방지게 굴 줄만 알기 때문이오. 당신은 그놈의 의식을 자랑하느라 정신이 없지만 실은 그저 망설이고 있을 뿐인데, 이는 당신의 머리는 작동하고 있으되 당신의 마음은 방탕으로 인해 어둠침침해졌기 때문이오. 깨끗한 마음이 없으면 완전하고 올바른 의식도 없는 법이라오. 당신은 또 남한테 어찌나 끈덕지게 달라붙는지, 또 남을 어찌나 귀찮게 하는지, 또 어찌나 오만상을 찌푸리는지! 허위, 허위, 허위올시다!"

물론 여러분의 이 모든 말은 지금 나 자신이 지어낸 것이다. 이것도 역시 지하의 산물이다. 나는 거기서 사십 년 동안 계속 여러분의 이런 말을 문틈으로 엿들어 왔다. 이것도 다 나 자신이 생각해 낸 것이지만, 실상 오직 이런 것만 생각났기 때문이기도 하다. 딱히 놀랄 것도 없지, 달달 외울 정도가 되다 보니 자연스레 문학적 형식을 띠게 된걸…….

하지만 여러분이 아무리 남의 말을 잘 믿기로서니, 설마 정말로 내가 이 모든 것을 인쇄하고 더욱이 여러분한테 읽으라고 내놓을 것이라고 상상할까? 자, 나한테는 한 가지 과제가 더 있다. 즉, 정말로 무엇을 위해서 나는 당신들을 '여러분'이라고 부르는 것일까, 무엇을 위해서 당신들이 정말 독자라도 되는 양 대하는 것일까? 내가 지금부터 진술해 나갈 작정인 고백은 발표할 것도, 또 남한테 읽힐 것도 못 된다. 적어도, 나의 내면에 그만한 확고함은 없거니와 더욱이 그런 걸 갖출 필요가 있다고 생각지도 않는다. 하지만 보시다시피, 내 머릿속에 한 가지 공상이 떠올랐으니 어떤 일이 있어도 그걸 꼭 실현시키고 싶다. 바로 이게 문제다.

누구든 사람은 오직 친구들이 아니면 아무한테나 털어놓지 못하는 추억이 있는 법이다. 친구들도 아닌 오직 자기 자신에게만, 그것도 은밀히 털어놓을 수밖에 없는 것들도 있다. 하지만, 끝으로, 심지어 자기 자신에게도 털어놓기 무서운 것들도 있는데, 점잖은 사람이라면 누구나 그런 것들이 상당히 많이 쌓여 있을 것이다. 즉, 심지어는 점잖은 사람일수록 그런 것들은 더욱더 많을 것이다. 적어도 나 자신만 해도 겨우 최근에야 예전에 있었던 나의 몇몇 모험을 회상해 보기로 결심했는데, 지금까지는 늘 어떤 불안마저 느끼면서 회피해 왔던 것들이다. 하지만 지금은 기억을 더듬는 것은 물론이거니와 기록하겠다는 결심까지 한 만큼 꼭 시험해 보고 싶은 것이 있다. 즉, 나는 하다못해 나 자신 앞에서만큼은 완전히 솔직해질 수 있을까, 그 어떤 진실도 두려워하지 않을 수 있을까? 곁들어 지적하자면, 하이네[16]는 믿을 만한 자서전이란 거의 있을 수 없다고, 인간이란 스스로 자신에 대한 거짓말을 늘어놓을

16) 하인리히 하이네(Heinrich Heine, 1797~1856). 독일의 시인.

것이라고 주장한다. 그의 견해에 따르면, 예를 들어 루소[17]는 저 고백록에서 틀림없이 자신에 대한 거짓말을 늘어놓았고 심지어 허영심에 사로잡힌 나머지 머리까지 굴려 가며 거짓말을 늘어놓았다는 것이다. 나는 하이네의 생각이 옳다고 확신한다. 그러니까 오로지 허영심에 사로잡힌 나머지 스스로에게 온갖 죄를 덮어씌우는 일이 이따금씩 있다는 것을 아주 잘 이해하며, 심지어 이것이 어떤 종류의 허영심인지도 아주 잘 간파하고 있다. 하지만 하이네는 대중 앞에서 고백한 사람을 두고 얘기한 것이다. 나로 말할 것 같으면 오직 나 하나만을 위해서 쓰는 것이고, 내가 독자를 대하는 듯한 투로 쓰고 있다면 그건 그저 보여 주기 위해서일 뿐이며 또 이런 식으로 쓰는 것이 좀 더 수월하기 때문이다. 이 경우엔 형식, 하나의 텅 빈 형식만 있을 뿐, 독자 같은 건 내게 결코 없을 것이다. 이 점은 이미 일러 뒀잖은가…….

이 수기의 편집 양식에 있어서 나는 어떤 것에도 구애받고 싶지 않다. 질서니 체계니 하는 것도 갖추지 않겠다. 그냥 기억나는 대로 기록해 나가겠다.

이제 예컨대, 여러분은 말꼬리를 붙잡고 늘어지면서 나한테 다음과 같은 걸 물어볼 수도 있을 것이다. 만약 정말로 독자를 염두에 두지 않는다면, 질서니 체계니 하는 것도 갖추지 않겠다느니 그냥 기억나는 대로 기록해 나가겠다느니 하는 말을 구구절절이 늘어놓는, 즉 스스로 이렇게 토를 다는

---

17) 장자크 루소(Jean-Jacques Rousseau, 1712~1778). 프랑스의 사상가, 작가.

목적은 대체 무엇인가, 그것도 구태여 종이 위에다가? 뭐 하자고 이런 해명을 늘어놓는가? 뭐 하자고 괜히 변명을 늘어놓는 것인가?

"자, 이제 들어 보시란 말씀." 나는 대답한다.

이 경우 문제는, 하지만, 순전히 심리학이다. 어쩌면 내가 마냥 겁쟁이라서 그런지도 모르겠다. 또 어쩌면 이렇게 기록을 하는 동안 좀 더 점잖게 굴기 위해 일부러 눈앞에 대중을 상상하는 것인지도 모르겠다. 여하튼 그 이유는 수천 가지가 있을 수도 있다.

하지만 또 이런 문제도 있다. 즉, 무엇을 위해서, 도무지 왜 나는 쓰고 싶어 하는 것일까? 대중을 위해서가 아니라면 모든 걸 종이에 옮겨 적을 것도 없이 그냥 머릿속에서만 회상할 수도 있지 않을까?

그렇긴 하다. 하지만 종이에 쓰면 어쩐지 더 웅장해질 것 같다. 이렇게 하면 뭔가 뇌쇄적인 것이 있고 나 자신에 대한 심판도 더욱 엄중해질 것이며, 나름대로 문체도 덧붙여질 것이다. 그 뿐인가. 어쩌면 이렇게 기록하는 동안에 정말로 마음도 좀 가벼워질 것이다. 당장 지금만 해도, 예컨대 옛 추억 하나가 나를 유난히 짓누른다. 그것은 요 근래에 내 머릿속에 또렷하게 떠올랐고 그때 이후로, 좀처럼 떨어져 나갈 생각을 하지 않는 짜증나는 음악 모티프처럼 나에게 들러붙어 버렸다. 이런 추억이 나에게는 수백 개는 족히 있는데, 때때로 그 수백 개 중 하나가 툭 튀어나와서 나를 짓누른다. 이렇게 기록을 하다 보면 그게 떨어져 나갈 것이라고 나는 믿는다. 한 번쯤 시험을 해 볼 수는 있잖은가?

끝으로, 나는 심심하다, 나란 놈은 도무지 하는 일이 없다. 뭘 기록한다는 것은 정말 일인 것 같다. 일을 하다 보면 사람은 착하고 성실해진다고들 말한다. 자, 그렇다면 적어도 좋은 기회가 온 셈이다.

지금 눈이 내리고 있는데, 거의 축축한 데다가 누르께하고 희끄무레한 진눈깨비다. 어제도 내렸고, 요 근래에도 내렸다. 아마 나는 저 진눈깨비를 보고서 지금 나에게서 떨어져 나갈 생각을 하지 않는 그 일화를 떠올린 모양이다. 그럼, 이것은 진눈깨비에 관한 소설이 되면 되겠군.

2부
진눈깨비에 관하여

길을 잃고 암흑 속을 헤매던
네 타락한 영혼을 나는
열렬한 신념의 말로 달래며 끌어냈지,
그때 너는 깊은 고뇌에 사로잡혀
두 손을 비비며
너를 휘감았던 죄악을 저주했지.
건망증이 심한 양심을
추억으로써 응징하느라,
나를 만나기 전의 일을
전부 이야기해 주었지,
갑자기 두 손으로 얼굴을 가리고
수치와 공포에 휩싸여
눈물을 쏟아 냈지,
격앙되어, 전율하며…….
등등, 등등, 등등.
—N. A. 네크라소프의 시에서*

* 러시아의 시인 니콜라이 알렉세예비치 네크라소프(Nikolay Alexeyevich Nekrasov, 1821~1878)의 1845년 시 앞부분을 연 구분 없이 인용한 것이다.

1

그 당시 나는 겨우 스물네 살이었다. 나의 삶은 그때도 음울하고 무질서하고 야생에 가까울 만큼 고독했다. 나는 그 누구와도 사귀지 않고 심지어 말하는 것조차 피하면서 점점 더 나만의 구석으로 숨어들었다. 근무처인 관청에서도 아무도 보지 않으려고 노력했는데, 나의 동료들이 나를 괴짜 취급한다는 걸 아주 잘 인지했을 뿐만 아니라—줄곧 이런 생각이 들었다—어쩐지 역겨움이 담긴 시선으로 나를 바라보는 것만 같았다. 내 머릿속엔 또 이런 생각이 들곤 했다. 그러니까, 자기가 역겨움이 담긴 시선을 받고 있는 것만 같은 생각이 나를 제외한 다른 사람들에게는 왜 들지 않는 것일까? 우리 관청 사람 중 하나는 얼굴이 심하게 얽어 혐오스러운 데다가 인상도 날강도처럼 험악했다. 나라면 저렇게 점잖지 못한 얼굴을 달고선 감히 누굴 쳐다볼 엄두도 내지 못했을 것이다. 또 한 사람은 제복이 너무나 낡아 빠져서 그 옆에 가기만 해도 벌써부터 고약한 냄새가 났다. 그런데 이 양반들 중 아무도 옷에 관해서든 얼굴에 관해서든 저기 무슨 정신적인 측면에서든 당혹스러워하는 일이 없었다. 이자도, 저자도 사람들이 자기를 역겨움이 담긴 시선으로 바라본다는 상상은 하지 않았다. 설령 그런 상상을 했다고 해도, 상부에서 그런 눈총을 보내지만 않으면 아무 상관없었을 것이다. 이제는 아주 분명히 알겠지만, 나는 무한한 허영심에 가득 찬 나머지 나 자신에게 너무 까다롭게 굴었고 그 결과 나 자신을 역겨움에 가까운 광포한 불만의 시선으로 바라보는 일이 극히 잦았으며, 또 이 때문에 혼자만의 생각 속에서 나의 시선을 모든 사람들에게 투사했던 것이다. 예컨대, 나는 나 자신의 얼굴을 증오하고 그것이 추악하다고 생각했을뿐더러 거기에 뭔가 비열한 표정이 깃들어 있지나 않을까 하는 의혹마저 품었기 때문에, 출근을 할 때마다 사람들이 내가 비열한 놈이 아닐까 하는 의혹을 품지 않도록 하기 위해 가능한 한 더 의연한 자세를 취하고 또 가능한 한 더 기품 있는 표정을 지으려고 괴로울 정도로 애를 썼다. '얼굴이 좀 못생기면 어때. 그 대신 기품 있고 표정이 풍부한, 무엇보다도 굉장히 지적인 얼굴이면 되지.' 나는 이렇게 생각했다. 하지만 나는 이 모든 매력을 내 얼굴론 절대 표현할 수 없음을 고통스러울 정도로 잘 알고 있었다. 무엇보다 더 끔찍한 것은 내 생각엔 내 얼굴이 단연코 멍청이 같이 생겨먹었다는 점이다. 지성만 좀 깃들어 있어도 완전히 타협했을 것이다.

표정이 비열하다는 말을 들어도 수긍했을 것이다, 동시에 내 얼굴이 끔찍이도 지적이라는 말만 곁들어 준다면.

나는 물론 나의 관청 동료들을 하나에서 열까지 모두 증오하고 또 경멸했지만 그러면서도 그들을 좀 무서워했던 것 같다. 갑자기 그들이 나보다 낫다는 생각이 들 때도 있었다. 그 무렵엔 그들을 경멸하다가도 어쩐지 갑자기 그들이 나보다 낫다는 생각이 드는 일이 있었던 것이다. 지적으로 성숙했고 점잖은 인간은 자기 자신에 대해 무한히 까다롭지 않고서는, 또 어떤 순간엔 자기 자신을 증오할 만큼 경멸하지 않고서는 허영심에도 사로잡힐 수 없다. 하지만 남을 경멸하든지 아니면 남이 나보다 낫다고 생각하든지 간에 마주치는 누구에게나 나는 눈을 내리깔았다. 심지어 나에게로 쏟아지는 아무개의 시선을 참아 낼 수 있는지 실험까지 해 봤지만, 늘 내 쪽에서 먼저 눈을 내리깔았다. 이것이 나를 미칠 정도로 괴롭혔다. 또 나는 웃긴 놈이 될까 봐 병이 날 정도로 무서웠던 나머지, 외적인 것과 관련된 모든 것에서 노예처럼 인습을 숭배했다. 기꺼이 일반적인 통념을 따랐으며 온 마음으로 내 내면의 온갖 기괴함을 저어했던 것이다. 하지만 내가 어떻게 끝까지 견뎌 낼 수 있었겠는가? 우리 시대의 지적으로 성숙한 인간이 응당 그렇듯, 나는 병적으로 성숙해 있었다. 반면 그들은 모두 둔한 데다가 한 무리 속의 숫양들처럼 서로서로 닮았다. 어쩌면 관청을 통틀어서 나 하나만이 계속 내가 겁쟁이이자 노예라고 여겼는지도 모르겠다. 바로 그 때문에 나는 또 내가 지적으로 성숙했다고 여겼다. 하지만 그냥 그렇게 여겨졌던 것일 뿐만 아니라 정말 사실이 그렇기도 했다. 나는 겁쟁이이자 노예였다. 이건 조금도 서슴지 않고 하는 말이다. 우리 시대의 점잖은 인간은 누구나 겁쟁이이자 노예이며 또 마땅히 그래야만 한다. 이것이야말로 그의 정상적인 상태니까 말이다. 이 점에 관한 한, 나는 깊은 확신을 갖고 있다. 그는 그렇게 만들어졌고 그렇게 되도록 생겨 먹었다. 비단 현재만의 일도, 또 저기 무슨 우연한 상황 때문도 아니고, 대체로 어느 시대에나 점잖은 인간은 겁쟁이요 노예여야만 했다. 이것이야말로 지상의 모든 점잖은 인간의 자연 법칙이다. 만약 그들 중 누가 무언가로 용맹을 뽐낼 일이 생길지라도, 그걸로 위안을 삼거나 그것에 열광하진 않는다. 어쨌거나 다른 일에 부닥치면 꽁무니를 뺄 테니까. 유일하고 영구적인 출구란 이런 것이다. 용맹을 뽐내는 건 오직 당나귀나 그 족속뿐이지만 실상 그치들도 어느 선까지만 그렇다. 그치들에겐 주의를 기울일 가치도 없는 것이, 그치들은 그야말로 아무런 의미도 없기 때문이다.

그 당시 나를 괴롭힌 정황이 하나 더 있다. 다름 아니라, 아무도 나를 닮지 않았고 나도 아무와도 닮지 않았다는 점이다. '나는 혼자건만 저들은 모두다.'라고 생각했고, 그 생각에 잠기곤 했다.

이걸 보면 나는 아직도 완전히 어린애였다는 소리다.

정반대되는 일도 있었다. 정말이지 이따금씩은 관청에 다니는 일이 얼마나 메스꺼웠던가. 오죽하면 병든 사람의 몰골로 퇴근을 하는 일도 허다했다. 하지만 갑자기 밑도 끝도 없이 회의주의와 무심함의 주기가 엄습하면(나는 매사에 주기를 탔다.)

그렇게 스스로 나 자신의 성마름과 결벽증을 비웃고 또 스스로 나 자신의 낭만주의를 힐난한다. 아무와도 말하고 싶지 않다가도 결국엔 그들과 대화를 나눌 뿐만 아니라 친구처럼 어울릴 생각마저 한다. 모든 결벽증이 갑자기 일시에, 밑도 끝도 없이 사라진 것이다. 누가 알랴마는, 어쩌면 그런 건 원래부터 나한테 있지도 않았고 책에서 빌려 온, 한낱 허황된 결벽증에 불과한 것이 아니었을까? 나는 지금까지도 이 문제를 해결하지 못했다. 한번은 그들과 완전히 친해진 적도 있어서, 그들의 집을 방문하고 프레페랑스[18]를 하고 보드카를 마시고 진급 문제를 논하고……. 그나저나 죄송하지만, 여기서 주제와 동떨어진 얘기를 하나 해야겠다.

대체적으로 말해, 우리 러시아인 중에는 독일인이나 특히 프랑스인처럼 뜬구름이나 잡는 어리석은 낭만주의자는 원래부터 없었다. 저들은 땅이 갈라진다고 해도, 프랑스 전체가 바리케이드에서 파멸한다고 해도 꿈쩍도 않고, 어찌나 한결같은지 심지어 예의로라도 한 번쯤 변해 주는 법이 없고, 말하자면 관 속에 들어가는 날까지 여전히 자신의 뜬구름 잡는 노래를 부를 것인데, 워낙에 바보라서 그렇다. 하지만 우리 러시아 땅에는 이런 바보들은 없다. 이것은 익히 알려진 사실이다. 또 바로 이것이 우리와 여타 독일 땅의 차이점이기도 하다. 따라서 뜬구름 잡는 천성이란 것도 우리 나라에서는 순수한 상태로는 생겨나질 않는다. 이건 죄다 그 당시의 우리네 '긍정

18) 카드놀이의 일종.

적인' 시사 평론가와 비평가가 그 당시 코스탄조글로나 표트르 이바노비치[19] 아저씨 같은 자를 붙잡고 늘어져 이런 천성을 무심코 우리의 이상으로 받아들인 탓이며, 우리네 낭만주의자들을 두고 온갖 엉터리를 고안해 내선 그들을 독일이나 프랑스의 뜬구름 잡는 존재로 간주한 탓이다. 하지만 실상, 우리네 낭만주의자의 특성은 뜬구름 잡는 유럽 낭만주의자와는 완전히, 정면으로 대립되는 것으로서 유럽적 척도는 뭐 하나 여기에 적합한 것이 없다.(이렇게 '낭만주의자'라는 단어를 쓰는 걸 양해해 주기 바란다. 이 얼마나 예스럽고 기품 있고 명예로운, 또 누구에게나 익숙한 단어인가.) 우리네 낭만주의자의 특성이란, 모든 것을 이해하는 것, 모든 것을 보는 것, 그것도 종종 우리의 가장 긍정적인 지성들이 보는 것과는 비교도 할 수 없을 만큼 분명하게 보는 것에 있다. 즉, 그 누구와도, 그 무엇과도 타협하지 않되, 동시에 그 무엇도 꺼리지 않는 것에, 모든 것을 아우르고 모든 것에 양보하고 모두를 공손하게 대하는 것에, 유용하고 실제적인 목적(저기 무슨 사택이나 연금, 훈장 같은 것 말이다.)을 항상 염두에 두되 그 목적을 모든 열광과 서정시집을 통해 발견함과 동시에 '아름답고 숭고한 것'을 무덤 속에 들어갈 때까지 신성불가침이라도 되는 양 간직하고, 또 예컨대 예의 그 '아름답고 숭고한 것'을 위해서라도 자기 자신을 겸사겸사 무슨 보석처럼 몹시 소중히 간직하는 것에 우리 낭만주의자들

19) 러시아의 소설가 니콜라이 고골(Nikolai Gogol, 1809~1852)의 『죽은 혼』(2부, 1852), 러시아의 소설가 이반 곤차로프(Ivan Goncharov, 1812~1891)의 『평범한 이야기』(1847)의 등장인물들.

의 특성이 있는 것이다. 우리네 낭만주의자는 폭넓은 사람이어서 우리의 온갖 악당을 통틀어 제일가는 악당인데 이 점에 관한 한…… 심지어 경험에 근거하여 단언하는 바다. 물론, 이 모든 것은 낭만주의가 똑똑할 경우에 한해서다. 그러니까 지금 내가 무슨 소리를 하고 있나, 원! 낭만주의자는 늘 똑똑하지 않은가. 나는 그저, 우리 나라에도 멍청한 낭만주의자들이 있긴 하지만 이건 셈에 넣지 않았음을 지적하고 싶었을 따름인데, 이는 오로지 그들이 아직 한창때에 완전히 독일인으로 둔갑했기 때문이요, 자신의 보석을 보다 더 편리하게 보존하기 위해서 대개의 경우 저기 어디 바이마르나 슈바르츠발트 같은 곳에 눌러앉았기 때문이다. 나는, 예컨대 관직 활동을 진정으로 경멸하면서도 오직 불가피했기 때문에 침을 뱉지는 않았다. 어떻든 거기 앉아 있는 대가로 돈을 받았잖은가. 결과적으론, 어쨌거나 침을 뱉진 않았음을 유념하기 바란다. 우리 낭만주의자는 달리 염두에 둔 다른 일이 없다면 침을 뱉느니 차라리 미쳐 버릴 테지만(하긴 이런 일도 극히 드물다.) 그래도 절대 살짝 쫓겨나는 법은 없고 오직 '스페인 왕'[20]의 모습으로 정신병원에 끌려갈 따름인데, 그나마도 그가 제대로 미쳐 버릴 때의 일이다. 하지만 실상 우리 나라에서 미쳐 버리는 건 오직 비실비실한 자들, 머리색이 희멀건 자들뿐이다. 절대 다수의 낭만주의자들은 나중에 상당한 지위를 얻는단 말이다. 이례적일 만큼 다면적이지 않은가! 서로 가장 모순되는 감각

20) 고골의 「광인 일기」(1835)의 주인공 포프리쉰을 말한다.

을 느낄 수 있는 이 능력은 또 얼마나 대단한가! 나는 그때도 이걸 위안으로 삼았고 지금도 같은 생각이다. 바로 이 때문에 우리 나라에는 가장 비참한 타락의 순간에도 절대 자신의 이상을 잃지 않는 '폭넓은 천성의 소유자들'이 그토록 많은 것이다. 이상을 위해 손가락 하나 까딱하지 않는 위인일지라도, 악명 높은 도둑이나 강도일지라도 어쨌거나 자신의 태초의 이상을 눈물나게 존경하고 또 그 영혼은 이례적일 만큼 정직하다. 그렇다, 오직 우리 나라에서만 가장 악명 높은 비열한이 영혼은 완전히, 심지어 숭고할 만큼 정직하되 그러면서도 동시에 계속 비열한으로 남을 수 있는 것이다. 반복하건대, 실상 우리네 낭만주의자 중에도 대단히 실무적인 불한당들('불한당들'이라는 단어를 나는 기꺼이 사용하는 바이다.)이 꾸준히 나와서 갑자기 대단한 현실 감각과 긍정적인 것에 대한 지식을 유감없이 발휘하는 일이 더러 있는데, 이 때문에 깜짝 놀란 당국과 대중은 어안이 벙벙해져 그들 앞에서 오직 혀를 끌끌 찰 뿐이다.

이 다면성은 진실로 경탄할 만한 것이어서, 앞으로 전개될 상황에서 어떻게 변하고 또 어떻게 될지, 또 향후 우리에게 무엇을 선사할지 누가 알겠는가? 한데 재료가 썩 괜찮지 않은가! 내가 이런 말을 하는 건 무슨 우스꽝스럽거나 쉬어 터진 애국심에 사로잡혀서가 아니다. 그런데도, 확신하건대, 여러분은 또 내가 농담하는 것이라고 생각할 테지. 하긴 누가 알겠느냐마는, 어쩌면 정반대일지도, 즉 여러분은 내가 정말로 그렇게 생각한다고 확신할지도 모르겠다. 어쨌거나 여러분, 나는 여러분의 두 의견을 모두 영광으로, 특별한 만족으로 여길 것이다. 이렇게 일탈하는 것쯤은 양해해 주시길.

나는 물론 나의 동료들과의 우정을 그다지 오래 이어가지 못하고 그야말로 곧장 침을 탁 뱉어 버렸으며, 그 무렵엔 아직 어리고 미숙했던 까닭에 절교라도 한 듯 그들에게 인사조차 하지 않게 되었다. 하지만 이런 일도 나한테는 딱 한 번뿐이었다. 대체로 나는 늘 혼자였으니까.

집에 있을 때 나는, 첫째 책을 제일 많이 읽었다. 나의 내부에서 끊임없이 끓어오르는 모든 것을 외적 감각으로 억누르고 싶었던 것이다. 외적인 감각 중 그나마 나한테 가능했던 것은 오직 독서 하나뿐이었다. 독서는 물론 많은 도움이 되었으니, 흥분에 들뜨기도 하고 달콤함에 젖기도 하고 괴로워하기도 했다. 하지만 때론 끔찍할 정도로 지루해하기도 했다. 어쨌거나 몸을 움직이고 싶었기에 나는 갑자기 어둡고 추잡한 지하의 방탕, 아니 방탕 나부랭이에 빠져들었다. 내 내부의 열정 나부랭이들은 내가 늘 병적으로 신경질적이었던 까닭에 날카로웠고 또 불덩어리처럼 뜨거웠다. 히스테릭한 격정에 사로잡혀 눈물을 흘리고 경련을 일으키는 일도 있었다. 독서 말고는 달리 갈 데도 없었으니, 즉 그 무렵 내가 내 주위에서 존경할 수 있고 어떤 끌림을 느낄 수 있는 것이라곤 아무것도 없었다. 덧붙여 우수가 끓어올랐다. 모순과 대조를 향한 히스테릭한 갈망이 생겨났던 것이며 그렇게 나는 방탕에 몸을 맡겨 버렸다. 내가 지금 이렇게 많은 말을 늘어놓은 건, 절대로 나 자신을 변명하기 위해서가 아니고……. 아니, 그렇지 않다! 거짓말을 하고야 말았다! 나는 다름 아니라 나 자신을 정당화하고 싶었던 것이다. 이건, 여러분, 나 자신을 위해 지적해 두는 것이다. 거짓말을 하고 싶진 않으니까. 그렇게 약속했지 않은가.

나는 밤마다 고립 속에서 남몰래 두려움에 떨며 더러운 방탕에 빠지곤 했는데, 가장 역겨운 순간에도 수치심은 나를 떠나지 않았으며 그런 순간이면 심지어 나 자신을 저주하기에 이르렀다. 그 무렵에 이미 나는 내 영혼 속에 지하를 담고 다녔다. 어쩌다 누가 나를 보지나 않을까, 나와 마주치지는 않을까, 나를 알아보지나 않을까 끔찍이 두려워하기도 했다. 그러면서도 몹시 어두운 온갖 곳을 여기저기 돌아다녔다.

한번은, 밤에 어느 술집 곁을 지나다가 불 켜진 창문으로 신사들이 당구대 옆에서 큐로 싸움질을 하는 것을, 그러다가 그들 중 한 명이 창문 밖으로 내동댕이쳐지는 것을 보았다. 여느 때 같으면 정말 딱 역겨워졌겠지만 그 순간엔 갑자기 이 내동댕이쳐진 신사가 부러워졌고 어찌나 부러웠던지 그 술집의 당구장 안으로 들어가 보기까지 했다. '행여나 싸움질이라도 하면 나도 저렇게 창문 밖으로 내동댕이쳐질 거야.'

술에 취해 있었던 건 아니지만 정말 어쩌랴, 이렇게 히스테리를 일으킬 만큼 우수에 사로잡혔으니! 하지만 뭐 하나 되는 일이 없었다. 결국 나는 창문 밖으로 뛰어내릴 능력도 없었던 까닭에 싸움질도 하지 않고 순순히 그곳을 떠났다.

실은 내가 거기에 발을 들여놓자마자 한 장교가 내 코를 뭉개 놓았다.

당구대 곁에 서 있던 내가 뭣도 모르고 그만 남의 길을 가로막아 버렸는데, 그 장교는 마침 그곳을 지나가야 했던 것이다. 그는 내 어깨를 거머쥐고 말없이 — 미리 언질을 주지도, 가타부타 해명을 하지도 않고 — 나를 원래 서 있던 자리에서 다른 곳으로 옮겨 놓은 뒤 정작 자신은 그걸 알아채지도 못한 양 그냥 지나가 버렸다. 차라리 나를 한 대 팼더라면 용서했을 것을, 나를 무슨 물건처럼 옮겨 놓고선 숫제 그걸 알아채지도 못하다니, 이건 절대 용서할 수 없었다.

그때 진짜 싸움, 즉 좀 더 올바르고 좀 더 점잖고, 말하자면, 좀 더 문학적인 싸움을 위해서라면 나는 정말 뭐라도 내놓았을 것이다! 이 몸이 파리 취급을 당한 것이 아닌가. 그 장교는 키가 10베르쇼크[21]나 됐다. 반면 나는 키가 작고 비썩 마른 놈이었다. 그래도 싸움을 할지 안 할지는 내 손에 달린 문제였다. 좀 대들기만 했어도 물론 창문 밖으로 내동댕이쳐졌을 것이다. 하지만 나는 곰곰 생각을 해 본 뒤에 차라리…… 혼자 성질을 내며 슬그머니 꽁무니를 빼는 쪽을 택했다.

나는 혼란스럽고 흥분된 상태로 술집을 나와 곧장 집으로 왔지만 그 이튿날도 나의 방탕 행각은 계속되었다, 이전보다 더 주눅 들고 더 녹초가 되고 흡사 눈물방울이라도 맺힐 것처럼 울적해지긴 했어도 어쨌거나 계속됐던 것이다. 하지만 내가 원래 겁쟁이라서 그 장교한테 겁을 집어먹었다곤 생각하지 말아 달라. 나는 막상 현실에 부닥치면 끊임없이 겁을 집

21) 1베르쇼크는 4.445센티미터. 앞에 2아르쉰(1아르쉰은 71센티미터)이 생략됐기 때문에 장교의 키는 대략 186센티미터.

어먹지만 그 영혼에 있어선 절대 겁쟁이가 아니었다. 어떻든 비웃더라도 좀 있다가 비웃기를, 여기엔 그럴 만한 이유가 있으니까. 나로 말할 것 같으면 어떤 일이든 다 이유가 있다, 정말이다.

오, 만약 이 장교가 결투에 응할 만한 부류의 인간이었더라면! 하지만 아니올시다, 이자는 정확히 당구 큐를 휘두르거나 아니면 고골의 피로고프 중위[22]처럼 상관에게 고자질하는 쪽을 택하는(아! 오래전에 자취를 감춰 버린) 부류의 양반이었다. 결투라는 걸 하지도 않을뿐더러 우리 같은 부류, 즉 책상물림과의 결투는 어떤 경우에라도 점잖지 못한 일로 간주했을 법한데, 아니, 대체로 결투 자체를 프랑스식 자유사상에 물든, 뭔가 생각조차 할 수 없는 것으로 간주했을 법한데, 그러면서도 정작 그 자신은 남을 상당히 모욕했으며 특히나 키가 10베르쇼크나 되는 경우엔 더 그랬다.

내가 그 순간 겁을 먹은 것은 비겁해서가 아니라 무한하기 그지없는 허영심이 발동해서였다. 10베르쇼크의 키에 경악한 것도, 호되게 얻어맞고 창문 밖으로 내동댕이쳐질까 봐 경악한 것도 아니었다. 육체적인 용기라면, 사실 충분했을 것이다. 하지만 정신적인 용기가 부족했다. 나는, 시건방진 종업원에서부터 비계 기름이 좔좔 흐르는 옷깃을 세운 채 주위에서 얼쩡거리는, 구린내 나는 여드름투성이 말단 관리에 이르기까지 그 자리에 있던 모든 사람들이 내가 대든답시고 문학

22) 고골의 「네프스키 거리」(1835)에 나오는 속물적인 인물.

적인 언어로 그들에게 말을 꺼내 본들 아무도 내 말을 알아먹지 못할 테고 괜히 나를 웃음거리로 만들어 버릴까 봐 경악했던 것이다. 실상, 명예라는 문제, 즉 그냥 명예가 아니라 point d'honneur(명예라는 문제)에 관한 한, 우리 나라에선 지금까지도 문학적인 언어를 사용하지 않고선 달리 대화를 나눌 길이 없다. 일상어로는 '명예라는 문제'에 관한 한 말도 꺼낼 수 없는 것이다. 전적으로 확신했거니와(아무리 낭만주의에 젖어 있을지라도 현실 감각은 또 살아 있다!) 이들은 모두 웃음이 나서 마냥 자지러졌을 테고 장교는 그냥, 즉 아무 생각 없이 나를 두들겨 팰 뿐만 아니라 틀림없이 나를 무릎으로 걷어차고 그렇게 당구대를 한 바퀴 돌린 다음에야 무슨 자비라도 베풀 듯 나를 창문 밖으로 내동댕이쳤을 것이다. 물론 나의 이 형편없는 사건도 그냥 이렇게 끝날 리는 없었다. 이후 나는 이 장교를 종종 거리에서 만났고 그때마다 눈여겨 봐 두었다. 다만, 그도 나를 알아보았는지 어떤지는 모르겠다. 분명히 알아보지 못했을 것이다. 이런 결론을 내리는 건 그럴 만한 몇 가지 징후들이 있어서이다. 어쨌거나 나는, 내 쪽에서는, 원한과 증오의 시선으로 그를 바라보았고 이것이…… 몇 년이나 지속됐던 것이다! 나의 원한은 심지어 해를 거듭함에 따라 더 깊게 뿌리를 내리며 커져 갔다. 우선 나는 몰래 이 장교에 대해 뒷조사를 하기 시작했다. 알고 지내는 사람이 아무도 없었기 때문에 나로선 제법 힘든 일이었다. 하지만 어느 날 길거리에서 누가 그를 불렀을 때 마침 그에게 꼭 묶인 양 멀찌감치 떨어져 그의 뒤를 밟다가 그의 성을 알게 되었다. 그 다음번에는 바로 그의 집까지 쫓아가서 문지기한테 10코페이카짜리 은화 한 닢을 쥐여 주고 그가 어디에, 몇 층에 사는지, 혼자인지 누구와 같이 사는지 등, 한마디로 문지기한테서 알아낼 수 있는 모든 것을 알아냈다. 절대 문학가 흉내를 내 본 적은 없는 나였지만 한번은 아침 녘에 갑자기 그 장교를 폭로의 형식 내지는 캐리커처로, 소설의 형식으로 묘사해 보자는 생각이 들었다. 쾌감을 느끼며 나는 그 소설을 썼다. 폭로를 감행했고 심지어 중상모략도 했다. 성은 처음에는 당장 알아볼 수 있도록 살짝만 손봤지만 나중에 곰곰 생각을 거듭한 뒤 아예 바꿔서 《조국 수기》[23]에 보냈다. 하지만 그때만 해도 폭로 문학이라는 것이 없었기 때문에 내 소설은 발표되지 않았다. 나는 몹시 신경질이 났다. 이따금씩은 너무 분해서 숨이 콱콱 막혀 왔다. 마침내 나는 나의 적수에게 결투를 신청하기로 마음먹었다. 그에게 아름답고 매혹적인 편지를 써서 나에게 사과하라고 애원했다. 만약 거절할 경우에는 결투를 할 수밖에 없다는 암시도 상당히 야무지게 내비쳤다. 즉, 편지가 워낙 잘 쓰였기 때문에, 그 장교가 '아름답고 숭고한 것'을 조금이라도 이해하는 위인이었더라면 반드시 나에게로 달려와 내 목을 얼싸안고 친구가 되자고 했을 것이다. 그렇게 됐더라면 얼마나 좋았을까! 우리는 그렇게 새로운 삶을 시작했을 것이다! 그렇게 새로운 삶을 말이다! 그는 자신의 높은 직위로 나를 보호해 주었을 것이고 나는 또 나 자신의 성숙한 지성과 뭐, 그리고……

---

23) 19세기에 발행된 유명한 잡지.

이념을 동원하여 그를 숭고하게 만들어 주었을 것이고, 그밖에도 좋은 일이 얼마나 많았을까! 한데 여러분도 능히 상상할 수 있듯, 그때는 이미 그가 나를 모욕한 지 이 년이나 지난 시점이었고, 따라서 나의 결투 신청은 추악하기 짝이 없는 아나크로니즘이었고 비록 내가 편지에서 기발하게 그 아나크로니즘을 설명해 주고 슬쩍 은폐하려 했다고 해도 마찬가지였다. 하지만 천만다행으로(지금까지도 눈물을 흘리며 하느님께 감사드리는 바이다.) 나는 그 편지를 부치지 않았다. 만약 부쳤더라면 무슨 일이 일어났을지 생각만 해도 온몸에 소름이 돋는다. 그러고서 갑자기…… 정말 갑자기 나는 가장 간단하고 가장 천재적인 방식으로 복수를 했던 것이다! 갑자기 몹시 기막힌 생각이 떠올랐다. 이따금씩 축제날이면 나는 오후 3시 무렵에 네프스키로 나가 양지 바른 쪽을 따라 산책을 하곤 했다. 즉, 거기서 산책을 한 건 전혀 아니고, 무한한 고통과 굴욕과 솟구치는 짜증을 맛보곤 했다. 하지만 분명히 바로 이런 것이 내게 필요했던 것이리라. 나는 장군들, 근위 기병들과 근위 경기병 장교들, 또 귀부인들에게 끊임없이 길을 양보해 주면서 뱀장어처럼 아주 볼썽사나운 모습으로 행인들 사이를 비집고 다녔다. 이런 순간에 내 옷차림이 얼마나 궁상맞은지, 또 여기저기 비집고 다니는 내 모습이 얼마나 궁상맞고 비루한지 생각만 해도 심장에선 경련이 일 만큼 강렬한 통증을 느껴졌고 등짝에선 열이 펄펄 끓어올랐다. 이것은 극심한 고통이요 끊임없는, 참을 수 없는 굴욕감으로서, 나는 파리다, 이 온 세상 앞에서 나는 아무짝에도 쓸모없는 추잡한 파리다, 하지만 그 누구보다도 현명하고 그 누구보다도 지적으로 성숙했고 그 누구보다도 고결하다, 당연히 그렇건만 누구한테나 끊임없이 길을 양보하고 누구한테나 굴욕을 당하고 누구한테나 모욕을 받는 파리가 아닌가, 하는 생각 때문에 생기는 것인데, 이런 생각은 끊임없는, 직접적인 감각으로 바뀌어 갔다. 대체 뭘 위해서 나 스스로 이런 고통을 자처하는지, 뭘 위해서 네프스키를 오가는지 난들 알겠는가? 하지만 나는 그저 기회만 되면 왠지 그리로 이끌렸던 것이다.

그때 나는 이미, 1부에서 언급한 것과 같은 쾌감이 밀려오는 것을 느끼기 시작했다. 그런데 장교와의 사건이 있고 난 뒤로 더욱더 강렬하게 그리로 이끌리게 됐다. 그를 제일 많이 볼 수 있는 곳이 네프스키였으므로 거기서 나는 즐겁게 그를 감상하곤 했다. 그도 역시 축제날이면 더 자주 거길 오갔다. 그도 역시 장군이나 고관 앞에서는 길을 비켜 주고 역시나 뱀장어처럼 그들 사이를 용케 비집고 다녔지만 우리 같은 부류라면, 아니, 우리보다 더 멀쩡한 부류라도 그냥 뭉개 버렸다. 흡사 자기 앞에는 텅 빈 공간밖에 없는 양 바로 그들 위로 곧장 걸어갔지, 어떤 일이 있어도 길을 양보하진 않았다. 나는 나만의 원한에 흠뻑 젖어 그를 바라보다가…… 그가 앞에 나타나기만 매번 원한을 곱씹으면서도 길을 비켜 주었다. 길거리에서조차도 도무지 그와 대등할 수 없다는 것이 나는 괴로웠다. '왜 꼭 네가 먼저 길을 비키는 거냐?' 이따금씩 새벽 2시가 넘은 시각에 잠이 깨서는 미칠 듯한 히스테리를 부리며 스스로를 닦달했다. '왜 그놈이 아니라 꼭 너냔 말이다? 사실 꼭 그러라는 법도 없다. 사실 어디에도 그런 건 쓰여 있지도 않잖은가? 그래, 우아한 사람들이 서로 마주치면 보통 그러는 것처럼 양쪽이 똑같이 하면, 저쪽에서 절반을 양보하고 이쪽도 절반을 양보하고 그렇게 서로 상호 존중하며 지나가면 되는걸.' 하지만 이렇게 되진 않았는데, 어쨌거나 길을 비킨 건 나였고 저쪽에서는 내가 자기한테 길을 양보해 주는 걸 숫제 알아채지도 못했다. 자, 그런데 갑자기 깜짝 놀랄 만한 생각이 떠올랐다. '그러니까' 하고 나는 생각해 봤다. '만일 그와 마주칠 때…… 비켜 주지 않으면 어떻게 될까? 그놈을 떠미는 꼴이 될지언정 일부러 비키진 않는다면, 그땐 어떻게 될까?' 시나브로 이런 대담한 생각에 사로잡혔기 때문에 마음 편한 날이 없었다. 끊임없이 그 몽상에 젖어 들었고, 막상 실행에 옮길 때 어떻게 할 것인지 좀 더 선명하게 그려 보기 위해 일부러, 엄청나게 더 자주 네프스키를 나다녔다. 나는 환희에 들떠 있었다. 날이 가면 갈수록 이 계획은 충분히 실현될 수 있는 그럴듯한 것으로 생각됐다. '물론 확 떠밀어 버리지는 말자.' 나는 이렇게 생각하며 미리부터 흐뭇한 마음에 젖어 착해졌다. '그렇다고 해서 그냥 옆으로 비켜서지도 말고 살짝 부딪치기만 하되, 몹시 아플 정도는 아니고 딱 예의에 어긋나지 않을 정도로 어깨만 맞부딪치는 거다. 그래서 그쪽에서 나를 치는 만큼만 나도 그쪽을 쳐 주는 거다.' 마침내 완전히 마음을 굳혔다. 하지만 준비를 하느라 아주 많은 시간을 잡아먹었다. 첫째, 계획을 실행에 옮길 땐 좀 더 점잖은 모습이어야 하기 때문에 복장에 신경을 써야 했다. '만일의 경우, 예컨대 대중 앞에서 말썽이 생길 경우(한데 이곳 대중이 또 최상급이라서 백작 부인도 다니고 D공작도 다니고 숫제 문학 전체가 다닌다.)를 대비하여 잘 차려입어야 한다. 그렇게 해야 강한 인상을 심어 줄 수 있고 또 상류사회 사람들의 눈에도 대번에 우리 둘이 다소간 대등한 지위에 있는 걸로 보일 거다.' 이런 목적으로 나는 봉급을 가불하여 추르킨 가게에서 검은색 장갑과 말쑥한 모자를 샀다. 처음엔 레몬색 장갑에 눈이 갔지만 검은색 장갑이 그보다는 더 무게도 기품도 있어 보였다. 또 '레몬색은 색깔이 너무 강렬하여, 튀고 싶어 안달이 난 사람처럼 보일 수가 있으므로' 그 장갑을 고르지 않았던 것이다. 뼈로 만든 하얀 커프스단추가 달린 훌륭한 와이셔츠는 이미 오래전에 준비해 두었다. 하지만 외투가 몹시 더뎠다. 사실 내 외투는 그 자체로는 볼썽사나운 것도 아니었고 따뜻하기도 했다. 하지만 솜을 넣어 누빈 데다가 외투 깃이 너구리 털로 돼 있어서, 지위깨나 있는 하인들에게나 어울리는 것이었다. 무슨 일이 있어도 이 깃을 바꿔서 장교들처럼 해리(海狸) 깃을 달아야 했다. 그러기 위해서 나는 고스친니 드보르[24]를 돌기 시작했고 몇 군데를 둘러보고는 어느 값싼 독일제 해리로 낙찰을 봤다. 이런 독일제 해리는 아주 빨리 닳는 편이라 곧 볼썽사나운 꼴이 되지만 그래도 처음에 새로 샀을 때는 아주 점잖아 보이기까지 한다. 어차피 나로선 딱 한 번이면 되지 않는가. 값을 물어보았다. 어쨌거나 비쌌다. 철저한 판단에 따라 나의 너구리 털 깃을 팔기로 마음

24) 페테르부르크에 있는 백화점.

먹었다. 그러고서도 나에겐 상당히 부담이 되는 금액이 부족하여 안톤 안토니치[25] 세토치킨한테 꾸기로 마음먹었는데, 나의 과장인 그는 유순하되 진지하고 착실한 사람으로서 남에게 돈을 꿔 주는 일은 절대 없었지만 언젠가 입사를 할 때 나를 이 자리에 앉힌 유력 인사가 나를 이 사람에게 특별히 천거한 바 있었다. 그래도 나는 괴로워서 미칠 지경이었다. 안톤 안토노비치에게 돈을 꾸는 일이 기괴하고 수치스럽게 여겨졌던 것이다. 심지어 이삼 일 동안 밤에 잠도 못 자고, 아니 대체로 그 무렵 나는 잠을 적게 자는 편이었지만, 어떻든 열병이라도 난 듯 심장이 왠지 어렴풋이 잦아들었다가 갑자기 펄떡펄떡 뛰기 시작했다, 어찌나 펄떡펄떡 뛰던지……! 안톤 안토노비치는 처음엔 놀라워했고 그다음엔 인상을 썼고 그다음엔 곰곰 생각을 정리했지만, 자기가 빌려 준 돈을 이 주 뒤에 내 봉급에서 돌려받을 권리가 있음을 명시한 서류를 나한테서 받아 내고선, 어쨌거나 꿔 주긴 했다. 이런 식으로 마침내 모든 것이 준비되었다. 너절한 너구리가 있던 자리에서 아름다운 해리가 그 위엄을 뽐냈고, 나는 살금살금 일에 착수했다. 괜히 처음부터 결단을 내릴 순 없었다. 이런 일은 요령 있게, 다름 아니라 살금살금 처리해야 했다. 하지만 고백하건대, 수차례에 걸쳐 시도를 해 본 결과 나는 심지어 절망에 휩싸이기 시작했다. 어떻게 해도 부딪쳐지질 않는 것이다, 그래, 그뿐이다! 마음의 준비가 덜 됐는지, 결심이 확고하질 못했는지 어쨌

25) '안토노비치'의 약칭.

거나, 지금 당장 부딪칠 것 같지만 정작 보면 또 내가 길을 양보하고 저쪽에선 나 같은 건 알아채지도 못한 채 그냥 지나가 버리는 것이다. 심지어 그에게로 다가가면서 부디 결단력을 심어 달라며 하느님한테 기도를 읊조리기도 했다. 한번은 완전히 결의를 다진 듯싶었지만 결국엔 그냥 그의 발밑에 쓰러진 몰골이 됐으니, 최후의 순간에 이르러 2베르쇼크쯤 되는 거리를 남겨 놓고 그만 기가 팍 죽어 버렸던 것이다. 그는 몹시 태연하게 나를 훑고 지나갔고, 나는 공처럼 옆으로 튕겨 났다. 그날 밤 나는 또다시 열병을 앓으며 헛소리를 했다. 한데 갑자기 모든 것이 더할 나위 없이 훌륭하게 끝났다. 그 전날 밤 나는 이 파탄적인 계획을 그만 접기로, 모든 걸 그냥 포기하기로 결심을 굳힌 뒤, 정말 어떻게 이 모든 걸 그냥 포기할 것인가를 한번 보기 위해, 오직 그 목적만 갖고서 마지막으로 네프스키로 나갔다. 갑자기 나의 적수로부터 세 발짝 떨어진 곳에서 뜻밖에도 결단을 내리고 눈을 질끈 감았는데 우리의 어깨가 서로 탁 부딪친 것이다! 나는 1베르쇼크도 양보하지 않고 완전히 대등한 지위에서 길을 지나갔다! 그는 심지어 뒤를 돌아보지도 않았고 숫제 아무것도 알아채지 못한 척했다. 하지만 그저 그런 척했을 뿐이라고 나는 확신한다. 지금까지도 그랬노라고 확신한다! 물론, 그가 힘이 더 셌기 때문에 내가 좀 더 아프긴 했지만, 그런 건 문제도 아니었다. 문제는 내가 목적을 달성했고 자긍심을 지켰으며 한 발짝도 양보하지 않음으로써 대중 앞에서 나 자신을 그와 사회적으로 대등한 지위에 세웠다는 데 있다. 나는 톡톡히 분풀이를 했다고 생각하며 집으로 돌아왔다. 나는 환희에 들떠 있었다. 의기양양하게 굴며 이탈리아 아리아를 부르기도 했다. 물론, 사흘 뒤 나에게 일어난 일을 여러분에게 묘사해 주진 않겠다. 이 책의 첫 부분인 「지하」를 읽었다면 여러분 스스로 짐작할 수 있을 테니까. 나중에 장교는 어디론가 전근되어 갔다. 그를 못 본 지도 이제 벌써 십사 년쯤은 됐다. 내 귀여운 장교 양반, 지금은 어떨까? 누굴 또 짓밟고 있을까?

2

하지만 나는 방탕의 주기가 끝나면 토악질이 날 만큼 메스꺼워졌다. 밀려드는 회한, 나는 그것을 쫓아내려 했다. 너무나 메스꺼워졌던 것이다. 하지만 그것도 시나브로 익숙해졌다. 나는 모든 것에 익숙해졌는데, 다시 말해 익숙해진 정도가 아니라 어쩐지 자발적으로 참아 내기로 한 것이다. 하지만 나에게는 이 모든 것을 화해시켜 준 출구가 있었다. 그건 '한결같이 아름답고 숭고한 것' 속으로 숨어드는 것으로서 물론 몽상 속에서의 일이다. 나는 끔찍할 정도로 몽상에 잠겼다. 세 달을 내리 방구석에 틀어박힌 채 몽상에 잠겼는데, 정말로 그런 순간의 나는 암탉 마냥 마음을 졸이며 코트 깃에 독일제 해리 털을 달던 양반과는 사뭇 달랐다. 갑자기 영웅이 되었던 것이다. 그럴 땐 나의 그 10베르쇼크짜리 중위가 친히 내 집을 방문한다고 해도 마다했을 것이다. 그럴 때는 그를 머릿속으로 떠올릴 수도 없었다. 나의 몽상이 대체 어떤 것들이었으며 내가 어떻게 그것에 만족할 수 있었는지 지금은 말하기 힘들지만 여하튼 그때는 그것에 만족했다. 하긴 실은 지금도 어느 정도는 만족하고 있다. 방탕에 젖고 난 이후엔 유달리 더 달콤하고 강렬한 몽상이 나를 찾아왔으며, 그때마다 회한과 눈물, 저주와 환희를 동반했다. 진정한 희열과 행복이 찾아들어, 정말로 나의 내부에서 손톱만큼의 냉소도 느껴지지 않는 순간들도 있었다. 그 순간에 존재하는 것은 믿음과 희망과 사랑이었다. 바로 이게 핵심인데 나는 그때 어떤 기적이 일어나 어떤 외적인 상황 덕분에 이 모든 것이 갑자기 활짝 트여 확장될 것이라고 맹목적으로 믿었다. 갑자기 훌륭하고 아름답고 무엇보다도 **완전히 준비된**(정확히 어떤 것인지는 나도 절대 알지 못했지만 무엇보다도 완전히 준비된 것이어야 한다.) 적절한 활동의 지평선이 펼쳐질 것이며 그러면 나는 갑자기 거의 월계관을 쓰고 백마에 올라탄 듯한 기세로 세상으로 나아갈 것이라고 말이다. 조연을 맡는 건 나로선 납득할 수 없었고 바로 이 때문에 나는 현실 속에서 아주 평온한 마음으로 가장 하찮은 역을 맡았던 것이다. 영웅 아니면 진흙탕, 중간이란 없었다. 이것이 나를 파멸시켜 버렸는데, 진흙탕 속에 빠져 있으면서도 다른 때는 영웅이 된다고, 영웅이 진흙으로 몸을 살짝 가리고 있을 뿐이라고 자위했기 때문이다. 보통 사람이라면 진흙투성이가 되는 것이 수치스럽겠지만, 영웅은 온통 진흙투성이가 되기엔 너무나 높기 때문에 오히려 진흙을 살짝 묻힐 수 있는 것이라고 말이다. 여기서 주목할 점은 방탕의 순간에도 '한결같이 아름답고 숭고한 것'이 밀물처럼 나를 찾아들었다는 사실인데, 더욱이 내가 이미 방탕의 저 밑바닥에서 허우적댈 때면 자신의 존재를 상기시키려는 듯 제각기 터져 나오는 격발처럼 나를 찾아왔지만 그렇게 출현해 본들 방탕 자체를 근절하진 못했다. 오히려 그것은 대조의 효과를 통해 방탕에 활기를 부여하듯, 맛좋은 소스가 되는 데 필요한 양만큼만 찾아오는 것이었다. 소스는 이 경우 모순과 고통, 또 고뇌 어린 내적 분석으로 이루어져 있었고, 이 모든 고뇌와 고뇌 나부랭이는 나의 방탕에 어떤 짜릿함을, 심지어 의미마저 부여해 주었다. 한마디로 말해서 맛좋은 소스의 구실을 톡톡히 해 주었던 것이다. 이 모든 것에는 어떤 심오함도 없지 않아 있었다. 사실, 내가 정서(淨書)나 일삼는 하급 관리에게 걸맞은 단순하고 속물적이고 직접적인 방탕에 얼씨구나 동의하여 이 모든 진흙탕을 견뎌 낼 수는 없지 않겠는가! 그럼 대체 그 진흙탕의 무엇에 혹해서, 무엇에 이끌려서 한밤중에 길거리로 나갔던 것일까? 아니다, 나에겐 어느 경우에나 빠져나갈 수 있는 고결한 뒷문이 있었다…….

하지만 이런 몽상에 침잠함으로써, 이런 '한결같이 아름답고 숭고한 것 속으로 숨어듦으로써' 내 얼마나 많은 사랑을, 오, 정말 얼마나 많은 사랑을 경험했던가. 설령 환상적인 사랑일지라도, 설령 실제 인간사에는 절대 적용되지 못하는 사랑일지라도 어떻든 그것이, 그 사랑이 너무나 많이 넘쳐 났기 때문에 나중에는 그것을 실제로 적용하고 싶은 욕구조차 느꺼지지 않았다. 이런 욕구는 잉여적인 사치였을 테니까. 하지만 모든 것이 결국엔 늘 몹시 순조롭게도, 나른하고 황홀한 상태에서 예술로, 즉 완전히 준비된, 존재의 아름다운 형식으로, 시인과 낭만주의자에게서 무자비하게 훔쳐 와 가능할 법한 온갖 용도와 요구에 맞춰 놓은 그런 형식으로 바뀌었다. 나는, 예컨대 누구 앞에서나 의기양양하게 군다. 다들 당연히 부질없는 꼴이 되어 나의 모든 매력을 자발적으로 인정하지 않을 수 없고, 나는 그들 모두를 용서해 준다. 또 나는 저명한 시인이자 시종무관이 되어 사랑에 빠진다. 어마어마한 거금을 받기도 하지만 그 즉시 인류를 위해 몽땅 내놓고 그와 동시에 전 민중 앞에서 나의 치욕을 고백하는데, 이건 물론 그냥 치욕이 아니라 '아름답고 숭고한 것', 뭔가 만프레드[26]적인 것이 굉장히 많이 담긴 그런 치욕이다. 다들 엉엉 울면서 나한테 입을 맞추지만(이러지 않는다면 다들 형편없는 머저리다.) 이 몸은 새로운 이념을 전파하기 위해 굶주림을 무릅쓰고 맨발로 길을 떠나, 아우스터리츠[27]에서 반동주의자들을 분쇄한다. 이어, 행진곡이 연주되고 특사가 발표되고 교황은 로마를 떠나 브라질로 가는 데 동의한다.[28] 이어, 코모 호숫가의 보

---

26) 영국의 시인 바이런(George Gordon Byron, 1788~1824)의 극시 「만프레드」의 주인공.

27) 1805년, 나폴레옹 1세와 러시아-오스트리아 연합군의 아우스터리츠 전투를 말한다.

28) 나폴레옹 1세와 교황 피우스 7세(Pius VII, 1742~1823)의 갈등을 암시한다.

르게세 별장에서 전 이탈리아를 위한 무도회가 열리는데, 코모 호수는 이 일을 위해서 일부러 로마로 옮겨지는 것이다. 이어, 관목 숲 장면[29]이 연출되고 등등—여러분도 대충 다 아실 텐데? 여러분은 내가 그 많은 희열과 눈물에 대한 고백을 늘어놓은 이후에 이제 와서 이 모든 걸 만천하에 떠벌리는 것은 속물적이고 비열한 일이라고 말할 것이다. 대체 왜 비열하단 말인가? 정말로 여러분은 내가 이 모든 것을 부끄러워한다고, 이 모든 것이 뭐든 여러분의 인생에서 있었던 일과 비교해서 더 멍청했다고 생각하는가? 덧붙여 단언하거니와, 내 말도 영 얼토당토않은 것은 아니다……. 비록 전부 다 코모 호수에서 있었던 일만은 아니지만. 하긴 여러분이 옳긴 옳다. 사실인즉, 속물적이고 또 비열한 노릇이다. 하지만 제일 비열한 것은 내가 지금 여러분 앞에서 이 따위 변명을 늘어놓기 시작했다는 점이다. 하지만 그보다 더 비열한 것은 내가 지금 그 사실을 또 이렇게 지적하고 있다는 점이다. 어쨌거나 됐다, 이래 갖곤 도무지 끝이 나지 않을 테니까. 계속 더 비열한 것이 나올 테니까…….

아무래도 세 달이 넘도록 내리 몽상에만 잠길 수는 없었던 나는 사회 속으로 뛰어들고 싶은 억누를 수 없는 욕구를 느끼기 시작했다. 사회 속으로 뛰어든다는 것은 나에게, 나의 과장인 안톤 안토노비치 세토치킨을 방문하는 것을 의미했다. 이

---

29) 1806년 프랑스의 나폴레옹 제국 건립 축하 행사를 염두에 둔 것으로 보인다. 로마의 보르게세 별장은 18세기 전반에 만들어졌고 화려한 건축물, 분수, 조각상 등으로 유명하다.

사람은 내 인생을 통틀어 유일하고도 변함없는 친구였는데, 이런 상황이 지금은 나도 놀랍다. 하지만 내가 그를 찾는 것은 오직 주기가 도래했을 때, 나의 몽상이 크나큰 행복에 다다라 반드시, 또 즉시 사람들을, 아니 온 인류를 얼싸안지 않으면 안 될 때뿐이었다. 그러기 위해서는 실제로 존재하는 사람이 단 한 명이라도 바로 가까이에 있어야 했다. 한데 안톤 안토니치에게 가려면 (그의 면회일인) 화요일밖에 안 됐기 때문에, 온 인류를 얼싸안고 싶은 욕구도 늘 화요일에 맞춰야 했다. 이 안톤 안토니치는 퍄티 우글로프 근처에 있는 건물의 4층에 살았고, 네 칸의 방은 모두 천정이 낮고 고만고만하게 작은 데다가 아주 검소하고 누리끼리한 모양새였다. 그의 가족으론 딸이 둘 있었고 이들의 고모가 차 심부름을 해 주었다. 이 딸들은 하나는 열세 살, 다른 하나는 열네 살로 둘 다 살짝 들창코였는데 나를 보면 늘 자기들끼리 속닥대고 킥킥대는 바람에 무안해 죽을 지경이었다. 집주인은 보통 서재에, 탁자를 앞에 두고 우리 관청의 관리나 심지어 우리와 무관한 관청의 관리인 백발의 아무개 손님과 함께 가죽 의자에 앉아 있었다. 내 보기엔 늘 그 사람이 그 사람인 저 두세 명이 이 집 손님의 전부인 것 같았다. 화제는 소비세, 원로원의 경매, 봉급, 진급, 각하, 상관의 마음에 드는 법 등이었다. 나는 네 시간 정도 이 사람들 곁에 바보 같이 죽치고 앉아 그 대화를 경청할 만한 인내력은 있었지만, 정작 나서서 그들한테 무슨 말을 꺼낼 용기나 재간은 없었다. 머리가 멍해지고 몇 번이나 식은땀이 배어 나오고 몸이 마비되는 것도 같았다. 그래도 이건 훌륭하고 유익

한 일이었다. 집에 돌아오면, 온 인류를 얼싸안고 싶은 나의 소망을 얼마간은 미뤄 두게 됐으니까.

그나저나 시모노프라는 지인 같은 사람이 하나 더 있긴 했는데, 옛날에 같이 학교를 다닌 동창생이었다. 동창생이라면 아마 페테르부르크에 제법 많겠지만 나는 그들과 어울리지도 않았을뿐더러 어쩌다 길거리에서 마주쳐도 인사조차 하지 않은 지 꽤 됐다. 다른 관청으로 자리를 옮긴 것도 그들과 함께 있기 싫어서, 나의 증오스러운 유년시절과의 인연을 단번에 송두리째 끊어 버리기 위해서였는지도 모르겠다. 저 학창 생활, 저 끔찍한 유형의 나날들, 정말 저주스럽다! 한마디로 말해, 나는 자유의 몸이 되자마자 당장에 동창생들과 헤어졌다. 그래도 만나면 아직 인사 정도는 주고받는 녀석들이 두셋쯤 남아 있었다. 그중 하나가 시모노프로서 학교 다닐 때는 우리 사이에서 전혀 튀지 않는, 무난하고 얌전한 녀석이었지만 나는 그가 제법 강단 있는 성격인 데다가 성실하기까지 하다는 것을 알아보았다. 그와 나 사이엔 언젠가 상당히 해맑은 순간들도 있었건만 그나마도 얼마 안 가 왠지 갑자기 안개에 휩싸이기라도 한듯 일그러져 버렸다. 보아 하니 그는 이 추억이 부담스러워 혹시나 내가 예전과 같은 태도를 취할까 봐 늘 노심초사하는 눈치였다. 나는 또 그가 나를 몹시 역겨워할지도 모른다고 생각했지만 이렇다 할 정확한 확신은 없었기 때문에 그냥 그의 집을 찾곤 했다.

그러던 어느 목요일, 나는 고독을 참지 못해, 하지만 안톤 안토니치의 집은 목요일엔 문이 닫힌다는 것을 알았던 터라 시모노프를 떠올렸다. 그가 사는 4층까지 올라가면서 내가 생각했던 것은 바로, 요 양반이 나를 부담스러워하니까 지금 괜한 걸음을 하고 있다는 사실이었다. 하지만 이런 생각에 골몰하다 보면 하필이면 더 이도저도 아닌 상황에 처하기 십상이어서, 그냥 들어갔다. 시모노프를 마지막으로 본 이후 거의 일 년만이었다.

3

들어가 보니 그의 집엔 동창생이 두 명 더 있었다. 보아 하니 그들은 무슨 중대한 일을 의논하는 것 같았다. 내가 온 것엔 누구 하나 거의 손톱만큼의 주의도 기울이지 않았는데, 벌써 몇 년째 그들을 만나지 않았던 터라 이런 무관심은 이상하기까지 했다. 다들 나를 아주 흔해 빠진 파리 새끼 같은 걸로 간주하는 게 분명했다. 학교 다닐 때도 다들 나를 싫어하긴 했지만 이렇게까지 괄시하진 않았다. 물론, 나도 십분 이해하지만, 관리 생활도 순탄치 못하고 처지도 영 보잘것없고 옷차림도 영 형편없고 등등 하니까 그들은 지금 나를 마땅히 경멸했고 그들 눈엔 내가 무능력하고 시시껄렁한 놈이라고 이마빡에 써 붙인 것처럼 보였을 것이다. 아무리 그래도 이 정도로까지 경멸할 줄은 몰랐다. 시모노프는 내가 온 것에 깜짝 놀라기까지 했다. 하긴 전에도 내가 오면 늘 놀라는 눈치긴 했다. 이 모든 것에 나는 어리둥절해졌다. 그렇게 다소간 우수에 젖은 상태로 자리에 앉아 그들이 무슨 일로 의논을 하는지 귀를 기울였다.

이 신사들 사이에서는 진지하다 못해 열렬한 얘기가 오갔는데, 다름 아니라 장교로 복무해 온 동창생 즈베르코프가 멀리 다른 현으로 떠나게 돼서 내일 다 같이 그를 위한 송별회 모임을 갖고자 했던 것이다. 무슈 즈베르코프는 항상 나와 같은 반이기도 했다. 내가 그를 특히나 증오하게 된 것은 상급반 시절부터였다. 하급반 시절만 해도 그는 그저 모두한테 사랑받는 귀엽고 활달한 소년에 불과했다. 그런데도 이 하급반 시절부터 나는 다름 아니라 그가 귀엽고 활달한 소년이었기 때문에 그를 증오했다. 공부라면 그는 늘 꾸준히 잘 못했고, 가면 갈수록 더 못했다. 하지만 뒤를 봐주는 사람이 있었기 때문에 무사히 졸업할 수 있었다. 졸업을 앞둔 그해 그에겐 농노 200명이 딸린 영지가 유산으로 떨어졌는데, 우리가 거의 다 가난뱅이였던 탓에 그는 우리 앞에서 우쭐대기 시작했다. 대단한 속물이었지만 그래도 우쭐댈 때조차도 착한 구석이 있는 녀석이었다. 우리는 겉으론 명예니 자존심이니 하며 온갖 환상적인 미사여구를 늘어놓으면서도 극소수의 예외를 빼면 다들 즈베르코프 앞에서 알랑방귀를 뀌었고, 그럴수록 그 우쭐거림은 더 심해졌다. 우리가 그렇게 알랑방귀를 뀐 건 무슨 잇속이 있어서가 아니라 그냥 그가 자연의 총애를 입은 인간이었기 때문이다. 덧붙여, 우리 사이에서 즈베르코프는 기민

함과 세련된 행동거지에 있어 전문가로 간주됐다. 바로 이 점에 나는 특히나 광분했다. 자신에 대한 회의란 조금도 없는 저 새된 목소리가 증오스러웠고, 대담하게 입을 놀리지만 엄청나게 바보 같은 소리만 지껄여 대는 주제에 자기가 무슨 대단한 유머 감각이라도 갖춘 양 빼기는 꼬락서니가 또 증오스러웠던 것이다. 잘생겼지만 멍청한 그의 얼굴(그래도 나는 이 얼굴을 나 자신의 똑똑한 얼굴과 기꺼이 맞바꿨을 것이다.)도, 1840년 대풍의 방만한 장교식 태도도 증오스러웠다. 나는 또, 그가 여자 문제에 관한 한 자기는 앞으로도 늘 승승장구할 것이고(아직은 장교 견장이 없어서 선불리 여자와 관계를 맺지 못했고 조바심을 내며 견장이 나오길 기다리는 중이었다.) 이 때문에 시시각각 결투를 할 거라고 말하는 것이 증오스러웠다. 지금도 기억나지만, 늘 말이 없던 내가 갑자기 즈베르코프와 한판 붙었던 적이 있다. 그건 그가 쉬는 시간에 학우들과 함께 미래의 계집질에 대해 떠들더니 마침내는 햇볕 아래서 노니는 어린 강아지처럼 방방 뛰면서 갑자기, 자기는 자기 마을의 처자를 단 한 명도 그냥 얌전히 놔두지 않겠다, 이건 droit de seigneur(영주의 권리)[30]니까 감히 반항하는 놈들은 죄다 채찍으로 후려갈기고 저 텁석부리 깡패 놈들한테 소작료를 곱절로 물릴 거다, 하고 선언했기 때문이다. 천하기 짝이 없는 학우들이 박수갈채를 보내는 와중에 나만 그놈과 한판 붙었는데, 이건 절대 그 처자들이나 그 아버지들이 불쌍해서가 아니라 그냥 저

30) '초야권'을 말한다.

런 버러지 같은 놈이 박수갈채를 받았기 때문이다. 그때 이긴 쪽은 나였지만, 즈베르코프가 멍청하긴 해도 명랑하고 대범하게 굴며 허허 웃어 버리고 말았으니 사실 나도 완전히 이긴 것은 아니었다. 최후의 웃음은 그의 편이었던 것이다. 그는 나중에도 몇 번이나 나한테 집적댔지만 나쁜 뜻이 있는 건 아니고 그냥 농지거리 삼아 겸사겸사 웃자고 그런 것이었다. 나는 분한 마음에 경멸스럽다는 듯 그에게 대꾸도 해 주지 않았다. 졸업을 한 후엔 그가 나한테 한 발짝 다가오는 듯도 싶었다. 나도 여기에 혹했기 때문에 별로 뻗대지는 않았다. 하지만 우리는 곧, 그리고 자연스레 헤어졌다. 이후 나는 그가 막사(幕舍) 중위로서 승승장구하고 또 잘 놀고 있다는 소문을 들었다. 이후 다른 소문도, 그가 직장에서도 승승장구한다는 소문도 들려왔다. 이젠 길에서 마주쳐도 나한테 인사도 하지 않았으므로, 저놈이 나같이 보잘것없는 인간과 인사를 주고받으면 체면이 손상될까 봐 두려워하는 게 아닐까, 하는 의심이 들었다. 한번은 극장 삼층석에서, 이미 견장까지 단 그를 본 적도 있었다. 그는 몹시 연로한 장군의 딸들 앞에서 알랑방귀를 뀌며 굽실거리고 있었다. 요 삼 년간 형편없이 망가진 모습이었는데, 예나 지금이나 상당히 잘생기고 날렵하긴 했지만 어쩐지 퉁퉁 부은 양 피둥피둥 살이 찌는 것 같았다. 서른 살쯤 되면 완전히 펑퍼짐해지리라는 것이 훤히 보였다. 자, 그리하여 바로 이 즈베르코프, 마침내 떠나게 된 그를 위해 우리 동창생들이 송별회를 열고자 했던 것이다. 그들은 지난 삼 년간 꾸준히 그와 접촉해 왔으며, 내 확신으론, 그러면서도 속으론 자기들이 그와 대등하지 않다고 생각했으리라.

시모노프의 손님 둘 중 하나는 러시아로 귀화한 독일인인 페르피치킨이었는데 작달막한 키에 얼굴은 원숭이 같고 아무나 보고 마구 비웃어 대는 멍청이고 하급반 시절부터 나의 가장 사악한 적이었던 데다가 비열하고 뻔뻔스러운 허풍선이요, 속으론 당연히 겁쟁이인 주제에 겉으론 아주 섬세한 야망을 품은 척 굴었다. 그도 역시, 딴 속셈이 있어 즈베르코프와 함께 놀아 주고 그 대가로 종종 돈이나 꾸는 즈베르코프 숭배자 중 하나였다. 시모노프의 다른 손님인 트루도류보프는 별 볼 일 없는 인간으로서 키가 크고 냉정한 용모를 가진 군인 녀석이었다. 사람이야 제법 정직하지만 성공한 사람이라면 누구 앞에서나 굽실거리고 할 줄 아는 얘기라곤 오직 진급에 관한 것밖에 없었다. 그는 즈베르코프의 무슨 먼 친척뻘이었고, 말하는 것도 웃기지만, 그 덕택에 우리 사이에서 그의 가치가 한층 높아졌다. 나를 그는 항상 발톱의 때만큼도 여기지 않았다. 그래도 직접 대할 때는 아주 정중하진 않더라도 대략 참을 만하게는 해 주었다.

"그래, 각자 7루블씩 내면." 하고 트루도류보프가 말문을 열었다. "우리가 셋이고 21루피[31]가 되니까, 썩 괜찮은 회식이 되겠군. 즈베르코프는 물론 돈을 안 내는 거야."

"여부가 있나, 우리 쪽에서 초대하는 건데." 시모노프가 결정을 봤다.

---

31) 루블의 속어.

"다들 정말로 그렇게 생각하나." 하고 페르피치킨이 열을 올리며 거만하게 끼어들었는데, 꼭 주인 나리의 훈장을 갖고 우쭐대는 뻰뻰스러운 종놈 같았다. "즈베르코프가 우리한테만 돈을 내게 할 것 같은가, 정말 그리들 생각하나? 예의상 일단 그러라곤 할 테지만, 대신 자기 쪽에서 반 다스는 족히 낼걸."

"아니, 우리 넷이서 반 다스를 다 어쩌게." 트루도류보프는 오직 반 다스에만 신경을 쓰며 이렇게 한마디 했다.

"그럼 우리 셋에다가 즈베르코프까지 합해서 넷, 회비는 21루블, 장소는 Hôtel de Paris(파리 호텔), 시간은 내일 5시로 하자." 간사로 뽑힌 시모노프가 최종 결정을 내렸다.

"어떻게 21루블이 되는 거요?" 나는 다소간 흥분해서 이렇게 말했는데, 모욕까지 느꼈던 모양이다. "나까지 계산한다면, 21루블이 아니라 28루블이지."

내 생각으론 이렇게 갑자기, 뜻밖에 참가 의사를 밝히면 몹시 아름답기까지 할 것이고 그럼 다들 단번에 압도되어 존경의 눈으로 나를 바라볼 것만 같았다.

"아니, 당신도 올 생각이오?" 시모노프가 어쩐지 나를 외면하면서 못마땅한 듯 한마디 했다. 그는 나라는 인간을 훤히 꿰뚫고 있었던 거다.

"안 될 건 또 뭐요? 나도 같은 동창인 것 같은데, 솔직히 말해, 나만 이렇게 따돌려서 언짢기까지 하군요." 나는 다시 펄펄 끓기 시작했다.

"대관절 당신을 어디서 찾을 수 있었겠소?" 페르피치킨이 거칠게 끼어들었다.

"또 당신은 늘 즈베르코프와 사이가 좋질 않았잖소." 트루도류보프가 인상을 쓰면서 덧붙였다. 하지만 이쯤 되면 나도 물고 늘어질 건수가 생긴 셈이었다.

"내 생각엔 이런 건 아무도 이러쿵저러쿵 논할 권리가 없는 것 같은데." 나는 대체 무슨 일이 일어났는지 통 모르겠다는 듯 부들부들 떨리는 목소리로 반박했다. "예전에 사이가 좋지 않았기 때문에 오히려 지금은 이러고 싶은 것일 수도 있잖소."

"뭐, 당신이라는 인간을 누가 이해할까…… 그 고상한 말들 하며……." 트루도류보프가 히죽 웃었다.

"당신도 넣도록 하죠." 시모노프가 나를 돌아보며 결정을 내렸다. "내일 5시, Hôtel de Paris니까 실수하지 마시오."

"그럼, 돈은!" 페르피치킨은 시모노프에게 나를 가리켜 고갯짓을 하며 반쯤 기어 들어가는 목소리로 말을 꺼내는 성싶었지만, 시모노프조차도 당황하는 눈치였기 때문에 얼른 말문을 닫았다.

"됐어." 트루도류보프가 자리에서 일어나며 말했다. "저렇게 오고 싶다면야 그냥 오라고 해."

"아니, 이건 우리 친구들끼리 갖는 모임인걸." 페르피치킨도 역시 모자를 집긴 했지만 성질을 부렸다. "공식적인 모임이 아니란 말이지. 우리 생각엔 당신이 올 필요는 전혀 없을 것 같은데……."

다들 떠났다. 페르피치킨은 떠나면서 나한테 인사도 하지 않았고 트루도류보프는 내 쪽은 쳐다보지도 않고 고개만 살짝 까딱했을 뿐이다. 나와 눈을 맞댄 채 단 둘이 남게 된 시모노프는 통 영문을 모르겠다는 듯 왠지 골이 나선 이상한 눈으로 나를 쳐다보았다. 자리에 앉지도 않고 또 나더러 앉으라고 권하지도 않았다.

"음…… 그래……. 그럼 내일 보도록 하고. 한데 돈은 지금 줄 거요? 이런 말을 하는 건 확실히 알아 두기 위해서요." 그가 당황하면서 이렇게 중얼거렸다.

나는 발끈했지만, 발끈하는 와중에도 옛날 옛적에 시모노프한테서 15루블을 꾸었고 그걸 한시도 잊지 않았으면서도 갚을 생각은 절대 하지 않았다는 사실이 떠올랐다.

"아시겠지만, 시모노프, 여기 올 때 내가 그런 사정을 미리 알았을 수도 없고…… 거참, 짜증나는 일이군요, 어쩌다 그걸 깜박 두고 나왔는지……."

"좋소, 좋아, 상관없소. 내일 회식 때 내면 되니까. 이런 말을 하는 건 그냥 알아 두기 위해서니까……. 당신은 모쪼록……."

그는 그렇게 말문을 닫고선 점점 더 신경질을 내며 방을 걸어 다녔다. 걸음을 뗄 때마다 뒤꿈치를 땅에 대고 멈춰 섰다가 더 세게 발을 구르기 시작했다.

"혹시 내가 방해가 되는 건 아니오?" 이 분가량 침묵이 흐른 뒤에 내가 물었다.

"오, 아니오!" 갑자기 그는 화들짝 놀라워했다. "그러니까 실은, 좀 그렇소. 저어기, 어디 잠깐 가 봐야 할 데가 있어서……. 바로 요 근처긴 하지만……." 어쩐지 사과를 하는 듯한 목소리로, 약간은 부끄러워하는 듯도 싶게 그가 덧붙였다.

“아이고, 저런! 진작 좀 말-하지 않고선!” 나는 이렇게 소리치며 모자를 거머쥐었는데, 그러면서 대체 어디서 나왔는지 하여간 놀라울 정도로 거리낌 없는 표정을 지었다.

“정말 요 근처요……. 엎어지면 코 닿을 데…….” 시모노프는 이렇게 되뇌면서, 그에게 전혀 어울리지 않는 부산스러운 표정을 지으며 나를 현관까지 배웅했다. “그럼, 내일 5시 정각이오!” 그는 계단을 내려가는 나를 향해 소리를 질렀다. 내가 그만 가 줘서 몹시 만족스러워했다. 반면, 나는 광분한 상태였다.

“아니, 어쩌다, 어쩌다가 저 판에 뛰어든 거야!” 나는 거리를 걸으며 이를 갈았다. “그것도 저 비열한 놈, 저 돼지 새끼 같은 즈베르코프 놈을 위한 판에! 당연히 가지 말아야 해. 당연히 침이나 한 번 뱉어 주면 될 일이지. 얽매여 있는 것도 아닌 걸, 내가 왜? 내일 당장 시모노프한테 시내 우편으로 알려 주면 그만이야…….”

하지만 내가 정말로 광분한 것은 이러고서도 갈 것임을, 일부러라도 갈 것임을 확실히 알았기 때문이다. 게다가 거기 가는 것이 미련한 짓일수록, 또 무례한 짓일수록 더더욱 갈 것이란 말이다.

뿐더러 거기에 가지 못할 만한 확실한 장애까지 있었다. 바로 돈이 없었던 것이다. 내 수중에 있는 돈은 탈탈 털어서 9루블이 전부였다. 하지만 이 중 7루블은 내일 당장 아폴론에게 월급으로 줘야 했는데, 이자는 밥은 직접 해결하되 7루블씩 받고서 내 집에 사는 하인이었다.

아폴론의 성미로 봐서 월급을 주지 않을 수는 없었다. 하지만 나의 종양 덩어리 같은 이 깡패에 대해서는 나중에 언제 얘기하도록 하겠다.

어떻든 나는 내가 결국엔 월급을 주지 않으리라는 걸, 대신 기필코 거기에 가리라는 걸 알고 있었다.

이날 밤 추악하기 이를 데 없는 꿈을 꾸었다. 신기한 일도 아니다. 저녁 내내, 유형의 세월이나 다름없었던 학창 시절의 추억에 짓눌려 그것을 떨쳐 낼 수가 없었으니 말이다. 나를 이 학교에 집어넣은 건 먼 친척들이었다. 나는 그들 손에 좌지우지되면서도 그때까지 그들에 대해 아는 게 통 없었다. 온갖 꾸지람에 시달린 결과 이미 생각만 깊어지고 말수도 적어진, 모든 것을 기괴한 눈초리로 살펴보던 고아인 나를 그들은 학교에 집어넣었던 것이다. 학우들은 내가 자기들 중 그 누구와도 닮지 않았다는 이유로 악의에 찬 무자비한 냉소로 나를 맞이했다. 하지만 나는 냉소를 참을 수 없었다. 또 그들처럼 그렇게 손쉽게 서로 잘 어울려 놀 수도 없었다. 곧 그들을 증오하게 되었고, 모든 사람들을 피해서, 상처를 입어 걸핏하면 흠칫 놀라는, 과도한 자존심 속에 유폐되었다. 그들의 거친 태도에 속이 뒤집히기도 했다. 그들은 나의 얼굴과 볼썽사나운 몸매를 냉소적으로 비웃었다. 하지만 정작 그들 자신의 얼굴은 얼마나 바보 같았던지! 우리 학교에 있으면 다들 얼굴 표정이 왠지 유난히 더 멍청해졌고 괴상하게 변질됐다. 입학할 때만 해도 예쁘장한 아이들이 얼마나 많았던가. 하지만 몇 년 뒤엔 쳐다보는 것도 역겨워질 정도가 됐다. 겨우 열여섯 살이었건만 그때부터 나는 그들을 보면 침울한 놀라움에 휩싸였다. 그때도 이미 그들의 사고방식이 너무 시시껄렁하고 그들의 공부며 놀이며 대화가 너무 바보 같아서 놀라곤 했던 것이다. 필수적인 것들을 너무 이해하지 못하고 또 감동과 충격을 안겨 주는 대상들에 너무 무관심했기 때문에 어쩔 수 없이 나는 그들이 나보다 수준이 낮다고 생각하게 됐다. 괜히 허세를 부리다가 상처를 받아서 이러는 건 아니니까 "너는 그저 몽상에만 빠져 있었지만 그들은 그때부터 이미 현실적인 삶을 이해하고 있었던 것이다."라는 식의 구역질 날 만큼 싫증나는 상투적인 반박을 퍼부으며 나한테 이래라저래라 참견하진 말라. 그들은 현실적인 삶은커녕 숫제 아무것도 이해하지 못했고, 맹세코 그들이 바로 그러했기 때문에 나는 정말 속이 뒤집혔던 것이다. 오히려 그들은 눈에 훤히 보이는 아주 뻔한 현실을 환상적일 정도로 바보같이 받아들였고 그때부터 이미 성공만을 떠받드는 버릇이 생겼다. 올바를지라도 굴욕 당하고 짓밟힌 것이라면 모두 무자비하게 창피를 주고 비웃었다. 관등은 곧 지혜나 다름없다고 생각했고 열여섯 살에 벌써 따뜻한 자리를 논했다. 물론, 이는 많은 부분 그들이 어리석었기 때문이며 유년시절과 청소년 시절을 거쳐 끊임없이 그들을 에워싸고 있던 본보기가 고약했기 때문이다. 방탕한 걸로 치자면, 그들은 기형적일 정도였다. 물론, 이것도 괜히 허세를 부리며 겉으로만 냉소적인 체하는 경우가 더 많았다. 또 물론, 방탕에 빠진 와중에도 그들에게서 젊음과 다소간의 풋풋함이 번득이곤 했다. 하지만 그들의 이 풋풋함조차도 매력적인 데가 없고 어쩐지 유치찬란한 음란으로 나타났다. 내가 그들보다 나을 건 없었겠지만 어떻든 나는 그들을 끔찍이도 증오했다. 그들도 똑같은 식으로 나한테 되갚아 줌으로써 나에 대한 혐오감을 숨기지 않았다. 하지만 나는 이미 그들의 사랑 따위는 바라지도 않았다. 오히려 항상 그들의 굴욕을 갈망했다. 그들의 냉소를 피하기 위해 일부러 가능한 한 더 열심히 공부해서 우등생 축에 들었다. 이것이 그들에게 모종의 감화를 주었다. 게다가 내가 자기들이 읽을 수 없는 책들을 이미 읽었고 또 자기들이 들어 본 적도 없는 것들(우리의 전공 교과목에 포함되지 않는 것들)을 이해하고 있음을 다들 시나브로 이해하기 시작했다. 그들은 이것을 기괴하고 냉소적인 시선으로 바라보았지만 정신적으론 굴복한 셈이었는데, 더욱이 선생님들조차도 이 때문에 나에게 주의를 기울였으니 말이다. 이로써 냉소는 없어졌으나 적의는 그대로 남았고, 때문에 냉랭하고 팽팽한 관계가 형성되었다. 결국에 가서는 정작 내가 더 참을 수 없게 됐다. 나이가 들수록 사람이, 또 친구가 점점 더 아쉬워졌던 것이다. 몇몇 사람과 친해지려고 시도해 봤지만 늘 부자연스러운 친교에 그치다가 그렇게 저절로 끝나 버렸다. 한 번은 어쩌다가 나한테 친구가 생긴 적도 있었다. 하지만 나는 이미 영혼 깊숙이 폭군이 되어 있었다. 그렇기에 그의 영혼을 무한히 지배하고 싶어 했고, 그에게 주위 환경에 대한 경멸을 불어넣고 싶어 했으며, 오만하게, 또 완전히 그 환경과 결별하라고 요구했다. 나의 이 열정적인 우정에 그는 경악했고, 급기야는 나 때문에 눈물을 흘리고 경련을 일으키는 지경이 됐다. 원래 그는 모든 것을 송두리째 바치는 순진한 영혼이었다. 하지만 그가 나한테 모든 것을 송두리째 바쳤을 땐 이내 그가 증오스러워져서 나 자신으로부터 밀쳐 냈다. 그를 필요로 했던 것은 오직 그를 정복하고 그를 굴복시키기 위해서였던 양 말이다. 하지만 내가 모든 사람을 다 정복할 수 있었던 건 아니다. 사실 이 친구도 그들 중 누구와도 닮지 않은, 아주 보기 드문 예외였다. 학교를 졸업하고 나서 내가 제일 먼저 한 일은 나의 전공과 관련된 직종을 포기하는 것이었는데, 모든 줄을 끊어 버리기 위해, 과거를 저주하며 바람결에 훨훨 날려 버리기 위해서 그런 것이었는데……. 아니, 그런데 무슨 바람이 불어 이놈의 시모노프를 찾아갔는지 알게 뭐람……!

아침 일찍 나는 침대에서 일어났고 지금 당장 이 모든 일이 성사될 것처럼 흥분하며 날뛰었다. 그러면서 바로 오늘 내 인생에 어떤 급격한 전환점이 찾아온다고, 꼭 찾아올 것이라고 믿었다. 익숙지가 않아서인지, 여하튼 평생 동안 늘 아무리 사소한 것이라도 외부에서 무슨 사건이 일어나기만 하면 바로 지금 내 인생에 무슨 급격한 전환점이 찾아올 것만 같았다. 그래도 여느 때처럼 출근은 했지만 집에 가서 준비도 할 겸 두 시간 일찍 관청을 빠져나왔다. 무엇보다도 제일 먼저 도착하지는 말아야 한다고 생각했는데, 그랬다간 내가 몹시 기뻐했노라고 다들 생각하지 않겠는가. 하지만 이렇게 무엇보다도 중요한 것이 수천 가지는 족히 됐고 그 때문에 나는 녹초가 될 정도로 흥분에 시달렸다. 내 손으로 구두도 한 번 더 닦았다. 아폴론은 세상에 어떤 일이 있어도 구두를 하루에 두 번씩

닦지는 않을 위인, 그런 건 원칙에 위배된다고 생각할 위인이었다. 해서, 내가 직접 구두를 닦은 것이었는데, 어쩌다 저놈한테 들켜서 나중에 멸시를 받는 일이 없도록 하기 위해 구둣솔은 현관에서 몰래 가져왔다. 그다음엔 옷을 꼼꼼히 살폈고, 그 결과 온통 낡아 빠지고 닳고 해졌음을 알게 됐다. 나도 참 칠칠맞지 못했던 것이다. 제복이라면 그런대로 단정했지만 아니, 제복을 입고 회식에 가는 법이 어디 있나. 무엇보다도, 바지에, 그것도 바로 무르팍 부분에 누런 얼룩이 커다랗게 져 있었다. 이 얼룩 하나만으로도 이미 내 위신이 10분의 9는 깎일 것이라는 예감이 들었다. 이런 생각을 하는 것 자체가 몹시 저속하다는 것도 나는 알았다. '하지만 이제 와선 생각하고 자시고 할 겨를도 없다. 이제 정말로 현실이 도래한단 말이다.' 이런 생각이 들어 의기소침해졌다. 동시에 나는 또한 내가 이 모든 사실들을 기괴할 만큼 지나치게 과장하고 있음도 알았다. 하지만 어쩌란 말인가. 이미 스스로를 제어할 수 없어, 열병이라도 난 듯 몸이 와들와들 떨려 오는 걸. 절망에 찬 나는 이 '야비한 놈' 즈베르코프가 얼마나 거만을 떨며 쌀쌀맞게 나를 맞이할지 훤히 그려졌다. 저 둔한 놈 트루도류보프는 또 얼마나 무턱대고 우둔한 경멸이 담긴 시선으로 나를 쳐다볼 것인가. 벌레만도 못한 놈 페르피치킨은 즈베르코프한테 아부하기 위해 나를 건수로 얼마나 추악하고 뻔뻔스럽게 히히거릴 것인가. 이 모든 것을 시모노프는 속으로 몹시 잘 이해하고선 나를 저속한 허영심과 옹졸함으로 똘똘 뭉친 놈이라고 경멸할 텐데, 무엇보다도 이 모든 것이 얼마나 시시껄렁하고 비문학적이고 진부한가. 물론 아예 가지 않는 편이 제일 낫겠지. 하지만 이것이야말로 제일 불가능한 일이었다. 나란 놈은 일단 뭔가에 이끌리면, 머리끝까지 송두리째 푹 빠져드는 위인이었다. 나중에 가선 평생 동안 "쳇, 뭐야, 겁을 먹었어, 현실이 두려워 겁을 먹다니, 겁쟁이 같으니!"라며 스스로를 약 올릴 테니까. 그럴 바엔 차라리, 내가 지금 그려 보는 것과 같은 겁쟁이가 절대 아님을 저 '망나니들'한테 증명해 보이고 싶은 마음이었다. 그뿐인가. 겁으로 똘똘 뭉친 열병이 아주 강렬한 발작을 일으키는 와중에도 나는, 그러니까 '숭고한 사상을 뽐내고 의심할 바 없는 재치를 발휘함으로써' 그들을 점령하고 정복하고 매혹시키고 또 나를 사랑하도록 만들겠다는 몽상에 사로잡혔다. 그들은 즈베르코프를 버릴 테고, 그 녀석은 한쪽에 멀찍이 앉아 입을 다문 채 수치심을 곱씹을 테고, 그렇게 나는 즈베르코프를 눌러 버릴 테다. 그다음엔 아마 그 녀석과 화해할 테고, 너나들이를 하기 시작한 기념으로 술잔을 들 테다. 하지만 나로선 제일 성질 나고 모욕적인 것이 뭐냐면, 그러면서도 이런 건 본질적으론 나한테 전혀 필요 없으며 본질적으론 그들을 눌러 버릴 마음도, 굴복시킬 마음도, 매혹시킬 마음도 전혀 없고 또 이런 결과를 위해서라면 설령 그것을 성취할지언정 내가 제일 먼저 나서서 땡전 한 푼 내지 않을 것임을 알고 있었다는 점, 그것도 정말 확실히 알고 있었다는 점이다. 오, 부디 이날이 어서 빨리 지나가 버리길 하느님께 얼마나 빌었던가! 말로 표현할 길 없는 우수에 휩싸여 나는 창가로 다가가 통풍창을 열고선 뭉텅뭉텅 쏟아지는 축축한 눈을, 그 희끄무레한 암흑을 들여다보고 있었다…….

마침내 나의 누추한 벽시계가 5시를 울렸다. 나는 모자를 집어 들고 아폴론을, 아침 녘부터 계속 내가 월급을 주길 기다리면서도 자존심을 세우느라 자기 쪽에서 먼저 말을 꺼내기는 싫었던 이 녀석을 보지 않으려고 애쓰면서 그의 곁을 지나 문을 빠져나온 뒤, 마지막 남은 50코페이카짜리 은화를 털어서 일부러 고급 마차를 빌려 타고는 지주 귀족처럼 굴며 Hôtel de Paris로 달려갔다.

4

전날 밤부터 나는 내가 맨 먼저 도착하리라는 것을 알고 있었다. 하지만 문제는 이미 맨 먼저냐 아니냐가 아니었다.

그들은 아무도 와 있지 않았을뿐더러, 우리 방을 찾는 데도 무척 애를 먹었다. 식탁도 아직 다 차려지지 않은 상태였다. 이게 대체 무슨 뜻일까? 결국 하인들에게 수차례 질문 공세를 퍼부은 뒤에야 회식이 5시가 아닌 6시로 잡혔다는 것을 알 수 있었다. 식당 측에서도 그렇다고 못 박았다. 더 캐묻는 것도 부끄러울 지경이었다. 이제 겨우 5시 25분이었다. 만약 시간을 변경했다면 어떤 일이 있어도 꼭 알려 줬어야 하지 않는가. 이런 데 써 먹으라고 시내 우편이 있는 건데, 나에게 이런…… 더군다나 하인들 앞에서 이런 '창피'를 주다니. 어떻든 나는 자리에 앉았다. 하인이 식탁을 차리기 시작했다. 하인까지 들어와 있으니 어쩐지 더욱더 골이 났다. 6시쯤 되자, 이미 불이 밝혀져 있던 램프 외에 촛불도 방으로 가져왔다. 그러고 보니 저 하인 녀석은 내가 도착했을 때는 촛불을 냉큼 가져올 생각도 하지 않았던 것이다. 옆방에선 어떤 손님들 둘이 척 보기에도 화가 난 듯 시무룩한 얼굴을 하고서 각기 다른 식탁에 앉아 묵묵히 식사를 하고 있었다. 멀리 떨어진 어떤 방은 몹시 시끄러워, 고함까지 질러 댔다. 여럿이 한데 모여 왁자지껄 웃어 대는 소리가 들렸고, 프랑스어로 째질 듯 뭐라고 추잡한 말을 지껄이는 소리도 들려왔다. 아무래도 부인들도 함께하는 회식인 듯했다. 한마디로, 구역질이 날 만큼 역겨웠다. 이렇게까지 추잡한 순간을 겪어 본 적이 별로 없었기 때문에, 정각 6시에 그들이 모두 한꺼번에 나타나자 첫 순간엔 무슨 해방군이라도 되는 양 그들을 반겼으며 잔뜩 골이 난 얼굴로 그들을 맞이해야 된다는 것도 깜박 잊다시피 했다.

즈베르코프는 누가 봐도 지휘관처럼 굴며 앞장서서 안으로 들어왔다. 그놈도, 다른 놈들도 모두 웃고 있었다. 하지만 나를 발견하자 즈베르코프는 거들먹거리며 천천히 내 쪽으로 다가와선 꼭 아양이라도 떨듯 허리를 약간 구부리며 상냥하게 손을 내밀었는데, 사실 아주 많이 상냥한 것도 아니었을뿐더러 손을 내밀면서도 거의 장군이 부하를 다룰 때처럼 정중하게 왠지 조심스럽게, 왠지 몸을 사리는 듯했다. 나는 정반대로 그놈이 안으로 들어서자마자 예의 그 가느다랗고 째질 듯한 웃음을 한바탕 터뜨리고 입을 열기가 무섭게 시답잖은 농담과 우스갯소리를 쏟아 낼 줄 알았던 것이다. 어제부터 그럴 줄 알고 대비를 했건만 이렇게까지 상관처럼 거들먹거리며 친절한 척 굴 줄은 정말 꿈에도 생각지 않았다. 그러니까 지금 이놈은 완전히 자기가 모든 점에서 나보다 한없이 우월하다고 여겼던 것일까? 그냥 이렇게 장군처럼 굴면서 나를 모욕하고 싶어서 그랬다면, 그 정도라면 괜찮다고 나는 생각했다. 그렇다면 어떻게 침이나 탁 뱉어 주면 그만이었을 테니까. 하지만 정말로 모욕하고 싶은 마음은 손톱만큼도 없이, 저 닭대가리 같은 머리통에 자기는 나보다 한없이 우월하기 때문에 오직 이렇게 보호자와 같은 시선으로만 나를 바라볼 수 있다는 생각이 진지하게 든 것이라면, 그땐 어쩔 텐가? 이렇게 가정해 보는 것만으로도 이미 나는 숨이 막힐 것만 같았다.

"우리와 함께할 마음이 있었다니, 깜짝 놀랐지 뭐요." 그는 전에 없이 쉬쉬거리고[32] 말을 질질 끌며 입을 열었다. "어찌된 셈인지 우리는 좀처럼 만날 기회가 없었잖소. 우리를 워낙 꺼리니. 참, 괜한 짓이지요. 우리는 당신이 생각하는 것처럼 그렇게 무서운 사람들이 아니오. 뭐, 어떻든 기쁠 따름이오, 이렇게 관계를 새-로-이 다진다는 것은……."

그러면서 그는 모자를 창턱 위에 얹기 위해 천연덕스럽게 몸을 돌렸다.

"오래 기다렸소?" 트루도류보프가 물었다.

"어제 나한테 일러 준 대로 5시 정각에 왔소." 나는 당장이라도 폭발할 듯한 기세로 짜증을 내며 큰 소리로 대답했다.

---

32) s, sh 발음을 강하게, 길게 했다는 뜻.

"아니, 시간이 변경된 걸 이 사람한테 알려 주지 않았나?" 트루도류보프가 시모노프를 향해 말했다.

"그러지 못했네. 깜박 잊었지 뭔가." 상대방은 이렇게 대답하긴 했지만, 뉘우치는 기색은 손톱만큼도 없이, 또 나한테 사과조차 하지 않고 음식을 주문하러 가 버렸다.

"그럼 여기서 벌써 한 시간이나 기다렸겠군, 아이고, 안됐어라!" 즈베르코프가 비아냥거리듯 이렇게 소리쳤는데, 하긴 그의 개념으로 이건 정말 엄청나게 웃긴 일이 아니었겠는가. 그를 따라서 페르피치킨도 강아지처럼 깽깽거리는 야비한 목소리로 마구 웃어 댔다. 내가 이런 꼴을 당한 게 황당하면서도 웃겨 죽겠다는 투였다.

"뭐가 그리 우스운 거요!" 나는 페르피치킨한테 소리를 질렀는데, 점점 더 짜증이 났다. "이건 내 잘못이 아니라 다른 사람들 잘못이오. 나를 싹 무시하고 알려 주질 않았잖소. 이-이-이런 일이…… 그야말로 어처구니없는 일이오."

"어처구니없다뿐인가, 그 이상이지." 트루도류보프가 순진한 척 내 편을 들며 중얼거렸다. "당신은 사람이 너무 유해서 탈이오. 세상에, 이런 실례가 어디 있나. 물론, 일부러 작당을 한 건 아니겠지만. 하여간 시모노프도 어쩌다 이런 일을…… 음!"

"내가 이런 취급을 당했더라면" 하고 페르피치킨이 한 소리 했다. "나라면 말이지……."

"뭘 좀 시키지 그랬소." 하고 즈베르코프가 말을 가로막았다. "아니, 우릴 기다릴 것도 없이 그냥 식사를 내오라고 하지 않고선."

"잘 알겠지만, 무슨 허락이 없어도 그렇게 할 수 있었소." 내가 딱 잘라 말했다. "내가 이렇게 기다렸다면, 그건……."

"자, 다들 그만 앉지." 안으로 들어온 시모노프가 소리쳤다. "모든 게 다 준비됐어. 이 집 샴페인은 내가 보증하지, 아주 시원하게 해 놨더라고……. 아니, 당신 집이 어딘지도 모르는데 어디서 당신을 찾는단 말이오?" 갑자기 그는 나한테 말을 걸었는데, 왠지 이번에도 나를 제대로 보지는 않았다. 분명히 뭔가 걸리는 눈치였다. 아마 어제 그러고 나서 무슨 꿍꿍이속이 있었던 것이다.

다들 자리에 앉았고, 나도 앉았다. 탁자는 둥글었다. 나의 왼쪽으론 트루도류보프가, 오른쪽으론 시모노프가 앉게 됐다. 즈베르코프는 맞은편에 앉았고, 페르피치킨은 그 옆, 즉 그와 트루도류보프 사이에 앉았다.

"저-어-기…… 어디 부서에 계신 거요?" 즈베르코프가 계속 나에게 관심을 보였다. 내가 당황하는 것을 보고선 진지하게 나를 얼러 주고, 말하자면 격려해 줘야 된다고 생각한 모양이었다. '아니, 저놈은 내가 술병이라도 던져 주길 바라는 거야, 뭐야.' 미칠 듯 화가 치미는 가운데 이런 생각이 들었다. 이런 데 별로 익숙지 않아서인지 나는 왠지 부자연스러울 만큼 빨리 짜증이 났다.

"○○ 관청에 있소." 접시를 바라보며 나는 불통하게 대답했다.

"그래…… 그쪽이 더 실속이 있소? 저어-기, 무슨 연-유로 그 전의 직장은 그만둔 거요?"

"무슨 연-유였냐 하면, 그냥 그만두고 싶었기 때문이오." 나는 이미 자제력을 거의 잃은 채 말을 세 배나 더 질질 끌며 대답했다. 페르피치킨은 콧방귀를 끼며 픽 웃었다. 시모노프는 비아냥거리는 시선으로 나를 쳐다봤다. 트루도류보프는 잠시 먹는 것도 멈추고서 호기심 어린 시선으로 나를 뜯어보기 시작했다.

즈베르코프는 심히 불쾌해하며 움찔했지만 별로 개의치 않으려 했다.

"그러-어-엄, 형편은 어떻소?"

"형편이라뇨?"

"즉 보-옹급이 어떠냐고요?"

"아니, 지금 나를 두고 시험을 보는 거요, 뭐요!"

이렇게 말해 놓고서도 나는 당장에 내 봉급이 얼마인지를 말해 버렸다. 얼굴이 홍당무처럼 새빨개졌다.

"넉넉지는 못하군요." 즈베르코프가 진중하게 응수했다.

"그러게, 그 정도론 카페-레스토랑에서 식사도 못하겠는걸!" 페르피치킨이 뻔뻔스럽게 덧붙였다.

"내 생각엔 뭐 영락없이 가난한 수준이구먼." 트루도류보프가 진지하게 응수했다.

"그래서 이렇게 바싹 마르고 또 이렇게 변했군요…… 그 시절에 비하면……." 즈베르코프는 이렇게 덧붙였지만, 이미 독기마저, 어쩐지 뻔뻔스러운 동정마저 감추지 않으며 나와 내 옷을 훑어보았다.

"자꾸 그러면 저 친구가 당황하잖나." 페르피치킨이 히히거리며 소리쳤다.

"이봐요, 형씨, 똑똑히 말하지만 나는 전혀 당황하지 않소." 나는 기어코 터져 버렸다. "똑똑히 들으시오! 나는 여기 '카페-레스토랑'에서 내 돈 내고, 남의 돈이 아닌 내 돈을 내고 식사하는 거요, 분명히 알아두란 말이오, monsieur(무슈) 페르피치킨."

"뭐-뭐라고! 아니, 그럼 여기 자기 돈 안 내고 식사하는 사람이 누가 있소? 꼭 자기가 무슨……." 페르피치킨은 이렇게 물고 늘어졌고, 푹 삶은 가재처럼 시뻘개져선 살기등등한 기세로 나를 똑바로 노려보았다.

"됐-소." 나는 너무 나갔다는 느낌이 들어 이렇게 대답했다. "내 생각으론 좀 더 현명한 대화를 나누면 좋겠군요."

"지식을 좀 뽐내고 싶으신 모양인데?"

"염려하지 마시오, 그래 봤자 어차피 이런 데선 아무 짝에도 쓸모가 없을 테니까."

"아니, 형씨, 그럼 지금 뭐 하러 이렇게 땍땍거리며 난리를 친 거요, 어? 그놈의 부서[33] 어디서 근무하다가 머리가 돌아 버린 거요, 뭐요?"

"자, 다들 그만 좀 하게, 그만 좀!" 즈베르코프가 모두를 제압하듯 소리쳤다.

---

33) 원문에서는 '부서'를 뜻하는 'department'를 'lepartment'로 발음하며 빈정거린다.

"진짜 바보 같지 뭔가!" 시모노프가 투덜거렸다.

"정말 바보 같아, 우리는 먼 길 떠나는 착한 벗을 배웅하기 위해 우정 어린 모임을 가진 건데, 당신은 대체 무슨 생각을 하는 건지." 이렇게 운을 떼면서 트루도류보프는 거칠게 나만을 겨냥했다. "어제 당신이 나서서 우리 모임에 끼려고 그렇게 설쳐 댔으니까 괜히 전체 분위기를 망치지나 마시오."

"그만, 그만 좀 하라니까." 즈베르코프가 소리쳤다. "이제 다들 그만 좀 하게, 이런 자리에서 왜들 이러나. 차라리 내가 그저께 하마터면 결혼할 뻔한 얘기를 하는 게 낫겠는데……."

자, 그리하여 그저께 이 신사가 어쩌다가 하마터면 결혼할 뻔했는지에 관한 시시껄렁한 모험담이 시작됐다. 하지만 정작 결혼 얘기는 일언반구도 없이, 얘기하는 내내 장군이니 대령이니 심지어 시종무관이니 하는 자들이 마구 튀어나왔고 즈베르코프는 그들 사이에서 거의 우두머리라도 되는 것 같았다. 다들 맞장구를 치며 웃기 시작했다. 페르피치킨은 째질 듯한 소리를 지르기도 했다.

다들 나를 내팽개쳤고, 나는 짓뭉개지고 짓밟힌 채로 앉아 있었다.

'맙소사, 이것이 내가 어울릴 만한 집단이란 말인가!' 나는 생각했다. '또 나는 왜 이런 놈들 앞에서 바보 노릇을 자처하고 있는가! 그나저나 페르피치킨 녀석의 짓거리를 참 많이도 참아 주었다. 저 등신들은 나를 위해 이 식탁에 한자리를 마련해 준 걸로 무슨 큰 선심이라도 쓴 줄 알지만, 실은 저들이 아니라 오히려 내가 저놈들한테 선심을 쓴 것이란 말이다, 그런 것도 모르는 주제들이! '비쩍 말랐군요! 그 복장은 또 뭐요!'라니. 오, 바지는 정말 왜 이 모양이야! 즈베르코프 녀석은 아까부터 무르팍의 누런 얼룩을 알아보았던 것이다……. 이러고서 뭘 더 얻어먹겠다고! 지금 당장 자리를 박차고 일어나, 모자를 챙겨 들고 일언반구도 없이 그냥 나가 버리자……. 경멸의 표시로 말이다! 내일은 결투라도 신청할 거다. 비열한 놈들 같으니. 설마 내가 7루블을 아까워할쏘냐. 하지만 다들 그렇게 생각할 테지……. 젠장! 7루블 따위는 조금도 아깝지 않다! 지금 당장 나간다……!'

물론 그러고서도 나는 그대로 남아 있었다.

나는 괴로운 마음에 라피트와 셰리주를 큰 잔으로 마구 들이켰다. 익숙지 않은 탓에 빨리 취기가 돌았고 취기가 돌수록 짜증은 더 커져만 갔다. 갑자기 저놈들을 아주 뻔뻔스럽게 모욕한 다음 확 떠나 버리고 싶어졌다. 마땅한 순간을 포착하여 본때를 보여 주자. 그럼 저놈들 입에서 내가 우습긴 하지만 그래도 머리는 좋은 녀석이니 어쩌니 하는 말이 나올 테고…… 또…… 또……. 한마디로, 빌어먹을 놈들이다, 젠장!

나는 술기운에 전 흐리멍덩한 눈으로 저들 모두를 뻔뻔스럽게 둘러보았다. 하지만 다들 내 존재를 깡그리 잊어버린 것 같았다. 저들은 시끌벅적, 왁자지껄, 흥겨웠다. 줄곧 말을 한 건 즈베르코프였다. 나는 슬며시 귀를 기울이기 시작했다. 즈베르코프는 어느 휘황찬란한 여자 얘기를 하고 있었는데, 마침내 그는 그녀한테서 사랑 고백을 받아 냈고(물론 말[馬]처럼 거짓말을 하는 것이다.) 그렇게 되기까지 그의 절친한 친구, 즉 농노 3000명을 가진 아무개 공작이자 경기병 장교인 콜랴의 도움이 특히나 컸다는 것이다.

"그런데 농노 3000명을 가진 그 콜랴라는 친구는 왜 여기 없는 거요, 당신을 배웅하는 이 마당에." 하고서 내가 갑자기 대화에 끼어들었다. 잠깐, 다들 입을 다물었다.

"벌써 취했나 보군." 트루도류보프가 마침내 내 존재를 인정해 주기로 했는지, 경멸스럽다는 듯 내 쪽을 흘겨보았다. 즈베르코프는 말없이 나를 벌레처럼 뜯어보았다. 나는 눈을 내리깔았다. 시모노프는 더 서둘러 샴페인을 따르기 시작했다.

트루도류보프가 잔을 들자, 나를 제외한 모두가 그를 따랐다.

"자네의 건강과 행복한 여행을 위하여!" 그가 즈베르코프를 향해 소리쳤다. "옛 시절을 위하여, 제군들, 우리의 미래를 위하여, 만세!"

다들 잔을 들이켠 뒤 즈베르코프와 입을 맞추려고 달려들었다. 나는 꿈쩍도 하지 않았다. 내 앞에는 입도 대지 않은 술잔이 그대로 놓여 있었다.

"아니, 안 마실 거요?" 참다못한 트루도류보프가 위협적으로 나를 노려보며 으르렁거렸다.

"내 특별히 연설을 하고 싶은데…… 그러고 나서 마시도록 하죠, 트루도류보프 씨."

"순전히 악질이야!" 시모노프가 투덜댔다.

나는 의자에 앉은 채 몸을 꼿꼿이 펴고 열에 들떠 술잔을 들었지만, 뭔가 예사롭지 않은 것을 선보이리라 벼르면서도 정확히 무슨 말을 할지는 나 자신도 아직 몰랐다.

"Silence(조용히)!" 페르피치킨이 소리쳤다. "거참, 똑똑히 잘난 체하겠군!" 반면, 즈베르코프는 뭐가 문제인지를 파악하고서 아주 진지하게 기다렸다.

"중위 즈베르코프 씨." 내가 말을 시작했다. "일단 유념해 둘 것은 내가 각종 미사여구와 그런 걸 늘어놓는 자들을, 또 허리를 꽉 동여매는 옷을 증오한다는 점이오……. 이것이 첫째고, 이어 둘째를 얘기하겠소."

좌중이 심하게 술렁댔다.

"둘째, 나는 계집질과 그런 걸 일삼는 자들을 증오하오. 특히나 계집질이나 일삼는 자들을!"

"셋째, 나는 진실을, 진실함과 정직함을 사랑하는 바요." 이제는 말이 거의 기계적으로 이어졌는데, 그도 그럴 것이 공포에 사로잡혀 온몸이 얼어붙기 시작한지라 내가 대체 뭐 하러 이런 말을 지껄이는지 통 알 수 없었기 때문이다……. "나는 사상을 사랑하오, 무슈 즈베르코프. 내가 사랑하는 것은 대등한 관계에 기초한 참된 동료애지, 절대…… 음……. 그러니까 내가 사랑하는 것은……. 한데 이런 얘기가 왜 나온 거요? 여하튼 나는 당신의 건강을 위해 건배하는 바요, 무슈 즈베르코프. 모쪼록 체르케스 여자들을 잔뜩 유혹하시고 조국의 적들을 마구 쏘아 주시고…… 그리고…… 만수무강하시라, 무슈 즈베르코프!"

즈베르코프는 의자에서 일어나 내 쪽으로 몸을 숙이며 말했다.

"정말 고맙소."

하지만 그는 기분이 어찌나 상했는지 얼굴마저 새하얗게 질려 버렸다.

"제기랄." 이렇게 으르렁대더니 트루도류보프는 주먹으로 식탁을 쾅 쳤다.

"안 되겠는걸, 저런 소리를 뇌까리다니 낯짝을 갈겨야 돼!" 페르피치킨이 째질 듯 소리를 질렀다.

"저놈은 쫓아내야 돼!" 시모노프가 투덜댔다.

"입도 뻥긋하지 말고 손도 까딱하지 말 것, 제군들!" 다들 분노하자 이를 저지시키며 즈베르코프가 의기양양하게 소리쳤다. "자네들이 이러는 건 고맙지만, 내가 이 친구의 말을 얼마나 높이 평가하는지는 나 스스로 증명할 수 있네."

"페르피치킨 씨, 방금 그런 말을 했으니까 내일이라도 당장 나를 만족시켜 주시오!" 나는 근엄하게 페르피치킨을 바라보며 큰 소리로 말했다.

"그러니까 결투를 하자는 거요? 그럼 그러시든지." 이렇게 대꾸하긴 했지만, 분명히 결투를 신청하는 내 모습이 너무 웃기고 또 내 풍채에 너무 어울리지 않았던 탓인지 다들, 페르피치킨까지 합세해서 다들 배꼽이 빠져라 웃어 댔다.

"그래, 물론, 저놈은 그냥 내팽개쳐! 벌써 완전히 취했질 않나!" 트루도류보프가 역겹다는 듯 말했다.

"저런 놈을 끼워 주다니, 내 잘못을 절대 용서하지 못하겠는걸!" 시모노프가 다시 투덜거렸다.

'자, 이제 저놈들한테 술병을 집어던지는 거다.' 이런 생각에 나는 술병을 집어 들었고…… 그러고선 그냥 내 잔에다 술만 가득 따랐다.

'……아니야, 차라리 끝까지 죽치고 앉아 있는 편이 낫겠어!' 나는 계속하여 생각했다. '내가 가 버리면, 이놈들아, 네놈들은 좋아 죽겠지. 어디, 그러나 봐라. 네놈들 따윈 발톱의 때만도 못하다는 걸 보여 주기 위해서 일부러라도 끝까지 앉아서 마실 테다. 이곳은 술집이고 나는 회비를 냈으니까 죽치고 앉아 마실 테다. 네놈들을 장기의 졸병, 아예 존재하지도 않는 졸병쯤으로 여기고 있으니까 죽치고 앉아 마실 거란 말이다. 이대로 죽치고 앉아 술을 퍼마시고…… 그 뿐인가, 기분 내키면 노래도 부를 테다, 그래, 노래를 부르는 거다, 그럴 권리가 있으니까…… 그래, 노래를 부를 권리쯤은 있지…… 음.'

하지만 나는 노래를 부르지 않았다. 오직 저들을 아무도 보지 않으려고 애썼을 따름이다. 그렇게 독립을 과시하는 포즈를 취하고서 저쪽에서 직접, 먼저 나한테 말을 걸어오길 초조하게 기다렸다. 하지만, 슬퍼라, 저들은 말을 걸어오지 않았다. 그 순간 나는 그들과 화해하길 얼마나, 얼마나 바랐던가! 시계가 8시를, 마침내 9시를 울렸다. 그들은 식탁에서 소파로 옮겨 앉았다. 즈베르코프는 침대 의자에 드러누워 한쪽 발을 둥근 탁자 위에 얹었다. 그쪽으로 또 술이 나왔다. 그는 정말로 그들을 위해 술 세 병을 내놓은 것이다. 나한테는 물론, 그쪽에 앉으라고 권하지도 않았다. 다들 그를 중심으로 소파에 둘러앉았다. 그러곤 거의 경건한 표정을 띠며 그의 말을 경청했다. 그를 좋아한다는 게 훤히 보였다. '대체 무엇 때문에? 무엇 때문일까?' 나는 속으로 생각했다. 간간이 그들은 술기운에 괜히 황홀해져선 서로 입을 맞추기도 했다. 카프카스가 어떠니, 진짜 열정이 무엇이니, 갈빅[34]이 어떠니, 군대 내에서 실속 있는 자리가 어디니 하는 얘기들이 오갔다. 경기병 장교 포드하르젭스키의 수입이 얼마인지에 관한 얘기도 있었는데, 이 장교를 개인적으로 아는 사람은 아무도 없었지만 다들 그의 수입이 상당히 많다면서 기뻐했다. 공작 영애 D의 미모와 우아함이 보통이 아니라는 얘기도 나왔지만, 역시나 그녀를 직접 본 사람은 아무도 없었다. 급기야 셰익스피어가 불멸이라는 얘기까지 흘러나왔다.

나는 경멸의 미소를 띠며 방의 다른 편, 즉 소파 바로 맞은편 벽을 따라 탁자와 페치카 사이를 오락가락했다. 그들이 없어도 끄떡없다는 걸 온 힘을 다해 보여 주고 싶었다. 그러면서도 일부러 구두 뒤축에 힘을 주어 바닥을 탁탁 쳤다. 하지만 아무 소용없었다. 그들은 눈도 꿈쩍하지 않았던 것이다. 나는 8시부터 11시까지 인내력을 발휘하여 그렇게 바로 그들 앞에서 계속 똑같은 장소를, 즉 식탁에서 페치카까지, 또 반대로 페치카에서 탁자까지 오락가락했다. '이렇게 내 발로 왔다 갔다 하는 거니까 아무도 말릴 수는 없지.' 하인이 방에 들어왔다가 몇 번이나 걸음을 멈추고 나를 쳐다보았다. 방향을 너무 자주 틀다 보니 머리가 다 빙빙 돌았다. 가끔은 미망에 들떠 있는 것만 같은 느낌도 들었다. 이 세 시간 동안 나는 세 번이

34) 카드 도박의 일종.

나 땀에 흠뻑 젖었다가 말랐다. 십 년이나 이십 년, 아니 사십 년이 지나도, 그래 사십 년 후에도 어쨌거나 내 인생을 통틀어 가장 더럽고 가장 웃기고 가장 끔찍한 이 순간을 회상하며 혐오감과 굴욕감에 젖게 되리라는 생각이 때때로 독기를 품은 통증처럼 아주 깊이 내 가슴을 찔렀다. 이보다 더 파렴치하게, 이보다 더 자발적으로 자신을 굴욕에 빠뜨리는 것은 불가능할 정도였고, 나는 이 점을 충분히, 정말 충분히 이해했음에도 불구하고 계속 탁자와 페치카 사이를 오락가락했다. '오, 네놈들이 알기만 한다면, 내가 얼마나 대단한 감정과 사상을 품을 수 있는지, 또 내가 지적으로 얼마나 성숙했는지를!' 나는 나의 적들이 앉아 있는 소파를 마음속으로 바라보며 가끔씩 이런 생각을 했다. 하지만 나의 적들은 나 같은 건 방 안에 있지도 않는 양 제멋대로 굴었다. 한 번, 정말 딱 한 번 그들이 내 쪽으로 몸을 돌렸는데, 바로 즈베르코프가 셰익스피어 얘기를 꺼냈고 그 바람에 내가 갑자기 가소롭다는 듯 홍소를 터뜨렸을 때였다. 어찌나 억지스럽게, 어찌나 볼썽사납게 코웃음을 쳤는지, 그들은 모두 일시에 대화를 중단하고서 내가 벽을 따라 식탁과 페치카 사이를 오락가락하는 모습을, 또 내가 자기들한테 손톱만큼의 주의도 기울이지 않는 모습을 이 분가량 웃지도 않고 아무 말도 없이 진지하게 관찰했다. 하지만 그래 본들 결국 아무 일도 없었다. 그들은 가타부타 말도 꺼내지 않았고 이 분 뒤엔 또다시 나를 내팽개쳤다. 시계는 11시를 울렸다.

"자, 제군들." 하고 즈베르코프가 소파에서 일어나면서 소리쳤다. "이제 다들 거기로 가세나."

"물론이지, 당연히 가야지!" 다른 녀석들도 말문을 열었다.

나는 즈베르코프 쪽으로 몸을 획 돌렸다. 얼마나 괴로웠던지, 얼마나 지쳤던지 내 손으로 목을 벨지언정 끝장을 보고 싶은 심정이었다! 병이라도 난 듯 몸에 열이 올랐다. 머리카락은 땀범벅이 되어 이마와 관자놀이에 들러붙어 버렸다.

"즈베르코프! 당신에게 용서를 구하는 바요." 나는 격렬하고 단호하게 말했다. "페르피치킨, 당신에게도, 아니, 모두, 모두에게 용서를 구하는 바요, 내가 모두를 모욕했으니까!"

"어라! 역시 결투는 체질에 안 맞나 보군!" 페르피치킨이 독살스럽게 씩씩댔다.

나는 가슴을 도려내는 듯한 아픔을 느꼈다.

"아니, 결투 따위는 두렵지 않소, 페르피치킨! 당신과는 내일이라도 싸울 용의가 있지만, 그건 이미 화해하고 난 다음의 일이오. 심지어 꼭 그렇게 하자고 주장하는 바이며, 당신은 내 제안을 거절할 수 없을 거요. 결투 따위는 두렵지 않다는 것을 당신한테 증명해 보이고 싶소. 당신이 먼저 방아쇠를 당기고 나는 허공에다 쏠 거요."

"혼자서 잘도 노는군." 시모노프가 한 소리 했다.

"미쳐도 더럽게 미쳤어!" 트루도류보프도 품평을 내놨다.

"좀 지나갑시다, 길을 막고 있잖소……! 대체 왜 이러는 거요?" 즈베르코프는 경멸스럽다는 듯 대답했다. 다들 얼굴이 시뻘겋고 눈이 번득였다. 어지간히도 마셨던 것이다.

"나는 당신과 친하게 지냈으면 하오, 즈베르코프, 내 비록 당신을 모욕했지만……."

"모욕했다고? 다-당신이! 나-나를! 이봐요, 형씨, 잘 알아두시오, 당신은 어떤 상황에서도 절대 나를 모욕할 수 없소."

"그만 됐으니까 길이나 좀 비켜요!" 트루도류보프가 한 번 더 못을 박았다. "자, 가세나."

"올림피아는 내 거야, 제군들, 약속해!" 즈베르코프가 소리쳤다.

"여부가 있나! 암, 여부가 있을 리 없지!" 다들 웃으며 그에게 화답해 주었다.

나는 똥물을 뒤집어쓴 것 같은 기분으로 서 있었다. 저 일당은 시끌벅적하게 방을 나갔고, 트루도류보프는 무슨 멍청한 노래 자락까지 하나 뽑았다. 시모노프는 하인들에게 팁을 주느라 잠시 지체했다. 나는 갑자기 그에게로 다가갔다.

"시모노프! 6루블만 꿔 주시오!" 내가 단호하고 필사적으로 말했다.

그는 굉장히 놀라면서 어쩐지 흐리멍덩한 눈으로 나를 바라보았다.

"아니, 거기까지 우리와 함께 가려고요?"

"그렇소!"

"나는 돈 없소!" 그는 딱 잘라 말한 뒤 경멸스럽다는 듯 비웃곤 방을 나섰다.

나는 그의 외투 자락을 붙잡았다. 이건 악몽이었다.

"시모노프! 당신한테 돈이 있는 걸 내 눈으로 봤는데, 왜 거절하는 거요? 아니, 내가 그 정도로 비열한 놈이오? 내 부탁을 거절하다니, 좀 신중하시오. 무엇 때문에 돈을 빌려 달라는

지 당신이 알기만 한다면, 제발 좀! 나의 모든 미래, 나의 모든 계획이, 그러니까 모든 것이 여기에 달려 있는데……."

시모노프는 돈을 꺼내더니 거의 내던지다시피 나한테 주었다.

"받으시오, 이렇게까지 파렴치한 인간이라면!" 그는 이런 무자비한 말을 내뱉곤 일행을 따라잡기 위해 달려갔다.

나는 잠시 혼자 남아 있었다. 온통 난장판에다가 먹다 남은 음식, 마룻바닥에 부서진 술잔, 엎질러진 술, 담배꽁초, 머릿속의 취기와 몽롱함, 가슴속의 고통스러운 우수, 끝으로 그 모든 것을 보았고 모든 것을 들었기에 호기심 어린 눈으로 나를 빤히 쳐다보는 하인.

"거기로!" 나는 고함을 질렀다. "저놈들이 모두 무릎을 꿇고 내 다리를 껴안으며 친하게 지내자고 애걸복걸하든가…… 아니면 내가 즈베르코프 놈의 따귀를 갈겨 줄 테다!"

5

“바로 이거다, 이제 드디어 현실과 맞부딪치는 것이다!” 쏜살같이 계단을 뛰어 내려가며 나는 이렇게 중얼거렸다. “이건 분명히 교황이 로마를 버리고 브라질로 떠나는 것과는 다를 테지. 이건 또 분명히 코모 호수의 무도회도 아닐 것이다!”

‘너는 비열한 놈이야!’ 나의 머릿속에서는 이런 생각이 스쳐갔다. ‘이제 와서 네가 이걸 비웃고 있다니.’

“그럼 또 어때!” 나는 혼자 이렇게 대답하며 소리쳤다. “이제는 어차피 죄다 엉망진창인걸!”

그들은 이미 흔적도 없이 사라져 버렸다. 하지만 무슨 상관인가. 그들이 어디로 갔는지는 알고 있는걸.

현관 옆에는 허름한 외투를 입은 마부가 밤 손님을 기다리며 쓸쓸히 서 있었는데, 아직도 퍼붓는 축축하고도 어쩌면 따뜻한 것도 같은 눈을 온몸에 흠뻑 뒤집어쓴 채였다. 수증기가 자욱하여 갑갑할 정도였다. 그의 조그만 털북숭이 얼룩말도 역시 온몸에 눈을 흠뻑 뒤집어쓴 채 콜록댔다. 이 장면은 또렷이 기억나는군. 나는 말이 끄는 썰매를 향해 내달았다. 하지만 자리를 잡으려고 한쪽 발을 올려놓자마자, 시모노프 녀석이 방금 나한테 6루블을 꿔 주었다는 생각이 떠올라 그만 다리가 확 꺾인 듯 휘청거리며 부대자루처럼 썰매 안으로 꼬꾸라졌다.

"아니다! 이 모든 걸 상쇄하려면 한바탕 크게 벌여야 한다!" 내가 소리쳤다. "모조리 상쇄하거나 아니면 오늘 밤에 당장 그 자리에서 파멸해 버리는 거다. 자, 가자!"

우리는 출발했다. 내 머릿속에서 회오리바람이 휙 몰아쳤다.

'녀석들, 무릎을 꿇고 나한테 친하게 지내자며 애원하는 짓 따윈 하지 않을 테지. 이것은 신기루에, 속되고 역겹고 낭만적이고 환상적인 신기루에 불과하다. 코모 호수의 저 무도회와 다를 바 없잖은가. 바로 그렇기 때문에 기필코 즈베르코프 놈의 따귀를 갈겨 줘야 한다. 나는 그럴 의무가 있다. 그래, 이걸로 결정됐다. 지금 나는 그놈의 따귀를 갈겨 주러 가는 것이다.'

"좀 더 빨리 몰게!"

마부는 말고삐를 바싹 잡아당겼다.

'들어가자마자 곧장 갈겨 주자. 따귀를 갈기기 전에 서론 삼아 몇 마디를 해 줘야 할까? 천만에! 그냥 들어가자마자 갈겨 주자. 그놈들은 다 홀에 앉아 있을 테고, 그놈은 올림피아를 옆에 끼고 소파에 앉아 있을 테지. 올림피아, 이 망할 년! 그년은 언젠가 내 얼굴을 갖고 놀리면서 나한테 퇴짜를 놨지. 이 올림피아 년 머리채를 잡고 질질 끌 테다, 즈베르코프 놈 두 귀를 잡고 질질 끌 테다! 아니, 차라리 한쪽 귀가 낫겠다, 그놈의 한쪽 귀만 잡은 채로 온 방을 휘젓고 다닐 테다. 놈들이 전부 나를 두들겨 패기 시작할 테고 아예 밖으로 걷어차 버릴지도 모른다. 아니, 분명히 그럴 것이다. 그러면 또 어떤가! 어쨌거나 내가 먼저 따귀를 갈겼으니까 주도권을 쥔 쪽은 나다. 명예의 법칙상 제일 중요한 것도 이거다. 그놈은 이미 낙인이 찍힌 몸, 나를 아무리 두들겨 패도 결투를 하지 않는 한 따귀의 흔적을 씻어 내지 못할 것이다. 그놈, 꼭 결투를 하지 않으면 안 될걸. 그래, 이놈들 지금은 나를 실컷 두들겨 패라. 그렇게 천한 놈들이 되란 말이다! 특히 트루도류보프 놈이 신나게 두들겨 팰 테지. 힘센 걸 빼면 시체니까. 페르피치킨 놈은 틀림없이 옆에서 달려들어 내 머리털을 쥐어뜯겠지, 암, 분명히 그럴 것이다. 하지만 그럼 어때, 그래 본들! 바로 그러라고 이렇게 가는 게 아닌가. 놈들이 아무리 닭대가리라고 해도 결국엔 이 모든 것에 깃든 비극적 의미를 깨닫지 않을 수 없을걸! 나를 문밖으로 끌어낼 때면 나는 놈들이 본질적으론 내 새끼발가락만 한 가치도 없노라고 외칠 테다.'

"더 빨리, 마부 양반, 더 빨리 몰란 말일세!" 나는 마부에게 소리를 질러 댔다.

그는 몸까지 부르르 떨며 채찍을 휘둘렀다. 나도 어지간히

야만스럽게 소리를 질렀던 것이다.

'새벽녘에 결투를 하는 거다, 이미 이렇게 결정을 봤다. 부서와도 끝장났다. 페르피치킨 놈은 아까 부서라고 하지 않고—그놈의 부서라고 말하지 않았나. 한데, 권총은 어디서 구한다지? 식은 죽 먹기야! 월급을 가불 받아서 사면 되니까. 그럼 화약은, 그럼 총알은? 이런 건 결투 입회인이 신경 쓸 문제다. 한데 이 모든 걸 새벽녘까지 어떻게 다 준비한담? 결투 입회인은 또 어디서 구한담? 아는 사람도 없잖은가…….'

"쓸데없는 소리!" 나는 점점 더 미쳐 날뛰며 소리쳤다. "쓸데없는 소리라니까!"

'아무나 길거리에서 처음으로 마주치는 사람한테 얘기하면 되잖아, 그 사람은 나의 결투 입회인이 돼 주어야 한다, 물에 빠져 허우적대는 사람을 꺼내 줘야 하는 것처럼. 아무리 황당한 경우라도 허용되어야 한다. 그래, 내일 당장 과장한테 결투 입회인이 돼 달라고 부탁하면, 그는 오직 기사도를 생각해서라도 들어주어야 하고 비밀도 지켜 주어야 할 것이다! 이 안톤 안토니치는…….'

그런데 말이다, 바로 그 순간 나는 이런 가정이 얼마나 추잡하고 터무니없는지를 온 세상을 통틀어 그 누구보다도 분명하게, 생생하게 깨달았고 그로써 동전의 뒷면이 만천하에 드러났지만…….

"이봐, 마부, 좀 더 빨리 몰아, 이 불한당 같은 양반아, 좀 빨리 몰란 말이야!"

"예이, 나리!" 관에 소속된 마부가 말했다.

갑자기 나는 온몸에 오싹, 냉기를 느꼈다.

'차라리…… 차라리…… 지금이라도 곧장 집으로 가는 편이 낫지 않을까? 맙소사! 어쩌자고, 어제는 어쩌자고 그놈의 회식에 끼겠다고 설쳤을까? 하지만 안 돼, 그럴 순 없어! 세 시간 동안이나 탁자와 페치카 사이를 어슬렁거린 건 또 어쩌고? 아니, 놈들, 바로 저놈들이야말로 나를 그렇게 어슬렁거리도록 만든 대가를 치러야 한다! 놈들은 이 치욕을 말끔히 씻어 주어야 한다!'

"자, 더 빨리!"

'만약 저놈들이 나를 경찰서에 넘기면 어쩐담? 그럴 배짱은 없을걸! 스캔들이 날까 두려울 테니까. 즈베르코프가 나를 멸시해서 결투를 거부한다면 또 어쩐담? 그럴 가능성이 상당히 높지만 그러면 나도 놈들한테 본때를……. 그래, 그러면 내일 그놈이 출발할 무렵에 역관(驛館)으로 달려가, 놈이 마차에 오르는 순간 놈의 한쪽 발을 붙잡고 늘어져 놈의 외투를 벗길 테다. 그러곤 이로 놈의 손을 콱 깨문 다음 잘근잘근 씹어 줄 테다. '다들 똑똑히 봐 둬, 사람이 절망에 빠지면 못할 짓이 없단 말이다!' 놈이 내 머리통을 휘갈긴들, 다른 놈들이 죄다 그 뒤에 버티고 서 있은들 또 어떤가. 내가 거기 있는 모든 놈들한테 외칠 테다. '똑똑히 보란 말이다, 자, 여기 풋내기 강아지 새끼가 체르케스 계집년들을 꼬이러 간다, 낯짝에다 내 침을 잔뜩 묻힌 채로!'

물론, 이 지경이 되면 완전히 끝장이다! 부서는 지구 표면에서 싹 지워지고 말았다. 나는 체포되고 재판받고 직장에서 해

고되고 감옥신세를 지고 결국 시베리아 유형에 처해질 것이다. 이런 것쯤이야! 십오 년이 지난 뒤 풀려나면 누더기를 뒤집어쓴 채 거지꼴을 하고서 그놈을 찾아갈 테지. 결국 어디 현청 도시에서 놈을 찾아내게 된다. 놈은 결혼도 했고 행복에 젖어 있을 거다. 장성한 딸도 있을 것이고……. 나는 놈에게 이렇게 말하겠지. '똑똑히 봐라, 이 썩을 놈아, 홀쭉해진 내 뺨과 내 누더기를! 나는 모든 것을 잃어버렸다—출셋길도, 행복도, 예술도, 학문도, 사랑하는 여인도, 모든 것을 너 때문에. 자, 여기 권총이 있다. 나는 이 권총을 쏘러 왔으며 그리고…… 너를 용서하는 바다.' 그러고서 허공에다 총을 쏘고 쥐도 새도 모르게 잠적하는 거다…….'

나는 거의 울음을 터뜨릴 지경이었지만, 사실 이 모든 것이 실비오[35]에게서, 또 레르몬토프의 「가면무도회」[36]에서 나온 것임을 바로 그 순간 아주 정확히 알았다. 그러자 갑자기 죽도록 부끄러워졌고 얼마나 부끄러웠는지 말을 멈추고 썰매에서 내려 눈 덮인 길 한가운데에 섰다. 마부는 어리둥절한 나머지 한숨을 내쉬며 나를 바라보았다.

'어떻게 해야 됐을까? 그래, 거길 가지 말았어야 했다. 터무니없는 꼴이 되지 않았나. 그렇다고 이대로 관둘 수도 없잖은가, 그랬다가는 당장……. 아, 맙소사! 어떻게 이대로 관둘 수

35) 러시아의 시인, 소설가, 극작가인 알렉산드르 푸시킨(Alexander Pushkin, 1799~1837)의 단편 「그 일발」의 주인공 이름.

36) 러시아의 시인, 소설가, 극작가인 미하일 레르몬토프(Michail Lermontov, 1814~1841)의 희곡.

가 있나! 게다가 그런 모욕을 당한 마당에!'

"안 돼!" 나는 다시 썰매에 올라타면서 소리쳤다. "이렇게 예정된 일이다, 이건 숙명이다! 달려, 더 빨리 달려라, 거기로!"

이렇게 조바심을 내며 나는 주먹으로 마부의 목덜미를 내리쳤다.

"아니, 나리, 왜 사람을 치고 그러쇼?" 이렇게 소리를 치면서도 무지렁이 마부는 여윈 말을 채찍질했고, 때문에 말은 뒷발을 힘껏 구르기 시작했다.

축축한 눈이 솜덩어리처럼 펑펑 쏟아졌다. 나는 외투를 열어젖혔다. 눈 따위는 안중에도 없었던 것이다. 내가 이렇게 다른 걸 모두 잊은 건 따귀를 갈겨 주겠노라는 결심을 완전히 굳혔기 때문이며 그것도 지금, 반드시 지금 당장 그렇게 될 것임을, 이미 아무리 안간힘을 써도 멈출 수 없음을 공포감과 더불어 느꼈기 때문이다. 황량한 가로등이 눈 내리는 암흑 속에서 장례식 횃불처럼 빛나고 있었다. 눈이 나의 외투와 프록코트 안으로, 넥타이 안으로 날아들었고 거기서 축축하게 녹아 갔다. 그래도 나는 외투를 여미지 않았다. 안 그래도 어차피 전부 다 잃었단 말이다! 마침내 목적지에 도착했다. 나는 거의 인사불성이 된 채 썰매에서 뛰어내린 뒤, 계단을 달려 올라가 손발로 문을 두드리기 시작했다. 다리, 특히 무릎께에 힘이 쫙 빠졌다. 어쩐지 문은 곧 열렸다, 꼭 내가 올 것을 알고 있었던 것처럼.(실제로 시모노프는 한 명이 더 올 수도 있다고 미리 언질을 줬는데, 여기서는 그렇게 언질을 줌으로써 대체로 신중을 기해야 했다. 지금은 이미 오래전에 경찰 단속으로 근절되었지만, 이곳은 그 당시 성행하던 '최신 양장점' 중 하나였다. 낮에는 정말로 양장점이었지만 저녁에는 특별 손님들만 드나들 수 있었다.) 나는 잰걸음으로 어두운 상점을 지나 나도 익히 아는, 겨우 양초 하나만 타오르고 있는 홀로 들어섰으나, 의아해하며 걸음을 멈추었다. 아무도 없었던 것이다.

"다들 어디 있나?" 내가 누군가에게 물었다.

하지만 그들은 물론 진즉에 제각기 흩어져 방 안으로…….

내 앞에는 한 인물이 바보 같은 미소를 지으며 서 있었는데, 바로 이 집 여주인으로서 나와는 다소 안면이 있는 사이였다. 잠시 뒤 문이 열렸고, 또 다른 인물이 들어왔다.

어떤 것에도 아랑곳하지 않고 나는 방 안을 성큼성큼 오갔는데, 뭐라고 혼잣말을 한 것도 같다. 꼭 죽을 뻔하다가 구사일생으로 목숨을 건진 것 같았고, 이 사실을 내 전 존재를 통해 기쁘게 예감했다. 어쨌거나 나는 따귀를 갈겼을 것이다, 반드시, 반드시 따귀를 갈겼을 것이다! 하지만 지금은 그들이 없으니…… 모든 게 사라졌고 모든 게 변해 버렸다……! 나는 주위를 둘러보았다. 아직도 생각을 정리할 수 없었다. 안으로 들어선 아가씨를 나는 기계적으로 바라봤다. 내 앞에는 다소 창백하지만 풋풋하고 앳된 얼굴이 어른거렸는데, 짙은 눈썹이 똑바르게 나 있고 눈빛은 진지하면서도 다소 놀란 듯했다. 이것이 곧 내 마음에 들었다. 만약 그녀가 미소를 지었다면 그녀를 증오했을 것이다. 나는 주의력을 좀 더 집중시키려는 듯 열심히 들여다보기 시작했다. 아직은 생각들이 전부 다 모이질 않았다. 이 얼굴에는 뭔가 순진무구하고 착한 것이 깃들어 있었지만 어쩐지 이상할 정도로 진지한 구석도 있었다. 이 때문에 그녀는 여기서 별로 인기를 얻지 못했고 저 바보들 중 아무도 그녀를 거들떠보지 않았으리라고 나는 확신한다. 하긴, 그녀는 키도 크고 튼튼하고 몸매도 좋았지만 미녀라고는 할 수 없었다. 옷차림은 굉장히 소박했다. 뭔가 징그러운 것이 나를 콱 깨물었다. 나는 곧 그녀에게로 다가갔다…….

무심코 거울에 비친 내 모습을 보았다. 흥분에 사로잡힌 내 얼굴은 내가 봐도 극도로 역겨웠다. 창백하고 사악하고 비열한, 텁수룩한 머리털로 뒤덮인 얼굴 말이다. '그럼 또 어때, 오히려 이래서 더 기쁘다.' 나는 생각했다. '저 여자한테 역겹게 보일 테니까 기쁘다는 거다. 기분 참 좋은걸…….'

6

……어딘가 칸막이 뒤에서 누가 거세게 짓누르는 양, 목이라도 조르는 양 시계가 끽끽거렸다. 부자연스럽도록 오랫동안 끽끽거린 다음에는 가늘고 징그러운 종소리가 왠지 의외일 만큼 연달아 들려왔는데, 꼭 누군가가 갑자기 앞으로 튀어나온 것만 같았다. 2시를 알리는 것이었다. 잠을 잔 것도 아니고 그냥 반쯤 멍한 상태로 누워 있었을 뿐이지만 나는 퍼뜩 정신을 차렸다.

천정이 낮고 비좁고 갑갑한 방에는 커다란 옷장이 떡하니 버티고 있고 종이 상자며 걸레쪽이며 온갖 옷가지며 잡동사니가 나뒹굴고 있는 데다가, 거의 캄캄하다 싶을 만큼 어두웠다. 방 한구석, 탁자 위에서 타오르던 몽땅 양초도 드물게나마 간신히 빛을 발하긴 했지만 다 타 버린 상태였다. 몇 분 뒤면 분명히 그야말로 암흑이 찾아올 것이었다.

나는 금방 정신이 돌아왔다. 그 즉시, 모든 것이 또다시 나한테 덤벼들려고 별렀던 것처럼 손쉽게, 한꺼번에 떠올랐다. 더욱이 아무리 넋을 놓고 있어도 어떻든 절대 망각되지 않은 어떤 점(點)이 꾸준히 의식 속에 남아 있었으며, 그 점 주위를 졸음에 겨운 나의 몽상들이 힘겹게 배회하고 있었다. 하지만 이상한 노릇이었다. 잠에서 깨고 보니 이날 나에게 일어난 일이 모두 이제는 이미 까마득한 옛날 일처럼 여겨졌고 이미 까마득한 옛날에 이 모든 걸 살아 낸 것 같았다.

머릿속이 탄산가스에 중독된 듯 몽롱했다. 뭔가가 내 위를 맴돌며 나를 자극하고 흥분과 불안을 불러일으키는 것 같았다. 또다시 우수와 짜증이 끓어올라 분화구를 찾고 있었다. 그러다 갑자기 내 곁에서 호기심에 가득 차 나를 뚫어져라 살펴보는, 동그랗게 뜬 두 눈을 발견했다. 그 시선은 차갑고 무심하고 음울하고 또 완전히 딴 사람인 양 낯설었다. 이 때문에 마음이 무거워졌다.

음울한 생각이 나의 뇌 속에서 생겨나 어떤 징그러운 감각처럼 온몸을 훑고 지나갔는데, 꼭 곰팡이 슨 눅눅한 지하로 들어가는 기분이었다. 이 두 눈이 하필이면 지금 나를 살펴볼 생각을 했다는 건 어쩐지 부자연스러웠다. 또, 요 두 시간 내도록 내가 이 존재와 단 한마디도 주고받지 않았을뿐더러 아예 그럴 필요도 없다고 생각했던 것이 떠올랐다. 아까는 왠지 이것이 마음에 들기조차 했던 모양이다.

하지만 이젠 갑자기 방탕에 대한 거미처럼 혐오스럽고 터무니없는 생각이 생생하게 들었는데, 방탕이란 진정한 사랑의 결실이어야 할 행위에 사랑도 없이 거칠고도 파렴치하게 다짜고짜 몸을 내맡기는 것이 아닌가. 우리는 그렇게 오랫동안 서로를 바라보았건만 그녀는 내 시선에도 불구하고 눈을 내리깔지도, 또 자기 시선의 표정을 바꾸지도 않았으며, 그 때문에 나는 결국엔 왠지 기분이 더러워졌다.

"이름이 뭐야?" 나는 어서 빨리 끝내려고 탁탁 끊기는 어조로 퉁명스럽게 물었다.

"리자예요." 그녀는 거의 속삭이듯 대답했지만 어쩐지 조금도 달갑지 않은 투였고 이내 눈을 돌려 버렸다.

나는 잠깐 입을 다물었다.

"오늘 날씨가 참…… 눈이 이렇게 퍼붓고…… 영 지저분하군!" 나는 거의 혼잣말처럼 이렇게 말하곤 우수에 사로잡혀 한 손으로 머리를 받친 채 천정을 바라보았다.

그녀는 대답이 없었다. 이 모든 것이 추악했다.

"이곳 출신인가?" 잠시 뒤 나는 거의 성을 내다시피 하며 이렇게 묻곤 그녀 쪽으로 살짝 고개를 돌렸다.

"아니요."

"어디서 왔는데?"

"리가에서요." 그녀가 내키지 않는다는 투로 말했다.

"독일 사람인가?"

"러시아 사람이에요."

"여기 온 지는 오래됐나?"

"어디요?"

"이 집 말이야."

"이 주." 그녀의 말투는 점점 더 탁탁 끊기는 것이 퉁명스러워졌다. 촛불이 완전히 꺼져 버려, 더 이상 그녀의 얼굴도 분간할 수 없었다.

"아버지와 어머니는 계시고?"

"예…… 아니요…… 계세요."

"어디 계신데?"

"저어기…… 리가에."

"뭐 하시는 분들인가?"

"그냥……."

"그냥이라니? 뭐 하시는 분들이고 신분이 뭐냐고?"

"소시민이에요."

"계속 그분들과 같이 살았어?"

"예."

"나이는 몇이야?"

"스무 살이에요."

"어쩌자고 부모 곁을 떠난 거야?"

"그냥……."

이 그냥은, 역겨우니까 딱 떨어져 버리라는 뜻이었나 보다. 우리는 입을 다물었다.

도무지 내가 왜 떠날 생각을 하지 않는지 알게 뭐람. 점점 더 역겨움과 우수에 사로잡히면서 말이다. 어제 일이 모두 하나하나 또렷한 형상을 띤 채 내 의지와는 무관하게 어쩐지 저절로, 또 되는대로 내 기억 속을 스쳐갔다. 갑자기 아침에 근심 걱정에 차 출근을 하다가 길거리에서 본 장면 하나가 떠올랐다.

"오늘 어디서 관을 내가다가 하마터면 땅에 떨어뜨릴 뻔했지 뭐야." 갑자기 내가 큰 소리로 말했는데, 대화를 하고 싶은 마음도 전혀 없었지만 거의 무심결에 그렇게 돼 버렸다.

"관이라뇨?"

"그래, 센나야 광장의 지하실에서 관을 내가던 중이었지."

"지하실이라고요?"

"완전히 지하실은 아니고 지하나 다름없는 지층인데…… 뭐 그러니까…… 저어기 아래쪽에…… 더러운 집 말이야…… 주변은 온통 진흙탕이고…… 온갖 껍질이며 쓰레기가 수북이 쌓여 있고…… 냄새는 또 얼마나 지독한지…… 구역질이 날 지경이었지."

침묵.

"오늘 같은 날 장례를 치르는 건 정말 기분 더럽지!" 이렇게 다시 운을 뗐지만, 그냥 잠자코 있지 않기 위해서였다.

"뭐가 기분이 더럽다는 거예요?"

"눈은 펑펑 내리지, 땅바닥은 질척질척하지……."(나는 하품을 했다.)

"무슨 상관이에요." 얼마간 입을 다물고 있던 그녀가 갑자기 말했다.

"아니, 아무래도 찜찜해…….(나는 다시 하품했다.) 묘지 인부들은 분명히 눈 때문에 몸이 젖으니까 마구 욕을 해 댔을 거야. 무덤 속에는 분명히 물도 고여 있었을걸."

"왜 무덤 속에 물이 고여요?" 그녀는 어쩐지 호기심을 보이며 물었지만, 말투는 아까보다 더 거칠고 퉁명스러웠다. 갑자기 뭔가가 나를 슬슬 자극하기 시작했다.

"왜라니, 밑바닥에서 물이 배어 나오니까, 6베르쇼크는 족히 될걸. 여기 볼코보 공동묘지에 물이 안 고인 무덤은 하나도 없어."

"왜요?"

"뭐가 또 왜야? 지대 자체가 습하니까 그렇지. 여기는 사방팔방이 다 늪이잖아. 그러니까 물속에다 사람을 묻는 셈이지. 내 눈으로 직접 봤어…… 그것도 한두 번이 아니야……."

(실은 단 한 번도 본 적이 없는 데다가 볼코보 공동묘지에는 아예 가 본 적도 없고 그냥 그렇다는 얘기를 들었을 뿐이다.)

"정말로 넌 아무렇지도 않아, 죽는다는 게?"

"아니, 내가 죽긴 왜 죽어요?" 그녀가 흡사 목숨을 지키려는 듯 몸을 사리며 대답했다.

"언젠가는 죽지, 아까 그 죽은 여자처럼 딱 그렇게 죽을 테지. 그쪽도…… 역시나 그렇고 그런 아가씨였는데…… 결핵으로 죽었어."

"그 창녀는 병원에서 죽었을 텐데……."(아가씨라는 말 대신 창녀라는 말을 쓴 걸 보니 이 여자도 이미 이 일을 알고 있구나, 하는 생각이 들었다.)

"여주인한테 빚이 있었다는 거야." 나는 논쟁에 점점 더 자극을 받아 이렇게 반박했다. "그래서 결핵을 앓는 몸이었지만 거의 숨이 끊어지기 직전까지 여주인을 위해 손님을 받았다

더군. 마부들이 군인들과 함께 빙 둘러서서 잡담을 나누는데 이런 얘기도 나오더라고. 분명히 전에 그 여자를 알던 녀석들이겠지. 다들 비웃었으니까. 그것도 모자라, 고인의 넋을 위로하자며 술집에 갈 생각을 하더군."(나는 여기서도 심하게 거짓말을 했다.)

침묵, 깊은 침묵. 그녀는 심지어 몸도 꿈쩍하지 않았다.

"그럼 병원에서 죽는 게 더 낫다는 건가, 엉?"

"어차피 무슨 상관이죠……? 아니, 내가 무슨 몹쓸 병에라도 걸려 죽는단 말이에요?" 그녀가 짜증스럽게 덧붙였다.

"지금은 아니라도 나중엔?"

"나중엔 뭐……."

"그게 그렇지가 않을걸! 지금은 젊고 예쁘고 풋풋하니까 얼마든지 값을 부를 수 있지. 하지만 이런 생활이 일 년만 지속돼도 영 딴판이 될걸, 폭삭 시들어 버릴 거야."

"일 년 만에요?"

"어쨌거나 일 년만 지나면 넌 값이 떨어질 거야." 나는 짓궂은 쾌감을 느끼며 계속했다. "그땐 여기보다 더 못한 곳으로, 어디 다른 집으로 옮겨 가겠지. 또 일 년이 지나면 더 못한 집으로 갈 테고 그런 식으로 자꾸 밑으로 가다가 칠 년쯤 뒤엔 센나야 광장의 지하실에 떨어질 거야. 이 정도만 돼도 아직은 괜찮은 편이지. 하지만 그 와중에 무슨 병에라도 걸린다면, 뭐 저어기 폐가 약해진다거나…… 감기라든가 아니면 뭐 여하튼 그런 몹쓸 병에 걸린다면 그야말로 큰일이야. 이런 생활을 하면 병이 잘 나을 턱도 없지. 한번 들러붙으면 영 안 떨어질걸.

그냥 그렇게 죽는 수밖에."

"그럼, 그냥 그렇게 죽는 거죠." 그녀는 정말 표독스럽게 대답한 뒤, 재빨리 몸을 한 번 달싹거렸다.

"하지만 불쌍하잖아."

"누가요?"

"인생이 불쌍하지."

침묵.

"혹시 약혼자가 있었나? 엉?"

"그런 건 왜 물어봐요?"

"아니, 널 심문하는 건 아니야. 내가 뭐 하러. 그런데 왜 화를 내는 거야? 물론 너한텐 네 나름대로 언짢은 일이 있었을 수도 있지. 그게 나와 무슨 상관이야? 그냥 불쌍해서 그러는 거야."

"누가요?"

"네가 불쌍하다는 거지."

"그럴 거 없어요……." 그녀는 거의 들릴 듯 말 듯 속삭이더니 다시 몸을 달싹거렸다.

이 때문에 나는 대번에 열이 확 받쳤다. 이럴 수가! 내가 이렇게까지 상냥하게 대해 줬건만 이 여자는…….

"대체 넌 무슨 생각을 하는 거야? 올바른 길을 가고 있다는 거야, 어?"

"나는 아무 생각도 안 해요."

"생각하지 않는 게 나쁘다는 거야. 아직 시간이 있을 때 정신을 좀 차려. 아직은 시간이 있다니까. 너는 아직 젊고 예뻐.

사랑도 하고 시집도 가고 행복을 누릴 수도 있지……."

"시집가서 산다고 다들 행복하지는 않아요." 그녀가 아까처럼 거칠고 빠른 말투로 딱 잘라 말했다.

"물론 다들 그런 건 아니지만, 어쨌거나 여기보다야 훨씬 낫지. 어디 여기와 비교할 수가 있나. 사랑이 있으면 딱히 행복하지 않아도 살아갈 순 있지. 그리고 괴로운 일이 있어도 삶은 좋은 거야, 어떻게 살든 이 세상에 사는 것이 좋잖아…… 하지만 여기는 오직…… 썩는 냄새뿐이잖아. 쳇!"

나는 염증을 느끼며 몸을 돌렸다. 이미 냉정하게 조곤조곤 말을 늘어놓는 것도 아니었다. 내가 무슨 말을 하는지 스스로 느끼기 시작하면서 열을 올렸다. 나는 이미, 방구석에서 열심히 곱씹은 나의 성스러운 이념 나부랭이를 피력하고 싶어 몸이 달았다. 뭔가가 갑자기 내 안에서 불타올랐고 어떤 목적이 '현현'했다.

"나를 본받으라는 건 아니야, 이런 데를 찾아오는 놈이니까 어차피 너의 모범은 될 수 없지. 아마 내가 너보다 훨씬 더 고약한 인간일걸. 하긴 술김에 이런 데까지 굴러 온 것이긴 하지만." 나는 어쨌거나 변명을 하느라 서둘러 댔다. "게다가 남자란 절대로 여자의 모범이 될 수 없지. 남자와 여자는 서로 별개의 문제거든. 나야 내 몸에 똥칠, 먹칠 다 해도 그래 봤자 그 무엇의 노예도 아니야. 어디 있다가도 떠나 버리면 흔적도 없어. 훌훌 털어 버리기만 하면 또 완전히 딴 사람이 된다고. 너로 말할 것 같으면 맨 처음부터 노예야. 암, 노예이고말고! 너는 모든 걸, 자유까지도 몽땅 내주고 있잖아. 나중엔 이 쇠사

슬을 끊어 버리고 싶겠지만 그때는 안 될걸. 오히려 더욱더 억세게 너를 조일 테니까. 이건 정말 빌어먹을 쇠사슬이거든. 이런 거라면 나도 좀 알지. 어차피 이해하지도 못할 테니까 다른 얘기는 아예 하지 않겠고, 그래, 어디 이거나 좀 말해 봐. 너, 분명히, 여주인한테 빚이 있지? 그래, 거 봐!" 사실 그녀는 가타부타 대답을 해 주지 않고 그저 말없이, 귀를 바싹 세운 채 듣고만 있었지만, 나는 이렇게 덧붙였다. "바로 그게 너의 쇠사슬이란 말이야! 절대 헤어 나올 수 없을걸. 원래 그런 법이니까. 어떻든 영혼을 악마한테…….

……게다가 나도…… 어쩌면 너 못지않게 불행한 인간이야, 왠지는 너도 알겠지만, 나도 역시 우수에 사로잡히면 일부러 진흙탕 속으로 기어들곤 하거든. 실상 사람들이 술을 마시는 것도 괴로워서야. 뭐, 내가 여기 이렇게 있는 것도, 괴로워서지. 대체 이런 곳에 뭐 좋은 게 있는지 어디 한번 말해 봐. 그래, 너와 나는…… 아까…… 그런 식으로 관계를 맺었지만 줄곧 서로 말 한마디 주고받지 않았고, 그런 다음에 넌 미개인처럼 나를 살펴보기 시작했지. 나 역시 너를 그런 눈으로 살펴봤고. 아니, 사람이 이런 식으로 사랑을 하는 법이 어디 있어? 사람과 사람이 이런 식으로 관계를 맺어도 되는 건가? 이건 그냥 추한 일일 따름이야, 정말!"

"그래요!" 날카롭게, 그리고 서둘러 그녀가 맞장구를 쳤다. 이 그래요가 너무 서둘러 나왔기 때문에 나는 깜짝 놀라기까지 했다. 즉, 방금 나를 살펴보면서 그녀도 머릿속으론 똑같은 생각을 했던 것일까? 즉, 그녀도 이미 얼마간은 사유할 수 있는 능력이 있다는 소리인가……? '젠장, 이거 참 흥미롭군, 같은 부류라고나 할까.' 이런 생각을 하며 나는 흥분에 들떠서 거의 두 손을 비벼 대기까지 했다. '게다가 이런 풋내기 영혼 하나쯤 맘대로 주무르지 못할쏘냐……?'

이 놀이에 나는 그 무엇보다도 매혹됐던 것이다.

그녀는 내 쪽으로 가까이 고개를 돌렸고, 어두운 가운데 그녀가 한 손으로 턱을 괸 것 같은 느낌이 들었다. 아마 나를 살펴보는 것이리라. 그녀의 눈을 또렷이 볼 수 없는 것이 얼마나 애석해했던가. 그녀의 깊은 숨결이 들려왔다.

"어쩌려고 이런 데를 다 온 거야?" 나는 이미 모종의 권력마저 과시하며 말을 시작했다.

"어쩌다가……."

"어쨌거나 부모 집에 사는 편이 좋을 텐데! 따뜻하고 속 편하고, 하여간 제 집이잖아."

"만약 그편이 더 나쁘다면요?"

'박자를 잘 맞춰 줘야겠는걸.' 이런 생각이 내 머릿속에서 번득였다. '감상적으로 굴었다간 별 소득이 없겠어.'

하지만 이건 그냥 그렇게 스쳐 지나가는 생각일 뿐이었다. 맹세컨대, 그녀는 정말로 나의 흥미를 끌었다. 게다가 나는 어쩐지 나른하고 야릇한 기분이었다. 더욱이 감정이 조성되면 짓궂은 장난기는 더 쉽게 발동하는 법이다.

"누가 그런 소릴!" 나는 서둘러 대답했다. "원래 별별 일이 다 있는 거야. 내 확신으론 누가 너를 모욕했을 테고 네가 그들한테 잘못이 있다기보다는 그들이 너한테 잘못이 있을 거야.

사실 나야 너의 인생사는 아무것도 모르지만, 너 같은 처녀가 스스로 원해서 이런 데 떨어졌을 리 만무하지……."

"나 같은 처녀라뇨, 내가 어떤데요?" 그녀는 거의 들릴 듯 말 듯 속삭였지만 나는 알아들었다.

'젠장, 내가 아부를 하는 격이잖아. 이건 더러운 짓이다. 아니, 이편이 좋을 수도 있지…….' 그녀는 잠자코 있었다.

"이봐, 리자, 내 얘기를 해 주려는 거야! 나도 어렸을 적부터 가족이 있었다면 지금과 같은 놈이 되진 않았을 거야. 이런 생각을 자주 하곤 해. 사실 가정이 아무리 원만하지 못해도 어쨌거나 어머니 아버지인데 원수도, 남도 아니잖아. 일 년에 한 번이라도 사랑을 표시할 때가 있겠지. 그럼 어쨌거나 넌 자기 집에 있다는 걸 알 테고. 하지만 나는 아예 가족도 없이 자랐어. 그 때문에 이런 놈이…… 이렇게 무감각한 놈이 된 게 분명해."

나는 또 반응을 기다렸다.

'말귀를 못 알아듣는 모양이군.' 나는 생각했다. '게다가 이렇게 설교를 늘어놓다니, 웃기지 뭔가.'

"만약 내가 아버지고 딸이 있다면 아들 녀석들보다 딸을 더 사랑할 거 같아, 정말로." 나는 그녀의 흥을 돋궈 주기 위해 전혀 엉뚱한 얘기를 에둘러 꺼냈다. 솔직히 말해, 얼굴이 새빨개졌다.

"그건 왜죠?" 그녀가 물었다.

그러니까 듣고는 있다는 소리군!

"그냥 그래. 왠지는 모르겠어, 리자. 그런데 말이야, 내가 알았던 한 아버지는 엄하고 살벌한 사람이었지만 딸 앞에서는 무릎을 꿇고 손발에 입을 맞추기 일쑤였고 그 딸을 아무리 바라봐도 질릴 줄 몰라 했지, 정말로. 딸이 저녁 모임에서 춤을 추고 있으면 다섯 시간이나 한자리에 선 채 딸에게서 눈을 떼지 않았어. 딸한테 아주 미쳐 버린 거지. 그 심정, 나도 이해가 돼. 딸이 밤에 지쳐 잠이 들면, 그는 자다가도 일어나 잠든 딸한테 입을 맞추고 성호를 그어 주러 가지. 정작 자신은 기름때가 덕지덕지 묻은 프록코트 같은 거나 입고 다니고 누구한테나 천하의 구두쇠지만, 딸한텐 없는 돈을 탈탈 털어서라도 값비싼 선물을 사 주고 그 선물이 딸 마음에 들면 그만한 기쁨이 또 없는 거야. 아버지란 족속은 늘, 어머니보다 더 많이 딸들을 사랑하는 법이지. 어떤 처녀는 집에 사는 게 정말 즐거울 거야! 나도 딸이 있다면 시집보내지 않을 것 같아."

"그건 또 무슨 소리예요?" 보일락 말락 미소를 지으며 그녀가 물었다.

"질투할 거란 말이지, 틀림없이. 아니, 이 애가 어떻게 다른 놈한테 입을 맞출 수가 있어? 그 다른 놈을 이 아버지보다도 더 사랑한다고? 상상만 해도 괴로운 일이지. 물론, 이건 죄다 헛소리야. 물론, 결국에 가서는 누구나 이성을 찾으니까. 하지만 나는 시집보내기 전에 한 가지 근심이 너무 커서 제풀에 나가떨어질 것 같아. 온갖 신랑감을 놓고 이리저리 저울질을 해 봐야 될 거 아니야. 어쨌거나 결국엔 딸애가 좋다는 녀석한테 보내게 될 테지. 한데 딸애가 좋아하게 될 녀석이 아버지 눈엔 늘 제일 고약한 놈으로 보인다는 말씀. 정말 그렇다니까.

그 때문에 어느 가정이나 말썽이 끊이질 않는 거야."

"어떤 사람들은 딸을 버젓이 시집보내는 건 고사하고 기꺼이 팔아먹기도 해요." 그녀가 갑자기 말했다.

아! 바로 이거였군!

"그런 건, 리자, 하느님도, 사랑도 없는 저주받은 가정에서나 일어나는 일이야." 열을 올리며 내가 말을 받았다. "그런 가정에는 사랑이 없으니까 분별력도 마비되는 거지. 사실 그런 가정도 있긴 하지만 지금 나는 그런 가정 얘기를 하는 게 아니야. 그런 소리를 하는 걸 보니 넌 집에 있을 때 썩 좋은 꼴을 못 본 모양이군. 아마 넌 진짜 불행한 여자일 거야. 음……. 그런 건 대부분 다 가난 탓인데."

"그럼 부자 양반들 집은 좀 낫나요, 어디? 가난해도 성실한 사람들은 훌륭하게 살아요."

"음…… 그렇지. 그럴지도 몰라. 하지만 그땐 또 이런 문제가 있어, 리자. 즉, 인간이란 자기 괴로움을 세는 것만 좋아하지, 자기 행복은 아예 세질 않아. 만약 제대로만 센다면 누구나 자기 몫이 있다는 걸 알게 될 텐데. 그래, 집안이 다 원만하게 돌아가고 하느님이 축복해 주고 남편은 훌륭하고 또 너를 사랑하여 예뻐해 주고 네 곁을 떠나지 않는다면 어떨까! 그런 집이라면 얼마나 좋겠어! 때때로 괴로운 일이 끼어든다고 한들 그래도 좋지. 아니, 어딘들 괴로운 일이 없겠어? 시집을 가 보면 네가 직접 알게 되겠지. 대신, 네가 사랑하는 사람한테 시집을 가서 신혼을 만끽할 때를 예로 드는 거야. 행복이, 행복이 그야말로 수시로 찾아올 테지! 그것도 쉼 없이 계속. 신혼

때는 부부 싸움도 칼로 물 베기야. 어떤 여자는 남편을 사랑하면 할수록 더 남편한테 바가지를 긁어 대지. 사실, 내가 아는 한 여자도 그랬어. '당신이 너무 좋아, 너무 좋아서 이렇게 당신을 괴롭히는 거니까 당신도 이런 마음을 같이 느껴 줘야 해.'라는 식이라니까. 너무 좋기 때문에 일부러 사람을 괴롭힐 수 있다는 거, 알겠어? 여자들이 훨씬 더 심하지. 하지만 그러면서도 속으론 '그 대신 나중에 실컷 사랑해 주고 실컷 애무해 줄 테니까 지금 좀 괴롭히는 건 잘못이 아니야.'라고 생각하지. 또 가족들도 다들 그러는 너희를 보며 기뻐하니까 다 좋고 즐겁고 화목하고 성실한데……. 질투심이 강한 족속들도 있어. 내가 알았던 한 여자는 말이야, 남편이 어딜 좀 나가면 그만 참질 못해 한밤중에도 뛰쳐나가선, 설마 저기 간 건 아닐까, 설마 저 집에 간 건 아닐까, 설마 저 여자와 있는 건 아닐까, 하고 몰래 감시를 하며 돌아다니는 거야. 이쯤 되면 영 고약하지. 본인도 고약한 일이라는 걸 알지만 심장이 조여 오고 또 자책감에 애를 태우는데, 실은 사랑하고 있는 것이거든. 죄다 사랑해서 이러는 거야. 부부싸움을 하고 나서 화해를 하는 건 얼마나 좋을까, 남편한테 잘못했다고 빌든 아니면 자기가 용서를 해 주든 얼마나 좋을까! 정말 두 사람 다 얼마나 좋을까, 갑자기 얼마나 좋아질까, 꼭 새로 만난 것 같고 새로 결혼식을 올린 것 같고 그들 사이에 새로 사랑이 시작된 것 같은 기분일 거야. 또, 서로 사랑이 깊은 부부라면 그들 사이에 생기는 일은 아무도, 정말 아무도 알아선 안 되는 법이야. 그들이 무슨 일로 다투든 간에, 장모나 시모에게 부부가 서로 상대방 얘기를 늘어놓으며 문제를 해결해 달라고 해선 안 돼. 자기들 문제는 자기들 스스로 해결해야 되거든. 사랑이란 성스러운 비밀이니까 둘 사이에 무슨 일이 일어나든 남들이 보지 못하도록 감추어야 해. 이렇게 함으로써 더 성스러워지고 더 훌륭해지는 법이거든. 서로에 대한 존경도 더 깊어지는데, 이 존경이야말로 많은 것의 밑바탕이 되지. 일단 사랑이 있었다면, 또 사랑해서 결혼한 것이라면, 어떻게 사랑이 사라져 버릴 수 있겠어! 그 사랑을 지켜 내는 것이 정녕 불가능할까? 지켜 낼 수 없는 경우가 오히려 드물걸. 그래, 운이 좋아 남편감으로 착하고 성실한 사람을 만난다면, 어떻게 사랑이 사라질 수 있겠어? 사실 신혼의 사랑이야 사라지기 마련이지만 그때는 더 좋은 사랑이 찾아올 거야. 그때는 서로 한마음이 되어 자신의 모든 일을 함께 결정할 테니까 서로에게 비밀이란 없을 거야. 아이들도 생길 텐데, 사랑만 있으면, 또 마음만 꿋꿋이 가지면 그때는 가장 힘든 시간조차도 늘 행복으로 여겨질 테지. 그때는 하는 일도 즐겁고, 그때는 아이들을 위해 더러 배를 좀 곯아도 그것도 나름대로 즐겁겠지. 어쨌거나 아이들은 그 대가로 훗날 너를 사랑해 줄 테니까, 결국 너 자신을 위해 저축을 하는 셈이니까. 아이들이 자라는 동안 너는 네가 그들의 모범이요 또 그들의 기둥이라고 느낄 거야. 네가 죽어도 아이들은 너한테서 물려받은 너의 감정과 생각을 평생 간직할 테고 또 너의 형상과 닮음을 띠고 있을 거라는 느낌도 들 테지. 그러니까 이건 위대한 의무야. 이러니 애 아빠와 애 엄마가 더욱더 긴밀하게 결합되지 않을 리가 없잖아? 아이들이 있으면 힘들다는 소리도 더러 하잖아? 대체 누가 이런 말을 하는 거야? 이건 하늘이 내려 준 행복이야! 어린아이들을 좋아해, 리자? 나는 끔찍이도 좋아해. 장밋빛 사내아이가 네 젖을 빨고 있다면 말이야, 아내가 자기 아이와 함께 있는 모습을 바라보면 어떤 남편인들 아내한테 마음이 끌리지 않을까! 통통하게 살이 오른 장밋빛 아이가 팔다리를 쭉 뻗으며 응석을 부리고, 포동포동한 손발이며 깨끗한 손톱 발톱은 너무 작아서, 정말 너무 작아서 바라만 봐도 웃음이 나오고 두 눈을 보면 모든 걸 다 이해하는 것만 같지. 젖을 빨 땐 고사리손으로 너의 젖을 만지작거리며 장난을 치는 거야. 아빠가 다가오면 젖에서 떨어져 나와 온몸을 뒤로 젖히곤 아빠를 바라보며 뭐가 웃긴지 여하튼 까르륵 웃을 테고, 그러곤 또, 또다시 젖을 빨기 시작할 테지. 그런가 하면, 또 이미 앞니가 돋아날 때면 느닷없이 엄마의 젖을 깨물어 놓고선 정작 자신은 '거 봐, 깨물었잖아!'라는 듯 작은 두 눈으로 엄마한테 곁눈질을 하지. 남편과 아내와 아이, 이렇게 셋이 함께 있으면, 과연 이보다 더한 행복이 어디 있겠어? 이런 순간을 위해서라면 많은 것을 용서할 수 있을 거야. 아니, 리자, 우선 자기 자신부터 사는 법을 배우고 난 다음에야 남을 비난할 수 있는 거야!"

'생생한, 바로 이렇게 생생한 장면을 예로 들어 너를 사로잡는 거다!' 진심으로 감정을 담아 얘기를 하긴 했지만 속으론 이런 생각이 들었고, 때문에 나는 갑자기 얼굴이 새빨개졌다. '한데 이 여자가 갑자기 깔깔 웃음을 터트린다면, 그땐 어느 쥐구멍으로 기어든담?' 이런 생각이 들자 나는 미칠 것만 같왔다. 얘기를 끝낼 무렵에는 정말로 열을 올렸고 그 바람에 이제는 어쩐지 자존심이 상했다. 침묵이 이어졌다. 심지어 난 그녀를 쿡쿡 찔러 보고 싶었다.

"왠지 당신은……." 그녀는 갑자기 말을 꺼냈지만 이내 멈춰 버렸다.

하지만 나는 이미 모든 것을 이해했다. 그녀의 음성에는 이미 뭔가 다른 떨림이 배어나왔는데, 그것은 아까처럼 날카롭고 거칠고 반항적인 것이 아니라 뭔가 부드럽고 수줍은 것, 갑자기 나마저도 왠지 수줍어지고 미안해질 만큼 수줍은 것이었다.

"어떻다는 거야?" 나는 상냥한 호기심을 보이며 물었다.

"당신은요……."

"어떻다고?"

"당신은 왠지…… 꼭 책을 따라하는 것 같아요." 그녀는 이렇게 말했고 그녀의 음성에서는 갑자기 또 뭔가 냉소적인 것이 들려오는 것 같았다.

그녀의 지적에 나는 바늘에라도 찔린 듯 통증을 느꼈다. 이런 걸 기대한 건 아니건만.

나는 그녀가 일부러 냉소의 가면을 썼음을, 그것이 수줍음 많고 마음이 순결한 사람들이 최후의 순간에 흔히 사용하는 간계임을 미처 이해하지 못했던 것인데, 이런 자들은 누가 거칠고 집요하게 자기 영혼을 파고들어도 워낙 오만하기 때문에 최후의 순간까지 굴복하지 않고 자신의 감정을 남 앞에 좀처럼 드러내 보이지 않는 법이다. 그녀가 몇 번이나 뜸을 들이다가 냉소적으로 나오고 끝에 가서야 감정을 드러내 보일 결심을 할 만큼 소심했다는 것만 보더라도, 응당 눈치를 챘어야 했다. 하지만 나는 눈치를 채기는커녕 못된 감정에 휩싸이고야 말았다.

'그래, 두고 보자.' 나는 이렇게 생각했다.

7

"에이, 됐어, 리자, 책은 무슨 책이야, 아무리 남 일이라지만 나도 역겨운걸. 하긴 남 일만도 아니지. 이 모든 것이 지금 내 영혼 속에서 깨어난 거야……. 정말, 정말로 너는 이런 데 있는 게 역겹지 않아? 아니, 습관의 힘이란 참 무서운 모양이군! 인간이란 뭐든 습관이 되면 어떻게 될지 통 알 수 없거든. 그래, 정말로 네가 절대 늙지도 않고 영원히 예쁠 것이라고, 또 영원토록 너를 여기 그냥 있게 해 줄 것이라고 생각하나, 진짜 그런 생각이야? 뭐, 여기도 쓰레기라는 얘기는 할 필요도 없지만……. 아무리 그래도 너한테 이 점, 즉 지금의 네 생활에 대해 한마디 해야겠군. 지금이야 너도 젊고 싱싱하고 예쁘고 영혼과 감정도 지니고 있지. 그런데도 뭐랄까, 난 말이야, 아까 정신이 들기가 무섭게 너와 함께 이런 데 있다는 것이 역겨워졌어! 사실 술에 취하지 않고서야 이런 데로 굴러 떨어질 리가 없잖아. 만약 네가 처지가 달라 멀쩡한 사람들처럼 살고 있었다면 나는 아마 너의 꽁무니를 쫓는 정도가 아니라 너한테 마냥 반하고 말았을 테고, 네가 말 한마디 건네 주지 않고 그냥 바라만 봐 줘도 기뻐했을 거야. 대문 옆에서 네가 나오길 몰래 기다리고 네 앞에서 얼마든지 무릎이라도 꿇었을 테지. 너를 자기 신붓감인 양 바라보았을 테고, 또 그것만도 대단한 영광이라 여겼겠지. 너에 대해 무슨 불결한 생각을 품는 건 아예 엄두도 내지 못했을 거야. 하지만 여기서는, 나도 잘 알고 있지만, 내가 휘파람만 불어도 넌 싫든 좋든 나를 따라와야 되고 내가 네 의사를 물을 게 아니라 네가 내 의사를 살펴야 되지. 제아무리 무지렁이 사내라도 막일꾼으로는 살지언정 어떻든 자신을 깡그리 내다팔지는 않는 법이고, 또 자기한테 정해진 기한이 있다는 것도 알지. 하지만 너한텐 무슨 기한이 있어? 한번 생각해 봐, 대체 넌 여기서 뭘 내주고 있는 거야? 뭘 내다 팔고 있냐고? 영혼을, 네가 네 마음대로 할 수 없는 영혼을 육체와 함께 내다 팔고 있는 거야! 자신의 사랑을 온갖 술꾼의 추잡한 노리개로 내주고 있다고! 사랑을 말이야! 이건 모든 것인데, 이건, 이 사랑이란 금강석이요 처녀의 보물인걸! 정말이지 이 사랑을 얻기 위해서 어떤 자는 목숨을 걸, 죽음까지 불사할 준비가 되어 있단 말이야. 하지만 네 사랑은 지금 얼마만큼의 값어치가 있어? 너란 여자는 전부, 그것도 통째로 팔려 버렸으니, 구태여 사랑이 없어도 모든 게 가능하니까 사랑을 얻으려고 애쓸 필요도 없지 뭐야. 사실 처녀한테 이보다 더 심한 모욕은 없지, 내 말 알아듣겠어? 참, 어디서 들은 얘기론, 너희 같은 바보들한테도 위안거리가 있는데, 이런 데서도 애인을 가질 수 있게 해 주는 거라더군. 사실 그건 그냥 사탕발림에 기만일 뿐, 그냥 너희를 갖고 노는 것일 뿐인데, 너희는 진짜로 믿는 거지. 그래, 너를 정말로 사랑한다는 거야, 뭐야, 그 애인이라는 자 말이야? 그럴 리가 없잖아. 그가 어떻게 널 사랑하겠어, 당장이라도 너는 불려 나갈 텐데, 그렇게 자기를 떠날 텐데. 이런데도 네가 좋다고 설치는 놈이라면, 정말 더러운 놈이지! 그가 너를 손톱만큼이라도 존경할까? 그와 너 사이에 공통점이 뭐가 있어? 그는 너를 갖고 놀고 또 호시탐탐 네 피를 빨아먹고, 바로 이게 그의 사랑의 전부라고! 손찌검을 하지 않는 것만 해도 다행이지. 하긴 손찌검을 할지도 몰라. 너한테 이런 사람이 있다면, 그에게 너와 결혼할 건지 한번 물어봐. 침을 뱉거나 두들겨 패지 않는다면야 면전에서 껄껄 웃어젖힐걸, 정작 그 자신도 땡전 한 푼의 값어치도 없는 주제에 말이야. 생각을 좀 해 봐, 대체 뭘 위해 넌 이런 데서 네 인생을 망쳐 버린 거야? 커피를 마시게 해 주고 배불리 먹여 주기 때문에? 아니, 대관절 뭘 위해 저들은 너를 먹여 살려 주는 거야? 다른 여자라면, 멀쩡한 여자라면 저들이 뭘 위해 그러는지 아니까 그런 빵 조각은 목구멍으로 넘어가지도 않을 거야. 너는 이곳에 빚이 있고 그 빚은 뭐 항상, 또 끝까지, 손님들이 너를 거들떠보지도 않게 될 그때까지 가겠지. 금방 그렇게 될 테니까, 젊음에 희망을 걸지도 마. 사실 그건, 그 모든 건 눈 깜짝할 새에 지나가 버리거든. 넌 쫓겨날 거야. 그냥 곱게 쫓겨나지도 못할걸. 네가 여주인한테 건강을 바치고 그녀를 위해 젊음과 영혼을 파멸시킨 것이 아니라 오히려 네 쪽에서 그녀의 장사를 망쳐서 알거지로 만들어 놓고 그녀의 피를 빨아먹기라도 한 양 일단 오랫동안 트집을 잡히고 꾸지람과 욕설을 듣게 될 거라고. 누가 도와줄 거란 기대도 하지 마. 너의 다른 친구들도 이런 데 있으면서 노예로 전락하여 오래전에 양심이니 동정이니 하는 것을 잃어버렸기 때문에 다들 여주인의 비위를 맞추려고 너한테 달려들 테니까. 얼마나 치사해졌는지, 지구상에 이들이 내뱉는 욕설보다 더럽고 야비하고 모욕적인 것은 더 없을 거야. 그런데도 너는 모든 걸, 건강과 젊음과 아름다움과 희망을 몽땅 아무런 기약 없이 여기다 바칠 테고, 때문에 스물두 살만 돼도 서른다섯 살은 족히 먹은 것처럼 보일 테니, 병자가 되지 않은 것만으로도 하느님한테 감사해야 할걸. 설마 지금 이렇게 일도 않고 놀고먹으니 장땡이라고 생각할까! 사실 세상에 이보다 더 힘들고 징역살이 같은 일은 없고 옛날에도 결코 없었지. 너무 울어서 가슴이 새카맣게 타 버릴걸. 여기서 쫓겨날 땐 한 마디는커녕 반 마디도 하지 못하고 죄 지은 여자처럼 떠날 테지. 그렇게 다른 곳으로 옮겨 가고, 얼마 뒤엔 또 다른 곳으로, 또 얼마 뒤엔 또 아무 데로나 옮겨가 결국엔 센나야 광장으로 굴러떨어지겠지. 거기선 틈만 나면 널 두들겨 팰 거야. 그게 그쪽 동네의 인사법이거든. 그쪽 손님은 두들겨 패지 않고선 애무를 할 줄도 몰라. 그쪽이 얼마나 역겨운지 믿기지도 않지? 언제든 한번 가서 보면 네 눈으로 직접 확인하게 될 거야. 나도 설날 때 한번은 거기, 문 옆에서 한 여자를 본 적이 있어. 워낙 요란스레 울부짖으니까 밖에서 좀 떨어 보라고 같은 동료들이 조롱삼아 쫓아낸 뒤에는 문을 닫아 버린 거야. 아침 9시였지만 이미 곤드레만드레 취했고 머리는 온통 산발을 하고 반쯤 벌거벗은 상태였는데 곳곳에 얻어터진 상처가 있더군. 얼굴엔 허옇게 분칠을 해 놨지만 눈은 시커멓고 코와 잇새에서는 피가 줄줄 흘러내리더라고. 어떤 마부 녀석이 방금 손을 좀 봐 준 거지. 그녀는 돌계단에 걸터앉았는데 손에는 무슨 자반 생선 같은 것이 들려 있었어. 그렇게 울부짖으며 '팔자타령'을 한답시고 뭐라고 넋두리를 하면서 생선으로 계단을 툭툭 치더군. 층계참 옆에는 마부들이며 술 취한 군인들이 몰려들어서 그녀를 골려 주었어. 너도 그런 꼴이 될 거라는 게 믿기지 않지? 나라도 믿고 싶지 않겠지만 혹시 모르잖아, 바로 이 여자, 자반 생선을 든 이 여자도 십 년이나 팔 년쯤 전에는 케루빔처럼 싱싱하고 순결하고 깨끗한 몸으로 어디서 이런 데로 굴러 왔는지도. 나쁜 거라곤 알지도 못하고 무슨 말만 들어도 매번 얼굴을 붉혔을지도 모르지. 어쩌면 다른 여자들과는 달리 너처럼 작은 모욕에도 발끈하는 오만한 여자였기 때문에 여왕처럼 보였고 또 자기를 사랑해 주고 자기한테서 사랑받을 남자는 그야말로 완전한 행복을 누리는 셈이라고 생각했겠지. 하지만 봐, 결국 그 끝이 어떻게 됐어? 술이 떡이 돼 산발을 한 채 저 생선으로 더러운 계단을 탁탁 치던 그 순간, 바로 그 순간에 부모와 함께 살던 그 모든 지난날들, 그 순결했던 날들이 떠올랐다면, 학창 시절 옆집 아들이 길에서 그녀가 나타나길 기다리고 있다가 한평생 그녀를 사랑할 거라고, 자신의 운명을 그녀에게 바칠 거라고 맹세하던 일이며 어른이 되기만 하면 영원토록 서로 사랑하고 결혼하자고 함께 다짐하던 일이 떠올랐다면, 어쩔 거야! 아니야, 리자, 아까 그 여자처럼 저어기 어디 구석진 지하실에서 폐결핵에 걸려 어서 빨리 죽어 버린다면 그쪽이 너한테는 다행, 훨씬 더 다행스러운 일일 거야. 병원에 가면 된다고? 데려다만 줘도 천만다행이지만, 여주인한테는 여전히 네가 필요하다면? 폐결핵은 원래 그런 병이야, 열병과는 다르다고. 이 경우 사람은 최후의 순간까지도 희망을 간직한 채 자기는 건강하다고 말하지. 그렇게 스스로를 위로하는 거야. 이게 또 여주인한테 이익이 되거든. 염려하지 마, 원래 다 그런 거니까. 즉, 영혼을 팔아 버렸고 게다가 빚까지 졌으니 그 주제에 찍소리도 못한다, 이 말씀이야. 하지만 정작 죽을 때가 되면 다들 너를 내팽개치고 다들 등을 돌릴 텐데, 사실 그땐 너한테서 뭘 얻어 내겠어? 그뿐일까, 빨리 죽지도 않고 괜히 자리만 차지한다며 마구 구박하겠지. 목이라도 좀 축이게 해 달라고 부탁하면 '이 망할 년아, 대체 언제 뒈질 거야, 남들 잠도 못 자게 끙끙 앓는 소리나 내고 손님들도 꺼림칙해하잖아.'라는 식의 욕설을 퍼부으며 마지못해 갖다 주겠지. 분명히 그럴걸. 이런 얘기를 살짝 들은 적도 있어. 이렇게 뒈지기 일보 직전인 너는 지하실 안에서도 제일 퀴퀴한 골방에, 컴컴하고 눅눅한 골방에 처박히겠지. 거기에 혼자 드러누워서 너는 무슨 생각을 곱씹을까? 그러다 죽으면 낯선 손들이 날쌔게 달려들어 투덜거리면서 성마르게 시체를 수습할 거고, 어서 빨리 짐을 벗고 싶은 마음에 아무도 네 죽음을 애도하지도, 안쓰러워하지도 않을 거야. 싸구려 관을 하나 사다가 오늘 내가 본 저 불쌍한 여자처럼 내간 뒤엔 추모하는 뜻에서 술집으로 갈 테지. 무덤 속은 쓰레기투성이에 질척거리고 축축한 눈도 퍼붓지만, 사실 너를 위해 격식을 갖춰 줄 필요는 없잖아? '그 여자를 내려놓게, 바뉴하. 아이고, 이년 '팔자' 하곤, 누가 그렇고 그런 년 아니랄까 봐 여기까지 와서도 다리를 위로 쳐들고 거꾸로 떨어지는군. 밧줄을 좀 잡아당겨, 이 망할 놈아.' '이대로도 괜찮은데, 뭘.' '괜찮긴 뭐가 괜찮아? 이봐, 비스듬히 누워 있잖아. 이것도 사람이었는데, 안 그래? 그래, 이젠 괜찮군, 흙을 뿌리게.' 그러니까 너 같은 걸 놓고 오랫동안 욕설을 주고받기도 싫은 거지. 다들 어서 빨리 눅눅하고 검푸른 진흙을 뿌리곤 술집으로 갈 거야……. 이것으로 지상에서의 너의 기억도 끝나는 거야. 다른 사람들 같으면 아이들이나 아버지나 남편이 무덤을 찾아 주겠지만, 너한테는 눈물 한 방울 흘려 주는 이도, 한숨을 쉬어 주는 이도, 명복을 빌어 주는 이도 없고 온 세상을 통틀어 네 무덤을 찾아 주는 이도 아무도, 정말 아무도 없을 거야. 너의 이름은 너라는 사람이 결코 존재하지도 않았던 것처럼, 숫제 태어나지도 않았던 것처럼 이 지상에서 깡그리 사라질 거라고! 진흙과 늪 속에 잠긴 무덤에서 죽은 자들이 일어날 때면, 너는 밤마다 관 뚜껑을 두들기며 '선량한 이들이여, 잠시라도 이 세상에서 살게 해 주세요! 이 몸은 살긴 살았으되 삶이라는 걸 보지 못했답니다. 내 삶은 걸레쪽처럼 만신창이가 되어 센나야 광장의 선술집 술독에 빠져 버렸거든요. 선량한 이들이여, 잠시라도 이 세상에서 살게 해 주세요……!'라고 외치지 않을까."

어쩌나 격정에 휩싸였는지 나는 목구멍에 경련이라도 일 것 같았고 그래서…… 갑자기 말을 멈춘 뒤 경악하며 몸을 일으키곤 겁먹은 듯 고개를 기울여, 심장이 쿵쾅거리는 가운데 귀를 기울이기 시작했다. 이렇게 당황한 데는 그럴 만한 이유가 있었다.

이미 오래전부터 나는 내가 그녀의 영혼을 송두리째 뒤집어놓았고 그녀의 심장을 박살냈다는 예감이 들었으며, 그 확신이 강해질수록 더 빨리, 가능한 한 더 열심히 목적에 도달하길 바랐다. 놀이, 이 놀이가 나를 매혹시켰던 것이다. 하긴 꼭 놀이 하나만 그런 건 아니었다…….

내 말투가 빽빽하고 억지스럽고 심지어 책을 읽는 것 같다는 건 나도 알고 있었는데, 한마디로 말해 '꼭 책을 따라하는 것처럼'이 아니고선 달리 어쩔 도리가 없었다. 하지만 이 때문에 당황한 것은 아니었다. 사실 나는 사람들이 내 말을 알아들을 것이고 이렇게 책을 읽듯 말하는 것이 오히려 더 도움이 될 수 있음을 알았고 또 그런 예감이 들었다. 하지만 지금 이렇게 효과를 보자 갑자기 겁이 더럭 났다. 아니, 결코, 지금까지 결코, 나는 이 같은 절망을 목도한 적이 없었던 것이다! 그녀는 엎드린 채 베개에 얼굴을 푹 파묻고선 두 손으로 베개를 꽉 움켜쥐었다. 가슴이 갈기갈기 찢어지는 듯했으리라. 그녀의 젊은 육체가 경련이라도 난 듯 계속 부들부들 떨렸다. 가슴속에 쌓여 있던 흐느낌이 그녀를 짓누르다가 울컥 치미는가 싶더니 갑자기 바깥으로 터져 나와 통곡과 비명이 되었다. 그러자 그녀는 더욱더 거세게 베개에 얼굴을 비벼 댔다. 여기 누구든 단 하나라도 살아 있는 사람이 자기의 고통과 눈물을 아는 것이 싫었던 것이다. 그녀는 베개를 씹고 있다가 자기 손을 피가 나도록 콱 깨물거나(나는 이걸 나중에야 보았다.) 헝클어진 머리채에 손가락을 쑤셔 넣은 채 이를 악물고 숨을 죽여 가며 그렇게 힘없이 잦아들었다. 나는 그녀에게 무슨 말을 해서 그만 진정하라고 타일러 볼까 싶었지만 그럴 엄두는 못 낼 것이라는 느낌이 들자 갑자기 온몸이 오한 같은 것, 아니 거의 공포에 사로잡혔고 어떻게든 잽싸게 떠나 버리자는 생각에 더듬더듬 손을 놀리기 시작했다. 캄캄했다. 아무리 용을 써도 빨리 끝낼 수가 없었다. 갑자기 성냥갑과, 손대지 않은 새 양초가 꽂힌 촛대가 만져졌다. 빛이 방 안을 밝히자마자 리자가 갑자기 벌떡 일어나 앉더니, 어쩐지 일그러진 얼굴에 반쯤 미친 것 같은 미소를 지으며 거의 넋이 나간 눈으로 나를 바라보았다. 나는 그녀 곁에 앉아 그녀의 두 손을 잡았다. 그녀는 퍼뜩 정신을 차리고선 나에게로 달려들었는데, 나를 껴안고 싶은 기색이 역력했으나 그럴 엄두는 못 내고 그냥 내 앞에서 조용히 고개를 숙였다.

"리자, 저어기, 내가 괜한 말을…… 미안해." 나는 이렇게 말을 꺼냈지만, 그녀가 내 두 손을 죽어라고 움켜쥐는 바람에 허튼소리를 하고 있음을 이내 알아채곤 말을 멈추었다.

"자, 이게 내 주소야, 리자, 한번 찾아와."

"예, 그럴게요……." 그녀는 여전히 고개를 들지 않고 단호하게 속삭였다.

“그럼 이만 가 볼게, 잘 있고…… 또 보자.”

내가 일어나자 그녀도 일어났는데 갑자기 온통 얼굴을 붉히며 몸을 부르르 떨더니 의자 위에 놓여 있던 숄을 낚아채 어깨에 걸치곤 턱까지 감쌌다. 그러고 나선 다시 어쩐지 병적인 미소를 짓고 얼굴을 붉히며 이상한 눈으로 나를 바라보았다. 마음이 아팠다. 나는 얼른 가려고, 얼른 자취를 감추려고 서둘렀다.

“잠깐만요.” 하고 그녀가 갑자기 말했다. 이미 현관문 근처까지 온 상태였지만 그녀는 한 손으로 내 외투를 잡으며 길을 막은 뒤 황급히 양초를 세워 놓고 달려갔다. 뭔가가 떠올랐거나 나한테 보여 주고 싶은 게 있는 모양이었다. 달려갈 때 그녀의 얼굴은 온통 새빨개지고 두 눈은 반짝이고 입가로 미소가 배어났다. 대체 뭘까? 나는 하는 수 없이 기다렸다. 그녀는 일 분 뒤에 되돌아왔는데, 뭐 때문인지 용서를 구하는 듯한 시선이었다. 대체로 그것은 이미 아까와 같은 얼굴이, 아까처럼 사람을 못 믿는 듯 음울하고 집요한 시선이 아니었다. 이제는 용서를 구하는 듯 부드러운 시선, 더불어 사람을 잘 믿는 듯한, 상냥하고 수줍은 시선이었다. 아이들이 자기를 몹시 사랑해 주는 사람한테 뭘 부탁할 때 상대를 바라보는 그런 시선 말이다. 그녀의 밝은 갈색 눈은 사랑도, 음울한 증오도 모두 반영할 수 있을 만큼 생기 있고 아름다웠다.

그녀는 아무런 설명도 없이 — 흡사 내가 무슨 드높은 존재라도 돼서 설명을 듣지 않아도 모든 걸 다 알아야 된다는 듯—나한테 종잇장을 내밀었다. 그 순간 그녀의 얼굴은 온통 거의 어린아이처럼 가장 순진한 승리감으로 가득 차 반짝반짝 빛이 났다. 나는 종잇장을 펼쳐보았다. 그것은 어떤 의대생이나 그런 부류의 학생이 그녀에게 보낸 편지였는데, 몹시 화려하고 현란하지만 어떻든 굉장히 정중한 사랑 고백이었다. 지금은 그 표현들이 잘 떠오르지 않지만, 고상한 문체 사이로 함부로 꾸며 낼 수 없는 진실한 감정이 배어 나왔던 것만은 아주 잘 기억난다. 편지를 다 읽었을 때 나는 열렬하고 호기심 어린, 어린아이처럼 조바심을 내는 그녀의 시선을 온몸으로 느꼈다. 그녀는 내 얼굴을 뚫어져라 바라보며 내가 무슨 말을 할지 초조하게 기다렸다. 몇 마디를 늘어놓으며 서둘러, 하지만 어쩐지 자랑스러운 듯 기쁨에 들떠 어느 가정집에서 열린 저녁 무도회에 갔노라고 설명하기도 했다. 그쪽은 사람들도 아주, 아주 좋고 다들 가정도 있고 자기에 대해 '아직 아무것도, 정말로 아직 아무것도 모르는데, 그도 그럴 것이 자기는 이런 데 발을 들여놓은 지도 얼마 안 됐고 그냥 그뿐인 데다가…… 아직은 이런 데 남을지 결심도 안 섰고 빚만 갚으면 꼭 여길 떠날 테니까…… 등등이었다. '그러니까 거기에 이 대학생이 와 있었는데 저녁 내내 함께 춤을 추고 얘기를 나누었다, 알고 보니 그는 리가에 있던 시절, 즉 어린 시절부터 이미 그녀와 아는 사이여서 함께 놀기도 했다더라, 이건 물론 오래전의 일이지만, 어쨌든 그녀의 부모도 알고 그렇지만 이것만은 아무것도, 정말 아무것도 모르고 또 의심도 하지 않는다! 자, 그러고서 무도회 다음 날(그러니까 사흘 전인데) 그는 그녀와 함께 그 저녁 모임을 다녀온 여자 친구를 통해 이 편지를 보내왔고…… 그리고…… 뭐 이게 전부다.'라는 것이었다.

얘기를 다 마쳤을 때 그녀는 지금껏 반짝이던 눈을 어쩐지 수줍은 듯 내리깔았다.

가엾은 그녀는 이 대학생의 편지를 보물처럼 간직하고 있었으며, 자기 같은 여자도 이렇게 떳떳하고 진실한 사랑을 받고 또 자기와도 이렇게 정중한 대화를 나눠 주는 사람들이 있음을 내가 떠나기 전에 꼭 알려 주고 싶었기에 이 유일한 보물을 가지러 달려갔던 것이다. 분명히 이 편지는 아무런 결실도 맺지 못한 채 보석함 속에 놓여 있을 운명이었으리라. 하지만 무슨 상관이랴. 확신하건대, 그녀는 이걸 한평생 보물로, 자긍심과 자기변명의 보루로 간직할 것이다. 지금도, 이런 순간에도 자기 쪽에서 먼저 이 편지 생각이 나서 나에게 가져오지 않았던가, 내 앞에서 순진하게 자랑도 좀 해 보고 내 눈에 비친 자신의 모습도 회복하고 또 나한테 보여 줘서 칭찬도 받으려고 말이다. 나는 아무 말도 하지 않고 그녀의 손을 잡아 준 뒤 밖으로 나왔다. 얼른 떠나고 싶었던 것이다……. 여전히 축축한 눈이 펑펑 쏟아지고 있었지만 나는 집까지 계속 걸어갔다. 기진맥진했고 뭔가에 짓눌려 있었고 또 의혹에 사로잡혀 있었다. 하지만 그 의혹 너머에서 이미 진리가 반짝이고 있었다. 추잡한 진리가!

8

그럼에도 나는 그 진리를 선뜻 인정하진 않았다. 몇 시간 동안 누가 업어 가도 모를 만큼 푹 잔 뒤 아침에 깨어나자마자 어제 일을 더듬어 봤는데, 어제 리자한테 그렇게 감상적으로 굴었던 것이며 어제 그렇게 온갖 '공포와 동정'에 사로잡혔던 것에 깜짝 놀라고 말았다. '여자처럼 그렇게 신경 발작이나 일으키고 말이야, 쳇!' 나는 이렇게 생각을 정리했다. '게다가 뭐 한다고 그녀한테 내 주소를 찔러 넣어 준 걸까? 정말 찾아오면 어쩌지? 하긴 올 테면 오라지. 무슨 상관이야…….' 하지만 분명히, 지금 무엇보다도 중요한 문제는 이게 아니었다. 무슨 일이 있더라도 서둘러, 얼른 즈베르코프와 시모노프 앞에서 엉망이 된 내 체면을 회복해야 했다. 바로 이게 급선무였다. 리자에 대해서라면 이날 아침에는 워낙 경황이 없어서 깡그리

잊어버렸다.

우선 어제 시모노프한테서 꾼 돈을 즉시 갚아야 했다. 나는 필사적인 수단을 강구하기로 마음먹었다. 안톤 안토노비치에게 50루블을 통째로 꾸는 것이었다. 마침 그는 이날 아침 기분이 더할 나위 없이 좋았기 때문에 부탁을 하자마자 두말않고 선선히 빌려 주었다. 이게 너무 기뻤던 나머지 나는 차용증을 쓰는 동안 왠지 씩씩한 표정을 짓고 허물없이 굴면서 그에게 어제 '친구들과 함께 Hôtel de Paris에서 좀 놀았다, 말하자면 죽마고우나 다름없는 벗을 환송하는 자리였다, 한데 이 녀석이 정말 한가락 하는 놈이라 곳곳에서 귀여움을 받았고, 뭐, 물론 집안도 훌륭하고 재산도 상당히 있고 경력도 화려하고 재치도 있고 호감 가는 성격이라 그런 유의 부인들과 염문도 뿌리고, 알만 한 일이지 않는가, 우리끼리 '반 다스'를 더 마셨고 그러고 나선…….' 이라며 얘기를 늘어놓았다. 그것도 정말 아무렇지도 않게 말이다. 이 모든 소리가 아무런 무리 없이 되는대로 술술 흘러나왔던 것이다.

집에 돌아온 뒤 나는 당장 시모노프한테 편지를 썼다.

지금도 이 편지를 떠올리면, 진정으로 신사적이고 호의적이고 허심탄회한 그 어조에 흐뭇함을 금할 수 없다. 날렵하면서도 점잖게, 무엇보다도 쓸데없는 말은 전혀 하지 않고 모든 점에서 내 잘못을 시인했다. "만약 내게 아직도 변명의 여지가 주어진다면"이라고 운을 떼면서, Hôtel de Paris에서 5시부터 6시까지 그들을 기다리면서 그들이 오기 전에 한 잔을 마셨는데(그런 것 같은데) 술이 전혀 익숙지 않은 탓에 대번에 취해 버렸노라고 변명했다. 사과라면 주로 시모노프에게 했다. 또 다른 사람들 모두, 특히 즈베르코프에게 내 사과의 뜻을 전해 달라는 부탁도 했는데, "꿈에서 본 듯 기억이 가물가물하지만" 아무래도 그를 심히 모욕한 것 같아서였다. 내 몸소 모두를 찾아갔으면 싶지만 머리도 아프고 무엇보다도, 창피하다고 덧붙였다. 나는 이렇게 '다소간 가벼운 태도', 심지어 거의 허물없는 태도(그럼에도 아주 품위가 있었다.)에 특히나 만족했는데, 편지에서 갖은 이유를 다 늘어놓는 것보단 갑자기 이런 태도를 취함으로써 '어제의 그 모든 추잡한 일'에 대해 나 나름대로 상당히 독자적인 견해를 갖고 있음을 그들에게 당장 납득시킬 수 있었으리라. 어떻든 여러분의 어림짐작과는 전혀 달리, 내가 단칼에 끝장난 게 아니라 오히려 스스로를 존중하는 신사답게 이 사태를 침착하게 바라보고 있음을 말이다. 한 번 실수는 병가상사(兵家常事)라고 하지 않는가.

"이 날렵한 말장난 하곤, 사실 후작쯤은 되어야 나오는 여유 아닌가?" 나는 편지를 다시 읽어 보면서 흐뭇해했다. "이것도 다 내가 지적으로 성숙한 교양인이기 때문이다! 딴 사람이 내 처지였다면 어떻게 빠져나갈 궁리도 못했겠지만, 나는 이렇게 용케 빠져나와 새로운 재미에 빠져 있으니, 이게 다 내가 '지적으로 성숙한 현대의 교양인'이기 때문이다. 사실 어제 일은 모두 그야말로 술 때문에 일어난 셈이다. 음……. 아니야, 술 때문이 아니다. 보드카는 무슨, 5시부터 6시까지 그놈들을 기다리면서 술은 입에도 안 댔는걸. 시모노프한테는 거짓말을 한 거다. 창피한 줄도 모르고 거짓말을 해 버렸다. 하긴 이제 와서 딱히 창피할 것도 없지……."

그나저나 무슨 상관이람! 중요한 건 일의 매듭을 지었다는 점이다.

나는 6루블을 편지에다 집어넣고 봉한 다음 아폴론에게 시모노프 집에 갖다 주라고 부탁했다. 편지 속에 돈이 들어 있음을 알자 아폴론은 더 공손해지면서 선뜻 갔다 오겠노라고 했다. 저녁 무렵, 나는 산책을 나갔다. 아직도 머리가 아팠고 어제부터 현기증도 났다. 하지만 저녁이 찾아와 땅거미가 짙어질수록 내가 받는 인상들, 그에 따른 상념들도 자꾸 변하면서 마구 뒤섞였다. 뭔가가 나의 내부, 마음과 양심 깊은 곳에서 죽지 않은 채로, 아니 죽을 마음도 없이 불타는 우수가 되어 나타났다. 나는 주로 사람들의 왕래가 아주 잦은 상가 밀집 지역, 즉 메샨스카야 거리, 사도바야 거리, 유수포프 공원 근처를 어슬렁거렸다. 땅거미가 질 무렵 이 거리들을 거니는 걸 늘 좋아했는데, 바로 온갖 행인, 상인과 직공 무리가 그날의 밥벌이를 끝낸 뒤 성질이 다 날 만큼 근심 걱정에 찬 얼굴을 하고서 각자 집으로 돌아가는 그 무렵 말이다. 가난의 냄새가 물씬 풍기는 이 어수선한 풍경, 참으로 뻔뻔스러운 이 산문적인 정취가 바로 내 마음에 들었던 것이다. 이번에는 길거리의 이런 혼잡이 통째로 나의 신경을 더 긁어 댔다. 아무래도 나 자신을 건잡을 수도, 무슨 실마리를 찾을 수도 없었다. 뭔가가 영혼 속에서 통증마저 동반한 채 끊임없이 솟구쳐, 마냥 솟구쳐 올라 도무지 진정할 기미를 보이지 않았다. 나는 기분이 완전히 망가진 상태에서 집에 돌아왔다. 꼭 내 영혼 속에 무슨 범죄라도 도사리고 있는 것만 같았다.

리자가 찾아올지도 모른다는 생각이 줄곧 나를 괴롭혔다. 나로선 참 이상한 노릇이었는데, 어제의 그 모든 추억 중 그녀의 추억만이 왠지 유달리, 또 왠지 완전히 별개로 나를 괴롭혔던 것이다. 다른 건 전부 저녁쯤엔 이미 깨끗이 잊을 수 있었기에 그냥 한 손을 내젓는 걸로 됐고 시모노프에게 보낸 편지에도 여전히 몹시 만족한 상태였다. 하지만 이 문제에 관한 한, 나는 왠지 불만스러웠다. 꼭 리자 하나 때문에만 괴로웠던 양 말이다. '그 여자가 정말로 찾아오면 어쩌지?' 나는 끊임없이 생각했다. '뭐, 어쩌긴 뭘 어째, 괜찮아, 올 테면 오라지. 음. 하지만 그녀가, 가령, 내가 사는 꼬락서니를 보게 될 텐데, 이것만 해도 정말 고약한 일이다. 어제 나는 그녀 앞에서 그런…… 영웅으로…… 보였을 텐데 지금은, 음! 하긴, 내가 요 모양 요 꼴로 망가져 버린 건 정말 고약한 일이다. 집 안은 누추하기 짝이 없다. 또 어제는 어떻게 저런 옷을 입고 회식에 갈 결심을 했을까! 스펀지가 다 삐져나온 저 방수포 소파는 또 어떻고! 이놈의 실내복도 몸뚱어리 하나 제대로 가려 주지 못하잖는가! 정말 누더기투성이군……. 이런 걸 그녀가 죄다 보게 되겠지. 아폴론도 보게 될 것이다. 이 짐승 같은 놈은 분명히 그녀에게 모욕을 줄 테지. 나한테 버르장머리 없이 굴기 위해 괜히 그녀한테 트집을 잡을 것이다. 나는 물론 늘 하던 대로 괜히 겁을 집어먹고서 그녀 앞에서 종종걸음을 치는가 하면 실내복의 앞깃을 여미기도 하고 미소를 짓는가 하면 거짓말을 하기도 할 것이다. 으악, 정말 고약하다! 아니, 제일 고약한 건 이게 아니다! 여기에는 뭔가 더 중요하고 더 추잡하고 야비한 것이 있다! 암, 더 야비하고말고! 또, 또다시 이 파렴치한 기만의 가면을 써야 되다니……!'

여기에 생각이 미치자 나는 대번에 발끈해 버렸다.

'뭘 위해 파렴치한 가면을 써야 된단 말인가? 아니, 뭐가 또 파렴치하단 말인가? 어제 내 말은 진심이었단 말이다. 지금도 기억나지만, 나의 내부에도 참된 감정이 있었다. 나는 어디까지나 그녀의 내부에 고결한 감정을 불러일으키고 싶었고……그녀가 좀 울었다면 그건 좋은 일이고 그건 훌륭한 효과를 발휘할 것이고…….'

하지만 어쨌거나 나는 도무지 진정할 수 없었다.

집에 돌아왔을 때는 이미 9시가 지난 시각이었으므로 상식적으로 리자가 찾아올 리 만무했지만 그럼에도 그날 저녁 내도록 어떻든 내 눈앞에서는 그녀가 아른거렸고, 무엇보다도 줄곧 똑같은 모습으로만 떠올랐다. 어제 있었던 모든 일 중 유난히 더 또렷하게 떠오르는 순간이 있었다. 그것은 바로, 내가 성냥불로 방을 밝히자 창백하게 일그러진, 수난자와 같은 시선을 담은 그녀의 얼굴이 눈에 확 들어온 순간이었다. 그 순간 그녀의 미소는 얼마나 애처롭고 얼마나 부자연스러웠던가, 또 얼마나 일그러진 미소였던가! 하지만 그때만 해도 난, 십오 년이 지난 이후에도 어쨌거나 내가 리자를 하필이면 그 순간 그녀가 보여 준, 그렇게 애처롭게 일그러지고 불필요한 미소를 띤 모습으로 떠올리게 될 줄은 몰랐다.

이튿날 나는 이미 또다시 이 모든 걸 신경의 팽창에서 비롯

된 허튼 상념으로, 무엇보다도 지나친 과장의 산물로 간주할 마음의 여유가 생겼다. 나는 나의 심리에 이런 맹점이 있음을 늘 의식해 왔고 이따금씩은 그걸 몹시 두려워했다. '매사에 과장이 지나치고 이 때문에 또 절룩거리는 것이다.' 나는 스스로에게 시시각각 이렇게 되뇌었다. 하지만 그래도, '그래도 어쨌거나 리자가 찾아올 것만 같다.' 결국 그때 나의 생각들은 전부 꼭 후렴구라도 되는 양 이리로 귀결되었다. 그 정도로 불안했기 때문에 미친 듯 날뛰는 일도 더러 있었다. "올 거야! 꼭 올 거다!" 방을 이리저리 뛰어다니며 나는 외쳤다. "오늘이 아니면 내일이라도 올 거다, 나를 꼭 찾아낼 거다! 이처럼 순결한 마음의 소유자라면 누구나 갖고 있는 빌어먹을 낭만주의란 원래 이런 것이니까! 이 '불결한 감상적 영혼들'이란 정말, 오 추잡해라, 오 어리석어라, 오 편협해라! 그래, 어찌 이해하지 못하겠느냔 말이다, 정녕 어찌 이해하지 못할까……?" 하지만 여기서 나는 멈칫했고 심지어 크나큰 당혹감에 휩싸여 버렸다.

'게다가 정말 몇 마디면 되지 않았던가.' 하고 나는 겸사겸사 생각했다. '인간의 영혼을 당장에 송두리째 내 방식으로 바꿔 놓는 데는 불과 몇 마디 말, 약간의 전원시(그나마도 책에서 가져와 멋대로 지어낸 가짜 전원시가 아닌가)만 덧붙이면 됐잖는가. 이게 바로 처녀성이라는 거다! 이게 바로 또 싱싱한 토양이라는 거다!'

이따금씩은 직접 그녀를 찾아가 '그녀한테 모든 걸 얘기하고' 나를 찾아오지 말라고 부탁해 볼까, 하는 생각도 들었다. 하지만 이런 생각이 들면 당장 내부에서 지독한 악의가 치밀어 올랐는데, 그 정도가 얼마나 심했는지 리자가 갑자기 내 곁에 있었다면 이 '썩을 년'을 반쯤 짓이겨 놓고 실컷 모욕하고 침을 뱉어 주고 사정없이 두들겨 팬 다음에 쫓아내 버렸을 것이다!

하지만 하루가 지나고 이틀이 지나고 사흘이 지나도록 그녀는 오지 않았고 나는 마음을 놓기 시작했다. 9시 이후에는 유난히 기운이 나고 신이 나서 이따금씩은 상당히 달콤한 몽상에 잠기기까지 했다. '가령, 리자가 내 집을 오가고 나는 그녀한테 이런저런 말을 들려주고 바로 이로써 그녀를 구원하는 거다……. 나는 그녀를 발전시키고 교육한다. 마침내, 그녀가 나를 사랑하고 있음을, 열렬히 사랑하고 있음을 알아챈다. 그러고도 나는 아무것도 모르는 양 시치미를 뗀다.(하지만 뭘 위해 시치미를 떼는지는 모르겠는데 아마 미적 효과를 노리는 것일 테지.) 마침내 그녀는 온통 당혹감에 휩싸여 아름다운 모습으로 전율하고 흐느끼며 내 발밑으로 몸을 던지곤, 내가 자기의 구세주라고, 자기는 나를 이 세상의 그 무엇보다도 사랑한다고 말한다. 나는 깜짝 놀라지만 그럼에도…… 이렇게 말한다. '리자, 정말로 내가 너의 사랑을 알아채지 못했다고 생각하나? 모든 걸 꿰뚫어보고 또 짐작했지만 내가 먼저 너의 마음을 탐낼 엄두는 내지 못했어, 내가 너에게 모종의 영향력을 행사했던 터라 네가 고마운 마음에서 나의 사랑에 화답해야 한다고 스스로 억지를 부릴까 봐, 어쩌면 있지도 않는 감정을 억지로 불러일으킬까 봐 두려웠기 때문이지, 이런 건 딱 질색이거든, 이거야말로…… 횡포니까……. 이건 세련되지 못하잖아.(그래,

한마디로 말해, 나는 여기서 무슨 유럽 풍, 즉 조르주 상드[37] 풍의 형언할 수 없을 만큼 고결하고 섬세한 말을 잔뜩 늘어놓았겠지…….) 하지만 이제, 이제는, 너는 내 거야, 너는 나의 창조물이야, 너는 순결하고 아름다워, 너는 나의 아름다운 아내야.

그러니 대범하게, 자유롭게 내 집에 들어오라,
어엿한 안주인이여![38]

그런 다음 우리는 재미나게 살림을 꾸려 가고 외국 여행도 가고 등등, 등등.' 한마디로 말해서, 내가 생각해도 너무 비열했던 지라, 결국 나 자신한테 혀를 한 번 쏙 내밀어 주고 말았다.

'하긴, 그 여자를, '그 추잡한 년을' 내보내 주지도 않을걸!' 나는 이렇게 생각했다. '저런 여자들은 원래 외출도 마음대로 못하는 데다가 저녁에는 더더욱 그렇지.(한데 나는 왠지 그녀가 꼭 저녁에, 그것도 꼭 7시에 올 것만 같았다.) 하지만 자기 말론 아직은 그곳에 완전히 매인 몸은 아니라고, 특별 대우를 받고 있다고 하지 않았나. 그렇다면 음! 젠장, 오겠군, 올 거야!'

그나마 다행인 건 이때 아폴론이 예의 그 버르장머리 없는 짓을 해서 기분 전환이 됐다는 점이다. 마지막 남은 인내력마저도 바닥냈으니 말이다! 이놈은 나의 종양이요, 하느님이 보

37) George Sand(1804~1876). 프랑스의 여성 작가.
38) 앞서 인용된 네크라소프 시의 마지막 행.

내신 채찍이었다. 나는 이놈과 몇 년째 계속 아옹다옹, 티격태격해 온 터라 이놈을 증오했다. 맙소사, 내 이놈을 얼마나 증오했던가! 내 평생 누굴 이놈만큼 증오해 본 적은 없는 것 같은데, 어떤 순간에는 특히 더 그랬다. 이놈은 나이도 지긋이 들어 괜히 무게나 잡는 위인으로 재봉사 일도 좀 했다. 이런 놈이, 왠지는 모르겠으나, 상식에 어긋날 정도로까지 나를 경멸하고 또 참을 수 없을 만큼 나를 깔보았다. 하긴 그는 누구나 다 깔보는 버릇이 있었다. 매끈하게 빗어 넘긴 저 하얀 머리, 식물성 기름을 발라 이마 위로 말아 올린 저 앞머리, 항상 거드름을 피우듯 오므려 이쥐차[39]처럼 삐죽 내민 저 입만 봐도, 이미 그가 한 번도 자신에 대해 회의를 품어 본 적이 없는 존재라는 느낌을 받았을 것이다. 이놈은 최고의 현학자, 지금껏 내가 이 지상에서 만나 온 사람들을 통틀어 가장 굉장한 현학자였다. 거기다 또 자존심은 얼마나 강한지, 마케도니아의 알렉산드로스 정도는 되어야 맞먹을 수 있을 법했다. 그는 자신의 단추 하나하나, 손톱 하나하나에까지 흠뻑, 그야말로 흠뻑 빠져 있었고, 또 그런 인간으로 보였던 것이다! 나를 대하는 태도는 이만한 폭군이 따로 없을 정도여서 나에게 말도 거의 안 하고 나를 볼 일이 있으면 확고하다 못해 위풍당당한 자신감에 찬, 항상 냉소적인 시선으로 바라보았는데, 이 때문에 나는 이따금씩 분통이 터지기도 했다. 자기가 맡은 일을 할 때는 나한테 어마어마한 자비라도 베푸는 듯한 태도를 취

39) 고대 러시아어의 마지막 철자 'V'.

했다. 그나마도 나를 위해 해 주는 일은 정말 거의 아무것도 없었고 심지어 자기가 뭘 해야 할 의무가 있다고도 생각하지 않았다. 이놈이 나를 온 세상을 통틀어 제일가는 구제불능의 바보로 생각한다는 데는 의심의 여지도 있을 수 없었지만, 그럼에도 '나를 자기 곁에 그냥 놔두었다면' 그건 정말 오로지 매달 나한테서 봉급을 받을 수 있기 때문이었다. 내 집에서 7루블의 월급을 받는 대가로 이놈은 '아무것도 하지 않기로' 한 셈이다. 이놈 덕분에 나도 어지간히 많은 죄를 용서받을 것이다. 그래도 이따금씩은 이놈이 너무나 증오스러워져서, 이놈이 발걸음만 떼도 거의 온몸에 경련이 이는 것만 같았다. 하지만 특히나 추잡한 것은 놈의 쉬쉬거리는 말투였다. 이놈은 혀가 보통 사람보다 좀 더 기다랗거나 그 비슷한 문제가 있어서 늘 쉬쉬, 슈슈 소리를 냈는데, 이 덕분에 굉장히 많은 위엄이 생긴다고 상상하는지 이것을 끔찍이도 자랑스러워하는 눈치였다. 말을 할 때는 뒷짐을 지고 눈을 땅바닥으로 내리깐 채 조용히, 차근차근 말했다. 특히나, 이놈이 칸막이 너머 자기 방에서 시편을 읽기 시작하면 나는 분통이 터졌다. 이 낭송 때문에 얼마나 많은 전투를 벌어야 했던가. 그런데도 이놈은 저녁마다, 꼭 망자를 애도하는 것 같은 조용하고 고른 목소리로 노래하듯 낭송하는 걸 끔찍이 좋아했다. 흥미로운 건 이러다가 이놈이 결국 어떻게 됐느냐, 하는 점이다. 지금 이놈은 고인의 명복을 빌기 위해 시편을 읽어 주는 부업이 생기고, 덩달아 쥐 잡는 일도 하고 구두약도 만든다. 그런데도 그때 나는 이놈을 쫓아낼 수 없었는데, 이놈은 꼭 나라는 존재와 화학적으로 결합된 것만 같았다. 게다가 이놈도 또한 무슨 일이 있어도 내 집을 나가려 들지 않았을 것이다. 나는 가구 딸린 셋방 같은 데선 살 수 없었다. 나의 이 집은 나만의 은신처요, 나만의 껍질이요, 내가 온 인류를 피해 숨어든 나만의 상자였고, 아폴론은 왠지는 모르겠으나 나의 이 집에 딸린 존재 같았고, 그래서 나는 꼬박 칠 년 동안이나 이놈을 쫓아낼 수 없었던 것이다.

가령 이놈의 월급만 하더라도 이삼 일도 미룰 수 없었다. 그랬다간 엄청난 소동을 일으켰을 것이고 나는 쥐구멍이라도 찾으려고 절절 맸을 것이다. 하지만 요새 나는 누구에게나 다 너무 화가 나 있었기 때문에 무슨 이유에서인가, 뭘 위해선가 하여간 아폴론에게 벌을 주기로, 즉 월급을 두 주쯤 연기하기로 마음먹었다. 사실 이럴 작정을 한 건 이미 오래전, 이 년쯤 전이었으며, 오로지 이놈이 나한테 이토록 거드름을 떨 처지는 못 된다는 것을, 내가 원하기만 하면 월급을 주지 않을 수 있다는 것을 증명해 보이기 위해서였다. 하지만 이놈의 오만한 콧대를 꺾어 그쪽에서 먼저 제 입으로 월급 얘기를 꺼내도록 하기 위해서 이놈한테는 입도 벙긋하지 않고 오히려 일부러 입을 다물기로 했다. 그렇게 되면 나는 서랍에서 7루블을 모두 꺼낸 다음, 내 수중에 이만한 돈쯤이야 있지만 일부러 쟁여 놓았다, 한데 '이놈한테 월급을 주기가 싫다, 그냥 싫다, 왜 싫으냐면 그냥 딱 싫기 때문에 싫은 거다.', 또 '내가 주인이니까 내 마음대로' 하는 거다, 이놈이 너무 불손하고 또 영 버르장머리 없으니까 이런다는 것을 똑똑히 보여 줄 것이다. 하지만 이놈이 공손하게 부탁한다면 아마 나는 그만 화를 삭이고 내줄 것이다. 그렇지 않을 경우에는 이 주, 아니 삼 주, 아니 꼬박 한 달은 더 기다려야 될걸…….

하지만 내가 아무리 못되게 굴었어도 어쨌거나 이놈이 이기고야 말았다. 나는 나흘도 버티지 못했다. 이놈은 이런 경우에 늘 써 온 수법을 쓰기 시작했는데, 전에도 이런 경우가 이미 있어서 계속 시험을 거쳐 온 까닭이었다.(겸사겸사 지적하자면, 나도 이 모든 것을, 이놈의 야비한 전략을 미리부터 훤히 꿰뚫고 있었다.) 그러니까 이놈은 일단 굉장히 엄한 눈초리를 나를 뚫어져라 바라보며 몇 분 동안 계속 나한테서 눈을 떼지 않는데, 나를 맞이하거나 외출하는 나를 배웅할 때는 특히 더 그랬다. 내가 가령 이 시선을 알아채지 못하는 척하며 견뎌 내면 이놈은 예전처럼 말없이 다음 단계의 고문에 착수했다. 즉, 내가 방을 거닐거나 책을 읽고 있을 때 갑자기 밑도 끝도 없이 어슬렁거리며 조용히 내 방으로 들어와 문 옆에 멈춰 서선 한쪽 손은 등 뒤로 돌리고 한쪽 발은 뒤로 뺀 채 이미 엄격하다기보다는 완전히 경멸에 찬 시선으로 나를 뚫어져라 바라보는 것이었다. 내가 갑자기 이놈한테 무슨 용건이냐고 물으면 아무 대답도 하지 않고 몇 초간 더 나를 뚫어져라 바라본 다음에, 왠지 유별나게 입술을 앙다물고 사뭇 의미심장한 표정을 지으면서 그 자리에서 느릿느릿 몸을 돌려 또 그렇게 느릿느릿 자기 방으로 물러난다. 그러다 두 시간쯤 지나면 갑자기 또 자기 방을 나와 또 그렇게 내 앞에 나타나는 것이다. 그럼 나는 정말 분통이 터져서 더 이상 그에게 무슨 용건이냐고 물어보지도 않고 내 쪽에서도 그냥 매섭고 준엄하게 고개를 쳐들고 역시나 이놈을 뚫어져라 바라보기 시작했다. 그렇게 우리는 이 분가량 서로를 바라보곤 했다. 결국, 그는 또 거들먹거리며 느릿느릿 몸을 돌려 물러났고, 앞으로 두 시간쯤은 잠잠했다.

이러고도 내가 정신을 못 차려 계속 반항하면 이놈은 갑자기 나를 바라보며 한숨을 내쉬기 시작했는데, 그것도 이런 한숨만으로 나의 정신적 타락의 심연을 몽땅 재려는 듯 길고 깊은 한숨이었다. 물론 결국에는 이놈의 완전한 승리로 끝났다. 나는 미친 듯 날뛰며 고함을 질러 대지만 어쨌든 문제가 됐던 그 일을 이행하지 않으면 안 됐다.

하지만 이번엔 예의 그 '엄격한 눈초리' 수법이 개시되자마자 당장에 앞뒤를 잃고 광분하여 이놈한테 덤벼들었다. 이 일이 아니라도 이미 너무나 짜증이 나 있었던 것이다.

"잠깐!" 나는 그가 한쪽 손을 등 뒤로 돌린 채 제 방으로 돌아가려고 말없이, 느릿느릿 몸을 돌릴 때 미친 듯 흥분하여 소리쳤다. "잠깐! 돌아와, 돌아오란 말일세, 이놈, 내 말이 안 들리나!" 분명히 내가 너무 부자연스럽게 고함을 질렀기 때문인지, 이놈은 몸을 돌렸고 다소 놀라워하는 기색마저 보이며 나를 뜯어보기 시작했다. 그러면서도 여전히 입도 뻥긋하지 않았고, 이 때문에 또 나는 분통이 터졌다.

"아니, 자네는 어떻게 내 의향도 묻지 않고 버젓이 내 방에 들어와 그런 눈으로 나를 바라볼 수가 있나? 대답해 보게!"

하지만 이놈은 삼십 초 정도 침착하게 나를 바라본 뒤 다시 몸을 돌리려 했다.

"잠깐!" 나는 이놈 곁으로 달려가면서 울부짖기 시작했다. "꼼짝 마! 그렇게, 옳지. 이제 대답해 봐. 대체 뭘 보려고 자꾸 들락날락하는 건가?"

"혹시 지금 나리가 뭐 시키실 일이 있으면 그걸 이행하는 게 제 본분이지요." 이놈은 또다시 잠깐 입을 다물었다가 조용히, 차근차근 슈슈 소리를 내며 이렇게 대답한 다음, 눈썹을 치켜 올리고 머리를 침착하게 한쪽 어깨에서 반대쪽으로 기울였는데, 하나부터 열까지 소름이 끼칠 만큼 침착했다.

"그게 아니야, 자네한테 그런 걸 묻고 있는 게 아니라고, 이 망나니 같은 놈아!" 나는 너무 분해 몸을 부르르 떨면서 소리쳤다. "이 망나니 같은 놈, 네놈이 뭣 때문에 내 방을 들락날락하는지 내 입으로 말해 주지. 네놈은 내가 월급을 주지 않으리라는 걸 뻔히 알면서도 알량한 자존심을 세우느라 네놈이 먼저 몸을 숙여 부탁하기는 싫은 거야, 또 그 때문에 예의 그 멍청한 눈초리로 나한테 벌을 주고 못살게 굴려고 오는 거야, 그러면서도 네놈은, 이 망나니야, 이게 얼마나 멍청한 일인지는 생-각도 하지 않지, 정말 얼마나 멍청한지, 멍청해, 멍청하고말고, 멍청해, 멍청하기 짝이 없어!"

이놈은 또다시 말없이 돌아서려 했지만 내가 붙잡았다.

"들어 봐." 내가 그놈한테 소리쳤다. "여기 돈이 있다, 보다시피 여기 있다고!(나는 그것을 책상에서 꺼냈다.) 7루블이 고스란히 다 있지만, 네놈은 절대 받지 못할걸, 공손하게 와서 잘못했다고 싹싹 빌고 용서해 달라고 애걸복걸하기 전까지는 절대

받-지 못해. 똑똑히 들었으렷다!"

"그럴 순 없습니다!" 이놈은 어쩐지 부자연스러울 만큼 자신만만하게 대답했다.

"그렇게 되고 말걸!" 내가 소리쳤다. "꼭 그렇게 될 거다, 안 그러면 내 손에 장을 지진다!"

"용서를 빌고 자시고 할 일이 전혀 없는걸요." 나의 고함에는 전혀 아랑곳하지 않고 그놈은 제 할 말을 계속했다. "오히려 저를 '망나니'라고 부르셨으니 언제든 경찰서에 가서 나리를 모욕죄로 고소할 수도 있습니다."

"가! 고소해 보란 말이다!" 내가 울부짖기 시작했다. "지금 가, 지금 당장 가라고! 그래 본들 어쨌거나 네놈은 망나니야! 망나니! 망나니 같은 놈아!" 하지만 그놈은 나를 한 번 바라봤을 뿐 이내 몸을 돌렸고, 이미 내 고함 소리는 들은 체도 않고 또 뒤도 돌아보지 않고 어슬렁거리며 제 방으로 가 버렸다.

'리자만 아니었어도 이런 일은 절대 없었을 텐데!' 나는 속으로 이런 결론을 내렸다. 그러고 나서 일 분쯤 가만히 서 있다가 근엄하고 위풍당당하게, 그럼에도 심장은 느릿느릿 거세게 쿵쾅거리는 가운데 직접 칸막이 너머 그놈의 방으로 향했다.

"아폴론!" 나는 띄엄띄엄 조용히 말했지만 그래도 숨이 가빴다. "지금 당장, 일 초도 꾸물대지 말고 경찰 서장을 부르러 가라!"

이놈은 그때 이미 탁자 앞에 앉아 안경을 끼고 무슨 재봉질 감을 들던 참이었다. 하지만 내 명령을 듣곤 갑자기 죽어라

웃음을 터트렸다.

"지금 당장 가라니까! 얼른 가란 말이야, 안 그랬다간 무슨 일이 일어날지 상상도 못할걸!"

"나리는 참말로 제정신이 아니시군요." 이놈은 숫제 고개도 들지 않고서 느릿느릿 슈슈 소리를 내며 이렇게 일침을 가했는데 그 와중에도 바늘에 실을 꿰는 일을 계속 했다. "아니, 자기에게 불리한데 제 발로 경찰서를 찾는 사람이 세상천지에 어디 있습니까? 혹시 겁을 주시려는 거라면 괜히 사서 고생하는 겁니다, 어차피 아무 소용도 없을 테니까요."

"가라니까!" 나는 이놈의 어깨를 움켜쥐고 째질 듯 소리를 질렀다. 금방이라도 이놈한테 주먹을 날리고 말 것 같은 느낌이 들었다.

하지만 내가 미처 듣지도 못하는 사이에, 이 순간 갑자기 현관문이 조용히, 천천히 열리면서 어떤 인물이 안으로 들어와 걸음을 멈춘 뒤 의혹에 찬 눈으로 우리를 뜯어보기 시작했다. 그걸 보자 어찌나 부끄러웠는지 나는 졸도하다시피 하여 내 방으로 달려갔다. 거기서 두 손으로 머리털을 움켜쥔 채 벽에다 머리를 대고 그 자세 그대로 얼어붙어 버렸다.

이 분쯤 뒤에 아폴론의 느릿느릿한 발걸음 소리가 들려왔다.

"저기 어떤 여성이 나리를 뵙고 싶어 하시는데요." 그는 유달리 엄격한 눈으로 나를 바라보며 이렇게 말한 다음, 옆으로 비켜서며 리자를 안으로 들여보냈다. 그러고서도 물러날 생각은 않고 비아냥거리듯 우리를 뜯어봤다.

"가 봐! 어서 가 보라니까!" 어리둥절해진 나는 이렇게 명령했다. 그 순간, 나의 시계는 온몸을 바싹 긴장시켜서 쉬쉬 소리를 내며 7시를 울렸다.

9

그러니 대범하게, 자유롭게 내 집에 들어오라,
어엿한 안주인이여!
—앞의 시에서

나는 죽도록 얼어터진 채로, 톡톡히 창피를 당한 채로, 역겨울 만큼 당황하며 그녀 앞에 서 있었고 넝마 같은 솜 누비 실내복의 앞섶을 여미려고 안간힘을 쓰면서 미소를 지었지 싶다. 그러니까 얼마 전 의기소침한 상태에서 상상해 본 것과 완전히 똑같았다. 아폴론은 이 분 정도 우리를 지켜보다가 결국 물러났지만, 그래도 내 마음은 별로 편해지지 않았다. 무엇보다도 고약한 것은 그녀도 못지않게 당황했다는 점인데, 저 정도일 줄은 나도 미처 예상치 못했다. 물론 나를 바라보며 그런 것이었다.

"좀 앉지." 기계적으로 이렇게 말한 뒤 탁자 옆의 의자를 그녀 쪽으로 살짝 옮겨 주고 나는 소파에 앉았다. 그녀는 바로 순순히 자리에 앉았는데, 두 눈을 동그랗게 뜨고 나를 바라보는 것이 지금 나한테서 뭔가를 기대하는 것이 분명했다. 이런 순진한 기대에 나는 또 분통이 터졌지만 그래도 자제력을 발휘했다.

이런 상황일수록 평소와 다름없이 굴며 아무것도 눈치 채지 못한 척하려고 애써야 하건만 그녀는……. 그러니까 그녀가 이 모든 것에 대한 대가를 톡톡히 치러야 할 것이다, 하는 느낌이 나는 막연히 들었다.

"상황이 좀 얄궂을 때 왔군, 리자." 이렇게 시작해선 안 된다는 것을 알면서도 나는 더듬거리며 운을 뗐다.

"아니, 그렇다고 무슨 딴 생각은 하지 마!" 갑자기 그녀가 얼굴을 붉히는 것을 보고서 이렇게 소리쳤다. "나는 나의 가난이 부끄럽지 않아……. 오히려 나의 가난을 오만하게 바라보고 있지. 나는 가난하긴 해도 고결하거든……. 가난해도 얼마든지 고결할 수 있지." 내가 중얼거렸다. "그나저나…… 차라도 마실래?"

"아뇨……." 그녀가 입을 열었다.

"잠깐만 기다려!"

나는 벌떡 일어나 아폴론에게로 뛰어갔다. 어디로든 꺼져 버려야 했던 것이다.

"아폴론." 나는 줄곧 주먹을 쥔 채 들고 있던 7루블을 그놈 앞에 내던지며 열병에라도 걸린 듯 빠른 말투로 속삭였다. "자, 자네 월급일세. 보다시피, 이렇게 주는 거니까, 대신 자네는 나를 좀 구해 줘야겠어. 얼른 음식점에 가서 차와 수하리[40]

---

40) 빵을 말려 만든 달달한 과자.

열 개만 사다 주게. 가 줄 마음이 없다면, 자네는 사람 하나를 불행하게 만드는 거야! 자네는 저쪽이 어떤 여자인지 잘 모르겠지만……. 더 말해서 뭘 하겠나! 자네 또 엉뚱한 생각을 할지도 모르겠지만……. 어쨌거나 자네는 저쪽이 어떤 여자인지 몰라서 그래……!"

아폴론은 이미 일감을 앞에 두고 있었고 또 이미 안경까지 쓴 상태였기 때문에 처음엔 여전히 바늘을 든 채 말없이 돈만 힐끗 쳐다보았다. 그런 다음엔, 나한테는 아랑곳하지 않고, 또 가타부타 대답도 해 주지 않고 바늘에 실을 꿰느라 계속 낑낑댔다. 나는 à la Napoléon(나폴레옹 식으로) 팔짱을 낀 채 이놈 앞에 서서 삼 분 정도를 기다렸다. 관자놀이는 땀에 흠뻑 젖었고 내 얼굴은 창백했으리라, 그런 느낌이 들었다. 하지만 다행히도 나를 보고 있자니 이놈도 분명히 내가 안쓰러워진 모양이었다. 바늘에 실을 다 꿰자 느릿느릿 자리에서 일어나 느릿느릿 의자를 밀어내고 느릿느릿 안경을 벗고 느릿느릿 돈을 세 보더니 마침내 어깨 너머로, 구색을 다 맞춰서 사 올지를 물은 다음 느릿느릿 방을 나갔다. 리자가 있는 곳으로 돌아가는 내내 내 머릿속으론, 나중에 어떻게 되든 그냥 실내복만 입은 이 몰골로 아무 데나 발길 닿는 대로 도망쳐 버릴까, 하는 생각이 들었다.

나는 다시 자리에 앉았다. 그녀는 염려스러운 눈으로 나를 바라보았다. 몇 분간 우리는 말이 없었다.

"내 저놈을 콱 죽여 버릴 테다!" 나는 갑자기 소리를 지르며 주먹으로 탁자를 힘껏 내리쳤고, 때문에 잉크병에서 잉크가 확 튀었다.

"어머나, 왜 이러세요!" 그녀는 이렇게 소리치며 몸을 부르르 떨었다.

"내 저놈을 죽여 버릴 거야, 죽여 버리고 말 테다!" 나는 쾅쾅 탁자를 치면서 째질 듯 고함을 질러 댔는데, 완전히 미친 듯 흥분한 상태였건만 동시에 이렇게 미친 듯 흥분하는 것이 얼마나 병신 같은 일인지도 아주 잘 알고 있었다.

"리자, 저 망나니 같은 놈이 나한테 도대체 뭔지 너는 잘 모를 거야. 저놈은 정말 나의 망나니야……. 지금은 수하리를 사러 갔지만, 실은……."

그러고서 나는 갑자기 눈물범벅이 됐다. 이것은 발작이었다. 흐느끼는 와중에도 너무 부끄러웠지만 이미 억누를 수가 없었다. 그녀는 기겁하고 말았다.

"정말 왜 이러세요! 왜 이러시냐고요!" 내 주위에서 부산을 떨며 그녀가 소리쳤다.

"물, 물 좀 갖다 줘, 저어기!" 나는 기어 들어가는 목소리로 중얼거렸는데, 사실 속으론 물이 없어도 아무 이상 없고 이렇게 기어 들어가는 목소리를 낼 것까지도 없음을 의식하고 있었다. 그런데도, 비록 발작이야 진짜였지만, 어떻든 체면을 차리느라 말하자면 연기를 한 것이었다.

그녀는 어리둥절한 표정으로 나를 바라보며 물을 내밀었다. 그 순간, 아폴론이 또 차를 가져왔다. 방금 그런 일이 있고 난 뒤에 나온 이 평범하고 산문적인 차가 갑자기 끔찍이도 무례하고 볼썽사납게 여겨졌기 때문에, 나는 얼굴이 다 새빨개졌다. 리자는 심지어 기겁을 하며 아폴론을 바라보았다. 이놈은 우리한테 눈길 한 번 주지 않고 나갔다.

"리자, 너 나를 경멸하지?" 이렇게 말하며 나는 그녀를 뚫어져라 바라보았는데, 그녀가 무슨 생각을 하는지 알고 싶어 안달이 났는지 몸에 전율이 일었다.

그녀는 당황한 나머지, 딱히 대답을 하지도 못했다.

"차나 마셔!" 나는 독살스럽게 말했다. 나 자신한테 성질이 난 것이었지만, 물론 그걸 감당하는 건 그녀의 몫이 될 수밖에 없었다. 갑자기 그녀를 향한 무서운 분노가 내 마음속에서 끓어올랐다. 이대로라면 그녀를 죽여 버릴 수도 있을 것만 같았다. 그녀에게 복수하기 위해서 나는 계속 그녀와 단 한마디도 하지 않겠노라고 속으로 맹세했다. '모든 게 이 여자 탓이다.' 나는 이렇게 생각했다.

우리의 침묵이 벌써 오 분이나 지속되고 있었다. 탁자 위에 차가 놓여 있었지만 우리는 손도 대지 않았다. 급기야 나는 일부러 차를 마실 마음이 통 없는 것처럼 굴었고 이로써 그녀를 더욱더 거북스럽게 만들 작정이었다. 그녀 쪽에서도 차를 마시기가 영 불편한 모양이었다. 그녀는 몇 번이나 서글픈 의혹을 띤 채 나를 바라보았다. 나는 집요하게 침묵을 고수했다. 제일가는 수난자는 물론 나 자신이었는데, 나의 독살스러운 어리석음이 욕지기가 날만큼 저질스럽다는 점을 완전히 의식하면서도 동시에 도무지 나 자신을 제어할 수 없었기 때문이다.

"나 저기서…… 아주…… 나오고 싶어요." 어떻게든 침묵을

깨 보려고 입을 열긴 했지만, 이 가엾은 것! 다름 아닌 이런 얘기를 하필이면 이렇게 멍청한 순간에, 또 안 그래도 멍청한 나 같은 작자에게 꺼내지는 말았어야 했다. 그녀의 졸렬함과 아무짝에도 쓸모없는 허심탄회함이 너무 안쓰러워, 나는 가슴이 다 아려 왔다. 하지만 그 즉시 뭔가 추한 것이 내부의 안쓰러움을 모조리 눌러 버렸을뿐더러 오히려 나를 더 자극했다. 세상만사, 전부 될 대로 돼라! 그러고서 오 분이 더 지났다.

"내가 방해가 된 건 아니죠?" 그녀는 거의 들릴락 말락 소심하게 말문을 열며, 몸을 일으키기 시작했다.

하지만 자존심에 상처를 입은 자가 이렇게 처음으로 발끈하는 것을 보자마자 나는 분노에 사로잡혀 온몸을 부르르 떨다가 대번에 터져 버렸다.

"대체 뭐 하러 나를 찾아온 거야, 좀 말해 봐?" 나는 숨을 헐떡이며, 말의 논리적인 순서조차 생각하지 않고 말을 늘어놓기 시작했다. 모든 것을 한꺼번에, 단숨에 털어놓고 싶었던 것이다. 무슨 말부터 꺼내야 될지도 신경 쓰지 않았다.

"왜 왔냐니까? 대답해 봐! 대답하라고!" 나는 거의 앞뒤를 잃고 소리쳤다. "왜 왔는지, 이 아가씨야, 내 직접 얘기해 주지. 네가 온 것은 그때 내가 너한테 동정 어린 말을 해 주었기 때문이야. 그래서 지금 넌 괜히 몰랑몰랑해져 또다시 '동정 어린 말'을 듣고 싶어진 거지. 하지만 똑똑히, 똑똑히 알아 둬, 난 그때 너를 갖고 놀았을 뿐이야. 지금도 갖고 놀고 있는 거야. 왜 벌벌 떨고 그래? 암, 갖고 놀고말고! 그 일이 있기 전에 나는 어느 회식에서 심한 모욕을 당했어, 그때 나보다 먼저 도착한 녀석들한테 말이야. 내가 그 집에 간 건 그 녀석들 중 한 장교 놈을 두들겨 패 주기 위해서였어. 하지만 그만 놓쳐 버리는 바람에 뜻을 이루지 못했지. 그래도 누구한테든 분풀이를 하고 소기의 목적을 달성해야 했던 참에 마침 네가 나타났고 너한테 내 분을 다 퍼붓고 너를 갖고 놀았던 거야. 나를 이렇게들 깔아뭉개 놓았으니까 나도 누굴 깔아뭉개고 싶었던 거지. 나를 갈기갈기 찢어 걸레로 만들어 놨으니까 나도 권력을 과시하고 싶었단 말이야……. 사실 그랬던 건데, 너는 그때 내가 너를 구원하기 위해 일부러 온 걸로 생각했겠지, 안 그래? 그렇게 생각했지? 그렇게 생각한 거 아니야?”

나는 그녀가 혼란스러운 나머지 세세한 것까지는 잘 이해하지 못할 것임을 알았다. 하지만 내 말의 본질만은 매우 잘 이해할 것임을 나는 또한 알았다. 실제로도 그렇기도 했다. 그녀는 백짓장처럼 창백해졌고 뭔가 말을 하고 싶은지 입술이 병적으로 일그러졌다. 하지만 다리에 도끼라도 찍힌 듯 그만 의자 위로 푹 주저앉았다. 그런 다음엔 줄곧 입을 벌리고 눈을 뜬 채, 끔찍한 공포에 사로잡혀 몸을 벌벌 떨면서 내 말을 들었다. 내 말의 냉소주의, 그 냉소주의가 그녀를 짓눌렀던 것이다…….

“구원하다니!” 나는 의자에서 벌떡 일어나, 그녀를 앞에 두고 방을 앞뒤로 오가며 말을 이어 갔다. “무엇으로부터 구원한단 말이야! 게다가 내가 너보다 더 못한 놈일 수도 있는걸. 그때, 내가 너한테 설교를 늘어놓을 때 넌 왜 내 낯짝에 대고 ‘그럼, 대체 왜 제 발로 이런 데를 다 찾아왔대? 훈계나 늘어놓으려고?'라고 대들지 않았던 거야? 그때 나는 권력이, 권력이 필요했고 놀이가 필요했고 너의 눈물을, 너의 히스테리와 굴욕을 쟁취할 필요가 있었어, 바로 이런 게 그때 나한테 필요했던 거라고! 실은 나 자신도 참 한심한 놈이어서 그때 견뎌내질 못했지, 겁을 잔뜩 집어먹은 나머지 도무지 무엇을 위해서인지 그만 바보같이 너한테 주소를 알려 주었잖아. 그런 다음엔 집에 도착하기도 전부터 그놈의 주소 때문에 너한테 있는 욕 없는 욕을 다 퍼부었지. 이미 너를 증오했던 거야, 그때 내가 너한테 거짓말을 했으니까. 나는 그저 말장난이나 좀 하고 머릿속으로 몽상에나 좀 잠기고 하지만, 실제로 나한테 필요한 게 뭔지 알아? 너 같은 것들이 몽땅 어디론가 꺼져 버리는 것, 바로 그거야! 나는 안정이 필요했어. 사람들이 나를 귀찮게 하지만 않는다면, 그걸 위해서라면 지금이라도 온 세상을 단돈 1코페이카에 팔아넘기겠어. 세상이 확 무너져야 하나, 아니면 내가 여기 이 차를 마시지 못하는 일이 생겨야 하나? 분명히 말하지만, 세상이야 무너지든 말든 나는 늘 차를 마셔야 한단 말이야. 이럴 줄 알았어, 아니면 몰랐어? 그래, 어떻든 난 내가 추잡한 놈이요 야비한 놈이라는 걸, 이기주의자요 게으름뱅이라는 걸 잘 알고 있지. 요 사흘간 네가 올까 봐 두려워서 벌벌 떨었거든. 요 사흘간 나를 특히나 괴롭힌 것이 뭔지 알아? 그때는 내가 네 앞에서 무슨 대단한 영웅인 양 굴었지만 지금은 이렇게 너덜너덜한 실내복이나 걸친, 비렁뱅이처럼 추잡한 꼴을 갑자기 보이게 될지도 모른다는 것이었어. 방금 나는 너한테 가난 따위는 부끄럽지 않다고 말했지만, 똑똑히 알아 둬, 부끄러워, 무엇보다도 부끄럽고 무엇보다도, 무엇보다도 두려워. 도둑질을 했다고 해도 이보다 심할 순 없을걸, 원래 난 허영심이 많은 놈이라서 꼭 살 껍질을 싹 도려낸 것처럼 공기만 닿아도 고통스러울 테니까. 하필이면 이런 실내복을 걸친 채 성질 사나운 개처럼 아폴론한테 덤벼들었을 때 나를 찾아온 너를 절대로 용서하지 못하리라는 걸 정말 지금도 깨닫지 못했어? 너를 부활시킨 자, 전에는 영웅이었던 자가 옴투성이에 털북숭이 똥개처럼 자기 하인한테 덤벼들고 그 하인 놈은 오히려 주인을 비웃는 장면이라니! 또 아까 창피당한 여자처럼 네 앞에서 그만 눈물까지 흘렸으니, 이 때문에라도 나는 너를 절대 용서하지 못할 거야! 그것도 모자라 지금 너한테 이런 걸 주저리주저리 고백하다니, 이 때문에라도 역시 절대 너를 용서하지 못할 거라고! 그래, 네가, 너 혼자 이 모든 것을 책임져야 해. 하필 그때 네가 나타났으니까, 나는 세상의 모든 벌레들 중에서 가장 추잡하고 가장 우스꽝스럽고 가장 변변찮고 가장 어리석고 가장 질투심이 강한 놈이니까. 저놈의 벌레들은 나보다 나은 게 하나도 없는 주제에 무엇 때문인지 결코 당황하는 법이 없지만, 난 평생 동안 온갖 서캐만도 못한 놈한테 창피를 당할 거야, 이런 기질을 타고 났으니까! 네가 이걸 도무지 이해하지 못한다 한들 나와 무슨 상관이야! 아무렴 무슨 상관이야, 네가 나와 무슨 상관이고 또 네가 저기서 망해 버리든 말든 나와 무슨 상관이냐고? 그래, 지금 너한테 이런 걸 털어놓았고 네가 여기 있으면서 내 말을 들었다는 것, 바로 그 때문에 내가 너를 증오하게 되리라는 것을 이해하겠어? 사실 인간이란 평생에 딱 한 번만 이렇게 속내를 털어놓는 법이고 그나마도 히스테리 상태에서지……! 무슨 용건이 더 있어? 이런 상황인데 왜 아직도 내 앞에서 얼쩡대며 나를 괴롭히는 거야, 냉큼 떠나지 않고?"

하지만 여기서 갑자기 이상한 정황이 연출됐다.

나는 모든 것을 책에 따라 생각하고 상상하는 것에, 세상의 모든 것을 내가 이전에 몽상 속에서 지어낸 대로 그려 보는 것에 너무 익숙했기 때문에 그때 이 이상한 정황을 즉각 이해하지도 못했다. 무슨 일이 일어났느냐 하면, 나한테서 모욕당하고 짓뭉개진 리자가 내가 상상했던 것보다 훨씬 더 많은 것을 이해했던 것이다. 그녀는 이 모든 얘기를 듣고서, 진심으로 누굴 사랑하는 여자가 늘 제일 먼저 이해하게 될 그것을 이해했다. 바로, 나야말로 불행한 인간이라는 사실 말이다.

그녀의 얼굴에 어리었던 경악과 모욕의 감정은 우선 비통한 놀람으로 바뀌었다. 내가 나 자신을 야비한 놈, 추잡한 놈이라고 부르며 눈물을 줄줄 흘렸을 때(이 장황한 넋두리를 늘어놓으며 눈물까지 흘렸던 것이다.) 그녀의 얼굴은 온통 어떤 경련으로 일그러졌다. 그녀는 일어나서 나를 제지하려고 했다. 또 내가 말을 마쳤을 때는 "너는 왜 여기 있는 거야, 왜 냉큼 떠나지 않는 거야!"라는 나의 외침에 아랑곳하지 않고 이 모든 얘기를 하기가 나로선 분명히 몹시 힘겨웠을 것이라는 점에만 신경을 썼다. 더욱이 그녀는 완전히 짓밟히고 가련한 존재였기에, 자기 자신을 나보다 무한히 낮은 존재로 여겼다. 이런 그녀가 어떻게 감히 모욕을 느끼고 성질을 부릴 수 있었겠는가?

그녀는 갑자기 어떤 억제할 수 없는 격정에 휩싸여 의자에서 벌떡 일어났고 나한테 온몸을 던질 기세였지만 여전히 겁을 집어먹어 제자리에서 감히 옴짝달싹하지도 못하고 나를 향해 두 손을 내밀었다……. 그러자 나는 가슴속이 뒤틀렸다. 그때 그녀는 갑자기 나에게로 달려들어 두 손으로 내 목을 껴안고 울음을 터뜨렸다. 나도 그만 참지 못하고 그렇게 흐느꼈는데, 지금껏 나에게는 절대 없었던 일이다…….

"세상이 도무지 나를……. 나는 착한 놈이…… 될 수 없어!" 나는 간신히 이렇게 말한 다음 소파까지 갔고 거기 엎드리듯 쓰러져 이십오 분간 진짜 히스테리에 휩싸여 흐느꼈다. 그녀는 나에게로 바싹 달라붙어 나를 껴안았으며 그렇게 포옹한 채로 잦아든 듯했다.

하지만 어떻든 참 기막힌 노릇이다, 히스테리란 반드시 가라앉게 마련이거든. 그러니까(나는 아닌 게 아니라 욕지기가 치밀 만큼 사실 그대로 쓰고 있다.) 소파에 엎드려 걸레 같은 가죽 쿠션에 얼굴을 푹 파묻고 있자니, 이제 와서 고개를 들고 리자의 눈을 똑바로 바라보는 것이 사실 꽤 거북하리라는 느낌이 시나브로 어렴풋이, 어쩔 수 없지만 거침없이 들기 시작했다. 대체 무엇이 부끄러웠던 것일까? 그건 모르겠지만, 여하튼 부끄러웠다. 심히 교란된 내 머릿속으로 떠오른 또 다른 생각인즉, 사실 이제는 역할이 완전히 뒤바뀌었다, 이제는 그녀야말로 영웅이고 나는 꼭 나흘 전 그날 밤 내 앞에서의 그녀처럼 짓뭉개지고 짓눌린 피조물에 불과하다는 사실이었다……. 더욱이 이 모든 생각이 소파 위에 엎드려 있던 그 순간에 이미 들었던 것이다!

맙소사! 아니, 정녕 나는 그때 그녀가 부러웠을까?

모르겠다, 지금까지도 그 답을 찾을 수 없지만 그때는 물론 지금보다 더 이해할 수 없었다. 사실 나는 누구에게 권력을 행사하고 횡포를 부리지 않고는 살아갈 수 없는 위인이다……. 하지만……. 하지만 아무리 논의를 해 본들 아무것도 설명할 수 없고, 고로 논의할 것도 아무것도 없다.

나는, 그럼에도, 스스로를 극복하고서 고개를 들었다. 언젠가는 들어야 했으니까……. 그러곤, 지금까지도 확신하거니와, 정확히 그녀를 보는 것이 부끄러웠던 까닭에 그때 갑자기 내 마음 속에서는 또 다른 감정이 불붙어 확 타올랐다, 지배욕과 소유욕이란 감정이……. 내 눈은 정열로 불타올랐고, 나는 그녀의 손을 꽉 쥐었다. 그 순간, 나는 그녀를 얼마나 증오했던가, 그러면서도 또 그녀에게 얼마나 많이 끌렸던가! 두 감정이 서로 더 불을 지폈다. 이것은 거의 복수와 같았다……! 그녀의 얼굴에는 처음엔 의혹 같은 것이, 심지어 공포 같은 것이 나타났지만, 그나마도 한순간에 지나지 않았다. 그녀는 환희에 차서 나를 열렬히 껴안았다.

10

십오 분이 지난 뒤, 나는 미친 듯 초조해하며 방을 앞뒤로 오갔고 시시각각 칸막이 쪽으로 다가가 그 틈새로 리자를 훔쳐보았다. 그녀는 마룻바닥에 앉아 침대에 머리를 기울이고 있었는데, 분명히 울고 있는 것이리라. 하지만 돌아갈 기미는 보이지 않았고, 이것이 또 나를 짜증스럽게 했다. 이번에야말로 모든 것을 알았으리라. 나는 그녀를 철저히 모욕했지만…… 새삼스레 얘기할 게 또 뭐 있나. 그녀는 나의 정열의 격발이 다름 아닌 복수였음을, 그녀에겐 새로운 굴욕이었음을, 그리고 방금 전까지 내가 품고 있던 거의 대상 없는 증오에 이제는 이미 그녀를 향한 질투 섞인 개인적인 증오가 덧붙여졌음을 깨달았던 것이다……. 하긴 그녀가 이 모든 것을 명확히 이해했으리라고 주장하진 않으련다. 하지만 대신 내가 정말 더러운 인간이고 무엇보다도 그녀를 사랑할 수 없는 상태라는 것만은 완전히 이해했으리라.

이건 영 그럴듯하지 않다고, 나처럼 그렇게 못됐고 어리석게 구는 것은 영 그럴듯하지 않다고 말할 사람이 있으리라는 것, 나도 안다. 그뿐인가, 아마 그녀를 사랑하지 않거나 적어도 이 사랑의 가치를 제대로 평가해 주지 않는 것도 영 그럴듯하지 않다고 덧붙일 것이다. 하지만 왜 그럴듯하지 않다는 건가? 첫째, 나는 이미 사랑을 할 수도 없었는데, 거듭 말하거니와 내게 있어 사랑한다는 것은 폭군처럼 굴며 정신적으로 우위를 점하는 것을 의미했기 때문이다. 나는 평생 동안 다른 형태의 사랑은 상상할 수도 없었고, 그 결과 지금은 사랑이란 그 사랑의 대상에게 폭군처럼 굴 수 있는 권리, 그것도 그 대상이 자발적으로 선사한 권리라는 생각마저 더러 하게 됐다. 나의 이 지하의 몽상 속에서도 사랑을 오직 투쟁으로만 상상해 왔고, 그랬기에 내게 있어 사랑은 언제나 증오에서 시작하여 정신적 정복으로 끝났지만 그런 다음 내가 정복한 그 대상을 어떻게 해야 할지를 또한 상상할 수 없었다. 자, 이러니 대체 뭐가 그럴듯하지 않단 말인가, 더욱이 내가 이미 이토록 스스로를 정신적으로 부패시키고 이토록 '살아 있는 삶'으로부터 유리된 까닭에, 방금 전 '동정 어린 말'을 들으려고 나를 찾아온 거냐며 그녀에게 핀잔과 창피를 줄 생각까지 했다면. 그러니까 정작 난 그녀가 나를 찾아온 목적이 결코 동정 어린 말을 듣기 위해서가 아니라 나를 사랑하기 위해서였다는 것을 통 깨닫지 못한 것이니, 실상 여자에게는 바로 이 사랑 속에 부활, 그 종류를 막론하고 온갖 파멸로부터의 구원, 갱생이 모두 담겨 있으며, 그 밖의 다른 방식으론 나타날 수도 없잖은가. 그래도, 방 안을 뛰어다니며 틈새로 칸막이 뒤를 엿보았을 때만 해도 그녀를 이렇게까지 많이 증오하지는 않았다. 그저 그녀가 여기 있다는 것이 참을 수 없을 만큼 힘겨웠을 따름이다. 그녀가 얼른 사라져 주었으면 싶었다. '안정'을 나는 바랐고, 지하에 혼자 남길 바랐다. '살아 있는 삶'이 너무 익숙하지 않은 탓에, 이제는 그것이 숨이 막힐 만큼 나를 짓눌러 왔다.

하지만 몇 분이 더 지나도 그녀는 여전히 일어날 생각도 하지 않고 넋이라도 나간 듯한 상태였다. 나는 파렴치하게도 칸막이를 살짝, 톡톡 두드렸고 이건 그녀에게 뭘 좀 상기시키기 위해서였다……. 그녀는 갑자기 움찔하며 자리에서 벌떡 일어나더니, 흡사 나를 피해 어디론가 몸을 숨기려는 듯 숄이며 모자며 모피 외투를 찾느라 부산을 떨었다……. 이 분 뒤 그녀는 천천히 칸막이 뒤에서 나와 힘겨운 시선으로 나를 바라보았다. 나는 독살스럽게, 그나마도 예의상 억지로 피식 웃고는 그녀의 시선을 피해 몸을 돌려 버렸다.

"안녕히 계세요." 문 쪽을 향해 걸으며 그녀가 말했다.

나는 갑자기 그녀에게로 달려가 그녀의 손을 잡았고 그 손을 펼쳐 뭘 찔러 넣어 준 다음…… 그 손을 다시 꼭 쥐어 주었다. 그러곤 곧장 몸을 돌려 서둘러서 냉큼 다른 쪽 구석으로 물러났는데, 적어도 내 눈으론 차마 보고 싶지 않아서였다…….

나는 이 순간 거짓말을 하고 싶은 심정, 즉 이건 내가 그만 앞뒤를 잃고 어리둥절했던 나머지 바보 같이 무심코 한 짓에 불과하다고 쓰고 싶은 심정이다. 하지만 거짓말을 하고 싶진 않기 때문에 솔직히 말하는 건데, 내가 그녀의 손을 펼치고서 거기에 뭘 찔러 넣어 준 건…… 그냥 심술이 발동해서였다. 이런 생각은 내가 방 안을 앞뒤로 뛰어다니고 그녀가 칸막이 너머에 앉아 있던 그때부터 머릿속에 떠올랐다. 그럼에도 이것만은 정확히 말할 수 있다. 즉, 내가 이렇게 잔혹한 짓을 한 건 고의이긴 해도 어떻든 마음이 아니라 나의 고약한 머리에서 나온 것이다. 이 잔혹함은 그야말로 머리를 굴려 책에 따라 일부러 꾸며 낸 가짜나 다름없는 것이기 때문에, 나 자신도 숫제 일 분도 견뎌 낼 수 없어 처음엔 그냥 보지 않기 위해 한쪽 구석으로 냉큼 물러났던 것이지만, 그런 다음엔 수치심과 절망감에 휩싸여 리자의 뒤를 쫓아 달려갔다. 나는 현관문을 열고서 귀를 기울여보았다.

"리자! 리자!" 나는 계단을 향해 이렇게 소리쳤지만 자신감도 없고 반쯤 기어 들어가는 목소리였다…….

대답은 없고, 아래쪽 계단에서 그녀의 발소리가 들리는 것 같았다.

"리자!" 나는 더 큰 소리로 외쳤다.

역시 대답이 없다. 하지만 바로 그 순간 아래쪽에서 길거리와 면한 대문이, 그 빽빽한 유리문이 끼익 소리를 내며 힘겹게 열렸다가 빽빽하게 쿵 닫히는 소리가 들려왔다. 둔중한 울림이 계단을 따라 올라왔다.

그녀는 떠났다. 나는 생각에 잠긴 채 방으로 돌아왔다. 너무 힘겨워 미칠 것만 같았다.

나는 책상 곁에, 그녀가 앉았던 의자 옆에 멈춰 서서 얼빠진 눈으로 앞을 바라보았다. 일 분쯤 지났을까, 갑자기 온몸이 부르르 떨렸다. 책상 위에서, 바로 눈앞에서 내가 발견한 것은 그러니까…… 한마디로, 나는 꼬깃꼬깃 구겨진 푸른색 5루블짜리 지폐를, 불과 일 분 전에 그녀의 손에 쥐어 준 바로 그 지폐를 발견한 것이다. 그렇다, 바로 그 지폐였다. 다른 것일 리가 없었다. 다른 건 집에 있지도 않았으니까. 다시 말해, 그녀는 내가 다른 쪽 구석으로 냉큼 물러났던 그 짧은 순간에, 손에 쥐어졌던 걸 책상 위에 던져 놓았던 것이다.

이게 뭐 어떤가? 그녀가 이렇게 하리라는 것쯤은 나도 예상할 수 있었다. 과연 예상할 수 있었을까? 아니다. 나는 너무나 이기주의자였기에, 또 실제로 사람들을 너무나 존중하지 않았기에 그녀마저 이런 짓을 하리라곤 상상조차 하지 못했다. 이건 참을 수 없는 일이었다. 잠시 뒤, 나는 미친 사람처럼 설쳐대며 손에 잡히는 대로 후다닥 옷을 챙겨 입곤 쏜살같이 그녀의 뒤를 쫓아 달려 나갔다. 내가 거리로 나왔을 때, 그녀는 아직 이백 보도 채 가지 않은 상태였으리라.

적막한 가운데, 펑펑 쏟아지는 눈이 거의 수직으로 떨어져 포도(鋪道)와 황량한 거리를 쿠션처럼 덮어 주었다. 인적 하나 없이 쥐죽은 듯 고요했다. 쓸쓸한 가로등들만 부질없이, 희미하게 반짝이고 있었다. 나는 교차로까지 이백 보 정도를 단숨에 달려간 뒤 걸음을 멈추었다.

'어디로 갔을까? 나는 뭐 하러 그녀 뒤를 쫓아가고 있는 걸까? 대체 뭐 하러? 그녀 앞에 쓰러져 회한에 젖은 채 흐느끼고 그녀의 발에 입을 맞추고 용서해 달라고 빌기 위해서다! 정말 그러고 싶은 마음이었다. 내 가슴이 온통 갈기갈기 찢어진 이 순간, 이 순간을 나는 결코, 결코 무심한 마음으로 추억할 순 없을 것이다. 하지만, 대체 뭐 하러?' 나는 이런 생각이 들었다. '아니, 오늘 그녀의 발에 키스를 하면 또 혹시나 그걸 빌미로 내일 당장 그녀를 증오하게 되지나 않을까? 아니, 내가 그녀에게 행복을 선사해 줄 수 있을까? 아니, 오늘 또다시, 백 번째로 나 자신의 값어치를 똑똑히 알지 못했단 말인가? 아니, 내가 그녀를 괴롭히지 않을 수 있겠는가 말이다!'

나는 눈 속에 서서 희끄무레한 어둠을 들여다보며 이런 생각을 했다.

'차라리 이게 더 낫지 않을까, 앞으로도 이게 더 낫지 않을까.' 이미 집에 와서도 나는 이런 공상에 빠져 있었고, 이로써 마음속의 생생한 고통을 잠재우려 했다. '그녀가 지금 이 모욕을 영원토록 간직한다면, 그게 차라리 더 낫지 않겠는가? 모욕이란 원래 정화 작용이니까. 그것은 가장 통렬하고 뼈아픈 의식이니까! 내일이라도 당장 나는 그녀의 영혼을 더럽히고 그녀의 마음을 피로하게 만들 것이다. 하지만 모욕은 그녀의 내부에서 이제 결코 잦아들지 않을 것이며, 아무리 더러운 진흙탕이 그녀를 기다리고 있을지라도, 모욕은 그녀를 높은 데로 이끌고 가…… 증오의 힘으로 그녀를 정화해 줄 것이며…… 음…… 용서의 힘으로 또 정화해 줄지도 모르지. 하긴

그런다고 해서 과연 그녀의 마음이 가벼워질까?'

정말로 이제는 내 쪽에서 하릴없는 질문을 하나 던져 본다. 값싼 행복과 숭고한 고뇌 중 무엇이 더 나을까? 과연 무엇이 더 낫겠는가?

그날 저녁 집에 앉아 있자니, 영혼의 통증이 거의 생생하게 느껴지는 가운데 이런 생각이 어른거렸다. 나는 이 같은 고뇌와 회한에 시달린 적이 결코 없었다. 하지만 집을 달려 나갈 때 내가 도중에 그냥 돌아오고야 말리라는 의심이 과연 조금이라도 없을 수 있었을까? 그 이후 나는 리자를 다시 만난 적도, 또 무슨 얘기를 들은 적도 없다. 또 한 가지 덧붙이자면, 그때 나는 우수에 시달리느라 거의 병이 날 지경이 됐지만 모욕과 증오의 효용에 대한 문구를 두고선 오랫동안 만족스러워했다.

그로부터 많은 세월이 흐른 지금도 이 모든 것을 돌이켜 보면 어쩐지 기분이 썩 좋지 않다. 돌이켜 보면 기분이 썩 좋지 않은 일이 한둘이 아니지만…… 이 '수기'는 여기서 끝내야 되지 않을까? 내 생각으론 이런 걸 쓰기 시작한 것 자체가 실수였다. 적어도 나는 이 소설을 쓰는 내내 부끄러웠다. 다시 말해, 이것은 문학이 아니라 교도 감화를 위한 징벌이다. 사실, 이런저런 이야기를, 가령 내가 지하의 구석방에서 정신적인 부패에 시달리고 환경의 결핍을 맛보며 살아 있는 것으로부터 유리되어 허영심 가득한 분노나 키우고 그럼으로써 정작 삶을 놓쳐 버린 이야기를 구구절절이 늘어놓는 것은 맹세코 재미없는 일이다. 소설에는 주인공이 필요한 법인데, 여기서는 일부러 반(反)주인공에게나 걸맞은 특성만 몽땅 모아 놓았다. 중요한 건 이 모든 것이 불쾌한 느낌을 준다는 점인데, 이는 우리 모두 삶으로부터 유리된 채 정도의 차이는 있을지언정 너나 할 것 없이 다 절뚝거리고 있기 때문이다. 어찌나 많이 유리되었는지 진짜 '살아 있는 삶'에 대해서는 때때로 어떤 혐오감마저 느끼고, 또 이 때문에 누가 우리에게 이걸 상기시키면 도저히 참을 수 없어진다. 실상 우리는 '살아 있는 삶'을 노동이나 다름없는 것으로, 거의 업무로 생각하는 지경에까지 이르렀고 다들 속으론 책에 따라 사는 것이 차라리 더 낫다는 쪽에 동의한다. 왜 우리는 이따금씩 옥신각신하는 걸까, 왜 변덕을 부리는 걸까, 대체 왜 뭘 요구하는 걸까? 우리 자신도 왜인지는 모른다. 어떻든 우리의 변덕스러운 요구를 들어준다면 우리는 오히려 더 나빠질 것이다. 자, 시험 삼아 우리에게 가령 자립성을 좀 더 많이 주고, 우리 중 아무나의 손을 풀어 활동 범위를 좀 더 넓혀 주고, 보호의 강도를 좀 더 낮춰 보라, 그러면 우리는…… 분명히 말하지만, 당장에 우리를 다시 원래대로 보호해 달라고 부탁할 것이다. 자, 여러분은 나한테 화를 내고 고함을 지르면서 두 발을 쾅쾅 구를 것이다, 나도 잘 안다. "당신 자신의 얘기만, 당신의 비참한 지하 생활 얘기만 할 것이지, 감히 우리 모두라고 둘러대진 말라."라면서. 죄송하지만, 여러분, 이 모두란 말로 변명을 하려는 건 아니다. 나 자신으로 말할 것 같으면, 나는 실상 여러분이 감히 절반도 밀고 나가지 못한 것을 내 삶에서 극단까지 밀고 나갔을 뿐인데, 여러분은 자신의 비겁함을 분별이라 생각하고 이로써 스스로를 기만하면서까지 위안을 얻었던 것이다. 그러니까 내가 여러분보다는 훨씬 더 '생기로운' 셈이다. 그럼 좀 더 유심히 들여다보라! 실상 우리는 잘 알지도 못한다, 지금 대체 어디에 살아 있는 것이 있는가, 그것은 대체 무엇이며 또 그 이름은 무엇인가? 우리를 단 한 권의 책도 없이 홀로 남겨 둬 보라, 그럼 우리는 당장에 갈팡질팡하고 어리둥절해질 것이며, 어디에 합류해야 하고 무엇에 따라야 할지, 무엇을 사랑해야 하고 무엇을 증오해야 할지, 무엇을 존경해야 하고 무엇을 경멸해야 할지 통 모를 것이다. 심지어 우리가 인간이라는 것조차, 자신만의 진짜 육체와 피를 가진 인간이라는 것조차 부담스러워한다. 이것이 너무 부끄럽고 치욕스러운 나머지, 지금까지는 존재한 적도 없는 무슨 보편 인간이 되려고 안달복달한다. 우리는 사산아, 더욱이 이미 오래전부터 살아 있는 것이 아닌 아버지에게서 태어나는 존재이며, 또 이것이 우리는 점점 더 마음에 든다. 취향에 맞는 모양이다. 조만간 우리는 어떻게든 관념으로부터 태어날 궁리를 할 것이다. 하지만 됐다. 더 이상 '지하에서' 이렇게 쓰고 싶지 않다…….

이래 놓고서도 이 역설가의 '수기'는 여기서 끝나지 않는다. 그는 결국 참지를 못해 계속하여 더 써 나갔다. 하지만 우리 생각에도 여기서 그만 마쳐도 될 것 같다.

작품 해설

나는 쓴다, 고로 나는 존재한다

1. 작가 전기 : 가난, 유형, 간질, 도박

표도르 미하일로비치 도스토옙스키는 1821년 10월 30일(신력 11월 11일) 모스크바에서 태어나 1881년 1월 28일에 사망했다. 정확히 육십 년에 이르는 그의 전기는 그의 소설만큼이나 극적인 사건들로 가득 차 있다. 그중 네 가지를 뽑아 보자.

첫째, 가난 혹은 돈이다. 첫 작품 『가난한 사람들』(1846)에서 보듯, 도스토옙스키가 가장 큰 관심을 가진 문제는 사람들, 즉 '인간'의 속성으로서의 '가난'이다. 그의 아버지는 마린스키 빈민 병원의 군의관이었는데, 모스크바 근처에 조그만 영지가 있긴 했지만 소지주에 불과했다. 이 점에서 도스토옙스키는 방대한 규모의 영지를 소유했던 귀족 작가 톨스토이나 투르게네프와는 출발점부터가 달랐다. 밑천이라곤 자신의 머리밖에 없는 '지식인 프롤레타리아', 즉 '잡계급' 출신이었으니 말이다. 애초 그는 당시로선 명문 축에 들었던 페테르부르크 공병학교를 졸업하고 공병단의 제도국에 편입되었다.(최종 계급은 소위였다.) 하지만 학창 시절부터 그를 사로잡았던 문학을 직업으로 선택하기에 이른다. 전업 작가가 된 순간부터 가난은 그에게 필연이 되었다. 소설 속의 단어 하나하나는 곧 돈이었다. 가난과 신분 콤플렉스는 그다지 매력적이지 않은 외모(『악령』의 샤토프는 작가의 직접적인 분신이다.), 열등감과 자만심을 오가는 극단적인 성격, 인간을 향한 병적일 만큼 강렬한 연민 못지않게 작가를 힘들게 했다. 심지어 소설 원고료도 여타 귀족 작가들보다 적었던 것으로 알려져 있다.

둘째, 팔 년에 걸친 유형 생활이다. 도스토옙스키가 사회주의적 경향을 띤 페트라솁스키 모임('금요일' 모임)에 출입하다가 사형선고를 받은 것은 스물여덟 살 때였다. 가장 큰 죄목은 고골에게 보내는 벨린스키의 '불온한' 편지를 낭독했다는 것이었다. 비록 「분신」, 「여주인」 등이 평단의 냉대에 부딪쳤지만, 어떻든 그 무렵 그는 전도유망한 신예 작가로서 많은 중단편 소설을 써 냈다. 심지어 상당한 규모의 장편 소설(『네토치카 네즈바노바』)도 발표하기 시작했지만 갑작스러운 체포로 작업이 중단되었다. 그러나 다행스럽게도, 애초부터 '경고형'으로 계획됐던 사형집행은 극적인 순간에 취소되었다. 이후, 그는 사 년을 옴스크 감옥에서, 나머지 사 년을 일개 사병의 신분으로 시베리아 지역의 세미팔라친스크의 부대에서 보낸다. 감옥에 있던 시절 그가 읽을 수 있었던 유일한 책이 『성경』이었음은 익히 알려진 사실이다. 1859년 자유의 몸이 되었을 때 도스토옙스키는 그야말로 극우 보수주의자(슬라브주의자)가 되어 있었다. 이때부터 초기작에는 거의 보이지 않던 신(혹은 그리스도)이 소설의 화두로 등장한다. 이렇게 작품 속의 현실 세계는 각종 범죄, 자살, 정치 테러, 광기 등으로 가득 차고, 관념적 주인공들의 정신세계는 '독실한 무신론'과 '회의적인 광신' 사이에서 진동한다.

셋째, 간질병을 간과할 수 없다. 첫 발작 시기에 대해서는 의견이 분분하지만, 여하튼 작가가 된 이후 도스토옙스키는 평생 동안 주기적으로 간질 발작에 시달렸다. 『백치』의 미시킨 공작, 『악령』의 키릴로프에 이어 『카라마조프가의 형제들』의 스메르쟈코프를 통해 형상화되는 간질 발작이 몹시 생생한 것은 이 때문이다. 간질병이 도스토옙스키에게 선사한 것은 말하자면, 순간의 미학 혹은 '문턱의 시간'이다. 간질 발작이 시작되고 의식이 완전히 명멸하기 직전의 순간을 작가는 세계의 모든 비밀을 꿰뚫을 수 있는 순간이라고 했다. 이 절대적인 황홀경의 체험은 동시에 죽음의 체험이기도 하다. 한 인간으로서도 무척이나 귀중했을 삼십 대를 감옥에서 썩게 만든 공상적 사회주의, 더 근원적으로 유토피아를 향한 꿈이야말로 간질 발작의 절정과 같은 것이 아니겠는가. 이는 또한 그의 소설 속에 등장하는 가난뱅이들, 술주정뱅이들의 광기에 가까운 몽상과도 일맥상통한다. 진리의 깨달음이든 일확천금의 획득이든 천년왕국의 도래든 그것은 찰나적인 한순간에 신기루처럼 반짝하다가 곧 사라진다.

끝으로, 도박에 대한 열정을 지적해야겠다. 『노름꾼』에 직접적으로 표현된바, 도박은 돈 자체보다도 자신의 운명에 대한 시험 및 도전의 동의어이다. 승부가 나기 직전, 도박자는 사형대에 묶여 있는 순간이나 간질 발작 직전의 순간처럼 은유적인 죽음을 — 예의 그 황홀경 및 파국의 순간을 — 체험한다. 도스토옙스키의 장편 소설이 늘 모종의 절정을 겨냥하는 것도, 주인공들이 모든 측면에서 극단을 달리며 파열 일보 직전인 것도 이와 무관하지 않다. 한편 그의 도박벽은 실제 생활에도 적잖은 영향을 미쳤다. 하지만 생활인으로서의 그는, 사람들의 편협한 오해나 억측과는 달리, 마냥 허랑방탕한 한량 내지는 신경증 환자가 절대 아니었다. 유형 이후 이십여 년간 도스토옙스키가 쓴 글은 엄청난 양의 에세이나 칼럼을 제외하고 소설만 쳐도 우리의 원고지 매수로 환산해서 4만 매에 육박한다. 또 이 정도의 일 욕심을 지닌 사람치곤 남편으로서도, 아버지로서도 평균을 충분히 웃도는 편이었다. 그럼에도 그는 분명히 타고나길 현실 감각과 재무 능력이 없었다. 말년에 페테르부르크의 한 귀퉁이에 비좁은 아파트라도 한 채 얻을 수 있게 된 것은 거의 전적으로 아내의 노력 덕분이었다. 안나 그리고리예브나는 십사 년간의 결혼 생활 동안 남편이 창작에만 전념할 수 있도록 알뜰한 살림꾼과 뛰어난 조력자가 되어 주었다. 그의 도박벽조차도 아내와 아이들이 함께 해 준 일상의 테두리를 심하게 벗어나지는 않았던 것이다.

대체로 전기적인 사실들만 보면 작가로서의 도스토옙스키는 제법 천운을 타고난 편이다. 하지만 가난, 사형선고 및 유형 생활, 간질병, 도박벽은 그 자체로는 개인사의 불행 내지는 결함에 지나지 않는다. 그것들이 의미심장한 사건으로 변모되는 것은 그가 그 토대 위에서 소설을 썼기 때문이다. 문학이 인간을 '구원'하고 '불멸'로 이끄는 것도 바로 이 지점이다. 하지만 촉망받는 신예 작가가 러시아의 대표 작가로 군림하는 과정은 간질 발작처럼 찰나적인 것이 아니었다. 당시로서는 서유럽에 비해 명백히 후진국이었던 러시아의 '촌뜨기' 작가가 세계 문학의 정상에 우뚝 설 거목으로 자라난 것 역시도 마찬가지이다. 실상, 그의 첫 작품은 가난한 사람들의 일상과 심리를 휴머니즘적인 관점에서 사실주의적으로 그려 냄으로써 1840년대 러시아 문단을 뒤흔들었지만 그 자체로 러시아 문학의 패러다임을 바꿔 놓을 수는 없었다. 발자크와 같은 대가가 되겠다는 당찬 야망을 빼면 그다지 뛰어날 게 없었던 가난한 문청이 문학사를 훌쩍 뛰어넘는 위업을 이룩하기까지는 『죄와 벌』부터 『카라마조프가의 형제들』에 이르는 기나긴 시간이 필요했다. 도스토옙스키의 소설적 진화에서 일종의 '변태'의 순간을 포착하고자 할 때, 우리는 『지하로부터의 수기』와 만나게 된다.

2. 『지하로부터의 수기』: '나는 쓴다, 고로 나는 존재한다'

보통 소설을 읽을 때 독자는 주인공을, 또 그가 주변 인물들과 함께 만들어 내는 사건을 추적한다. 『지하로부터의 수기』는 이런 관성을 철저히 배반하는 소설이다. 특히 1부 「지하」는 마흔 살의 한 남자가 밑도 끝도 없이 늘어놓는 말들의 향연이다. 주인공이자 화자인 그는 한 시절 외톨이 관리였고 사벨을 절거덕거리는 어느 장교 때문에 화를 내기도 했을 만큼 관직에 불만을 품고 있었고 그러던 중 친척에게 거액의 유산을 받자 오롯이 '지하'에 틀어박혔다. 그 이후 그는 아무도 만나지 않고 아무 일도 하지 않는다. 화자의 물리적 정황이 최소화됐고 사회와의 접촉이 단절되었기 때문에 엄밀한 의미에서 소설적 사건도 있을 수 없다. 진눈깨비를 매개로 한 회상, 즉 2부 「진눈깨비에 관하여」는 좀 수월한 편이다. 이른바 줄거리는 이 부분을 토대로 정리될 수 있다.

이십 대의 화자는 관리 생활을 하던 중 모종의 사건을 만들어 내거나 그것에 연루된다. 우선, 당구장에서 우연히 마주친 어느 장교와의 우스꽝스러운 드잡이이다. 장교는 당구대 앞에서 길을 가로막고 있던 화자를 그냥 물건처럼 집어다 옮기고 화자는 이것을 치욕으로 여긴다. 때문에 그를 비방하는 소설을 쓰기도 하고(출판사에 보내지만 퇴짜를 맞는다.) 결투를 신청하는 편지를 쓰기도 하고(다행히 부치지는 않는다.) 그와 겨루기 위해 월급까지 가불하여 장갑과 모자를 사고 새 코트 깃을 맞추기도 한다. 결국, 벼르고 벼르던 복수는 길거리에서 우연히 그와 마주쳐 어깨를 맞부딪치는 것으로, 이로써 그와 '대등한 지위'를 과시하는 것으로 끝난다. 그다음에는 시모노프, 즈베르코프, 트루도류보프, 페르피치킨 등 동창생들과 얽힌 이야기가 나온다. 화자는 시모노프의 집을 방문했다가 즈베르코프의 환송회 소식을 접한다. 아무도 원하지 않지만 그는 반쯤은 오기가 발동해, 반쯤은 관성에 짓눌려 다음날 환송회에 참석한다. 비교적 출세한 친구들 앞에서 갖은 모욕을 당한 (혹은 그렇다고 혼자 생각한) 상황에서도 '거기', 즉 유곽까지 뒤쫓아 간다. 그곳에서 매춘부 리자를 만나 온갖 잔인한 말을 늘어놓지만 오히려 그녀 쪽에서 그를 동정한다. 정서적으로 고양된 가운데 그는 리자에게 주소를 알려 주고 리자는 한 청년이 보내온 편지를 보여 준다. 다음날, 화자는 우선 자신의 하인 아폴론을 통해 시모노프에게 편지와 돈을 보낸다. 그러고 나자 리자가 정말로 찾아올지도 모른다는 불안에 사로잡힌다. 그 와중에 아폴론과의 월급을 둘러싼 해묵은 갈등이 재현되어, 화자의 신경을 교란시킨다. 그때 느닷없이 리자가 나타난다. 난감하고 애매한 분위기에서 화자는 리자와 두 번째로 관계를 갖고 그녀에게 돈을 찔러 준다. 리자는 그 돈을 몰래 책상 위에 남겨 두고 떠난다.

2부만 놓고 보자면 소설적 인물로서 화자의 형상은 낭만적 주인공-영웅과, 다분히 고골풍, 즉 초기 도스토옙스키적인 희극적 얼뜨기 사이에서 진동한다. 우선, 가히 낭만주의가 창조한 주인공의 후예답게(바이런, 푸시킨, 레르몬토프 등 낭만주의자의 작품이 직접 언급되기도 한다.) 그는 '아름답고 숭고한 것'에 목말라 한다. 이것이 곧 그의 이념이자 이상이기도 하다. 어떤 의미에서 화자는 비극적 갈등, 긴장 어린 결투, 거국적 화해, 매춘부와의 교감 및 구원 등 책을 통해 학습한 것을 현실에 그대로 이식하려 했다. 하지만 그의 숭고한 몽상은 페테르부르크의 비루한 현실과 부딪치면서 기괴한 불협화음을 낸다. 그의 열변은 좌중의 무관심에 묻히거나 기껏해야 비웃음만 사고, 그가 내민 화해의 손짓은 때와 장소에 전혀 맞지 않는 광대놀음에 가까워진다. 대체로 '지하'에서는 낭만주의와 이상주의를 양식으로 한껏 고양되었던 화자였지만 '지상'에서는 볼품없는 외모와 사회적, 경제적 지위로 인한 콤플렉스, 괴상한 피해의식과 열등감으로 똘똘 뭉친 우스꽝스러운 낙오자로 전락한다.

이 희비극의 핵심은, 리자가 간파한바, '책을 따라한다'(책에 따라 말한다/산다)라는 것에 있다. 달리 말해, '살아 있는 삶'(지상)과 '이념'(지하)의 대립 구도가 문제이다. 둘 사이의 충돌로 인해 철저히 망가진 젊은 날의 지하 인간(2부)으로부터 모종의 진화 작용을 거쳐 마흔 살의 지하 인간(1부)이 나온다. 이는 또한 1840년대 러시아를 풍미했던 이상주의와 낭만주의로부터 1860년대의 허무주의로의 이동이기도 하다. 어떻든 이제 그는 살아 있는 삶으로부터 완전히 유리된 채 오직 이념(관념)만, 즉 '말'만으로 존재한다. 그 자신의 정의에 따르면 살과 피를 가진 인간이 아닌 '종이 인간', 자연의 품이 아니라 '증류기에서 태어난 인간'이다. 지하의 달콤한 몽상은 악몽으로 변하고, 그 악몽은 중년의 '역설가', 차라리 요설가의 말로 가득 차 있다. 1부, 나아가 이 소설의 핵심은 무엇인가.

1864년 『지하로부터의 수기』가 도스토옙스키와 그의 형과 발행한 잡지 《세기》에 발표되었을 때, 평단은 이 작품을 급진 세력('60년대 세대들')의 이데올로기에 대한 풍자이자 패러디로 받아들였다. 도스토옙스키 형제의 잡지는 보수를 표방했기도 했거니와, 체르니솁스키의 장편 소설 『무엇을 할 것인가』에서 피력된 급진적 이데올로기, 즉 맹목적인 합리주의와 공리주의, 그에 기초한 낙관적이지만 동시에 기만적인 역사관이 여러 모로 도스토옙스키를 불편하게, 심지어 불안하게 했던 것 같다. 그는 체르니솁스키가 사용한 몇몇 모티프를 그대로 가져와 직접적인 공격의 대상으로 삼는다. 가령, 지하 인간의 입을 빌려, 1851년 영국 런던의 무역 박람회에서 선보인 수정궁은 이성과 과학이 창조한 지상의 유토피아가 아니라 인간의 본성과 욕망을 산술적 계산에 종속시켜 인위적으로 축조한 '개미집', 가짜 유토피아에 불과하다고 역설한다. '활동가'라면 수학 공식('2×2=4')과 자연 법칙('돌 벽')에 무조건 복종하지만, 대체로 인간이란 '2×2=4'가 어찌할 수 없는 불변의 원칙을 알면서도 '2×2=5'에 탐닉하는, 그럴 수밖에 없는 존재라는 것, 오로지 자신이 '피아노 건반'이나 '오르간 스톱'이 아니라는 것을 증명하기 위해서 이성적으로 도저히 납득되지 않는 행동을 하고 또 그런 욕망을 갖는다는 것이다. 이 경우 공리주의자들이 말하는 '이익'이란 완전히 무의미하다. 왜냐하면 인간은 실용적 관점에서는 이익은커녕 오히려 해가 될 것임을 알면서도, 아니, 그렇기 때문에 더더욱 위험하고 파탄적인 쪽으로 치닫는 존재이기 때문이다.

물론 『지하로부터의 수기』를 급진파 이데올로기에 대한 중년 보수 작가의 비판으로만 읽을 수는 없다. 그 목적이 우선적이었다면 분명히 보다 더 직설적이고 논리적인 화법을 택하지 않았겠는가. 하지만 이 작품의 문체는 작가가 의도했든, 아니면 그와 무관하게 말이 그 자체로 생명력을 얻은 것이든 어쨌거나 혼돈의 미학을 구현하는 것 같다. 지하 인간은 의식의 흐름이라는 모더니즘적 기법이 무색할 정도로 과잉된 의식과 조장된 분열을 뽐내며 일견 무의미하고 서로 모순되는 말을 마구 뒤엉킨 상태로 고스란히 기록해 나간다. 심지어 루소의 『고백』과 그에 대한 하이네의 평가를 예로 들어 가며 그 기록의 목적을 또렷이 명시하기도 한다. 글쓰기를 통한 도덕적 징벌과 교화, 글쓰기가 갖는 미학적 효과, 끝으로, 무위와 권태를 달래는 수단으로서의 글쓰기 등. 여기서 가장 중요한 것은 글을 쓰는 행위를 통해서만 체험할 수 있는 독특한 쾌감이다. 그것은 정치 이데올로기나 철학 사상, 도덕적 교훈의 설파는 물론이거니와 촘촘히 짜인 이야기-서사의 축조조차 그다지 염두에 두지 않는, 전적으로 무목적적이고 무관심적인 쾌감, 오직 지하에서만 가능한 쾌감이다.

실제로 지하란 개연성과 인과성에 기초한 모든 논리와 맥락에 반하는, 어떤 의미에서는 무중력의 시공간이다. 여기서 지하 인간은 사회와 개인, 전체성과 개별성, 몽상과 환멸, 꿈과 현실, 이성과 욕망, 합리와 부조리, 상식과 광기의 경계를 오가며 내가 나임을 증명할 수 있는 유일성의 요소를 찾으려 한다. 그리고 그는 본질적으로 무정형일 수밖에 없는 인간의 욕망과 자유의지를, 나아가 자연 법칙에 대한 부조리한 반항(치통!)을 찬미한다. 그것은 현실적으로 어떤 이익도 주지 않을 뿐더러 심지어 억지로 지어낸 가짜일 수도 있지만, 세계로부터 나에게 폭력적으로 주어진 '2×2=4'와는 달리, 내가 의식하고 내가 창조한 세계이다. 그것이 또한, 우리 내부에 깃들어 있는 침침하고 눅눅한 지하이기도 하다. 지하 인간은 지하가 비참하다는 것을 또렷이 의식할수록 더더욱 지하에 침몰한다. 지하는 '책에 따라 말하는(사는) 것'과 마찬가지로 그가 절대 포기할 수 없는, 그러고 싶지도 않은 그의 실존이기 때문이다.("지하 만세!")

하지만 『지하로부터의 수기』에는 지하 찬미와 더불어, 병적으로 비대해진 자의식의 전횡, '그들(모두) 대(對) 나(홀로)'라는 공격적이고 자폐적인 대립 구도, 세계를 향한 허무주의적 냉소 등이 과연 바람직한가, 하는 물음이 동시에 들어 있다. 즉, 작품 바깥에서 작가는 주석을 통해 이런 인물이 존재하는 것은 불가피하지만 그것이 다분히 부정적인 현상임을 암시한다. 실상 건전한 상식과 윤리의 관점에서 보자면, 실존의 한 양상으로서의 지하 인간의 반항과 부정(否定)은 그 자체만으로는 어떤 낙관적 전망도 담보하지 못하며, 이런 병적인 실존을 작가는 절대 옹호하지 않는다. 그러나 한 편의 소설로서의 『지하로부터의 수기』와 이 괴상한 주인공은 어쩌면 작가가 의도했을 법한 여러 가능성을 넘어선다.

지하 인간은 끊임없이 이성에 반기를 들지만 정작 그가 보여 주는 것은 자신의 이성이 만들어 낸 논리를 끝까지 밀고 나가려는 집요한 욕망과 의지, 이른바 '이성의 광기'이다. 이후, 도스토옙스키의 주인공들은 모두 내부에 지하를 담은 채 지상으로 올라간다. 그들은 자기만의 이념에 사로잡혀 노파를 죽이고 또 자기 자신을 죽이며, 현실 속에서 정치 혁명을 꿈꾸는가 하면 몽상 속에서 천년왕국의 도래를 꿈꾸며, 나아가 자기를 낳아 준 아버지를 죽이면서까지 '돌 벽'에 저항한다. 말하자면 『지하로부터의 수기』는 지하-지상의 내적 메커니즘을 최초로, 더욱이 응축적인 형태로 보여 준 기념비적인 작품인 것이다. 물론 이 소설이 그 자체로 갖는 놀라운 매력도 간과하지 말아야 한다.

지하 인간은 "나는 실상 여러분이 감히 절반도 밀고 나가지 못한 것을 내 삶에서 극단까지 밀고 나갔을 뿐"이라고 말한다. 팔 년의 공백기를 거친 뒤 도스토옙스키는 그동안 그 누구도 시도하지 않았던, 혹은 시도는 했으나 '분별'의 논리에 복종하느라 끝까지 관철하지 못한 새로운 형식의 소설을 선보인다. 미학적, 시학적 실험은 그의 주된 관심사가 아니었을 수 있지만 그의 소설가적 직관과 본능은 기존의 소설 문법과 세계 인식의 틀을 배반하면서 소설 장르의 극단으로 치닫는다. 이 작품이 짧은 분량임에도 불구하고 그의 대표 장편보다 훨씬 더 난해하고 모던한 것, 나아가 가장 문제적인 것도 이 때문이다. '나는 쓴다, 고로 나는 존재한다.' 게다가 이 '나'는 주인공-영웅이 되기는커녕 '반(半)주인공', 심지어 '반(反)주인공'에, 그야말로 무위도식하는 백수에 불과하지만 오직 쓰는 행위를 통해 세계를 내 안에 담은 주인공으로 등극한다. 바로 이것이 발자크적 리얼리즘에 지배되던 19세기 소설 문법을 비켜 나가 『지하로부터의 수기』만이 보여 준, 심지어 발견한 우리 의식과 실존의 새로운 지평이기도 하다.

*

번역 대본은 도스토옙스키 전집(아카데미판(나우카판), 총 30권) 중 5권이며 기존 국역본과 영역본을 두루 참조했다. 번역 과정에서 가장 큰 고민은 제목을 어떻게 옮기느냐 하는 문제였다. 우리에게 익숙한 '지하 생활자의 수기'는 일본어 번역('地下生活者の手記')을 그대로 차용한 것이다. 상당히 자연스럽고 또 소중한 이 역어 대신 '지하로부터의 수기'를 선택한 이유는, 우선, 가능한 한 원제목(Записки из подполья : Notes from (the) Underground)을 살리고자 했기 때문이다. 최근 들어 우리 출판계에서도 외래어는 물론 외국어가 책 제목으로 사용되는 것이 일반화된 탓인지 '-로부터의'라는 조사 조합이 주는 불편한 느낌도 많이 완화되었고 학계에서도 이 번역을 더 선호하는 편이다. 또 다른 이유는 이 작품의 전체적인 느낌과 관련이 있다. '생활' 혹은 '생활자'라는 말은 대체로 산문적이면서도 건강하고 활기찬 느낌을 준다. 하지만 지하 인간이 지하 인간인 것은 그에게 '삶'이나 '실존'이라면 모를까 이른바 '생활'이 거세되었기 때문, 그의 존재 양상이 너저분한 환경에도 불구하고 산문보다는 시에 가깝기 때문이다. 그의 수기 역시도 그의 의식으로부터, '지하'라는 특수한 물리적, 심리적 상황으로부터 자연스레, 불가피하게 흘러나온 말의 덩어리인 것이다.

그 밖에, 때론 음습한 지하방에서 혼잣말처럼 광적인 독백을 늘어놓는 것 같고 때론 옆 사람에게 치근대며 끊임없이 병적인 수다를 떨어 대는 것 같은, 흡사 최면을 거는 것 같은 말의 흐름을 살리려고 노력했다. 가능한 한 작가의 긴 문장을 끊지 않은 것도 이 때문이다. 끝으로, 이 작품이 어쨌거나 문어적 형식을 띤 '수기/기록'임을 고려하여, 애초 고민과는 달리, 작품 전체를 익명의 다수 독자에게 말을 거는 식의 경어체로 옮기지는 않았다. 현재의 어법으로도 이 작품의 대화성은 충분히 전달됐으리라 생각된다.

*

『지하로부터의 수기』를 처음 읽었을 때 나는 갓 스물의 대학생이었다. 시집처럼 얄따란 두께가 만만해 보였고 실험적이고 특이한 문체에 모방의 욕망이 꿈틀거렸다. 곧 나만의 '지하로부터의 수기'가 쓰이기 시작했다. "나는 아픈 인간이다. 나는 심술궂은 인간이다. 아무래도 위장이 문제인 것 같다. 연일 속이 더부룩하고 트림이 올라온다. 하지만 병원에는 절대 가지 않겠다! 과외비를 받아도 병원만은 가지 않겠다! 삼십만 원으로 매일 밤 라면을 끓여먹고 위장을 더 망칠 테다!" 말들은 끝 간 데 없이 계속 이어졌다. 탈고를 한 뒤에는 어느덧 유명인사가 된 모 선배에게 일독을 부탁하는 호기까지 부려 보았다.

그로부터 십오 년이 흘렀다. 더 이상 지구상에 존재하지 않는, 그렇기에 더 소중한 첫 소설을 되살려 내듯, 『지하로부터의 수기』를 한 자 한 자 우리말로 옮겼다. 번역의 시간은 이

소설을 향한 나의 살가운 감정을 어루만지는 시간이었다. 그리고 지하 인간 못지않게 지하에 탐닉했던, 문자 그대로 대학가의 반지하방에 틀어박혀 오직 문학을 향한 꿈만을 먹고 살았던, 정녕 그것이 가능했던 내 청춘의 '진눈깨비'를 기록하는 시간이기도 했다. 청춘의 잔치는 진즉에 끝났지만 그 '수기-기록'은 이렇게 남아 있다. 지하 인간은 그것을 발표하지도 않을 것이고 독자 따위는 필요도 없다며 악다구니를 썼지만, 책의 모양새를 갖춘 이상 그 선택은 독자의 몫이다. 이 책의 역자이자 이 번역본의 첫 번째 독자인 나는 여러분에게 이렇게 권한다.

— 자, 페테르부르크의 음습한 지하, 그 지하의 몽상에, 그 달콤한 악몽에 한번 빠져 보시길!

2010년 2월

김연경

작가 연보

1821년	10월 30일(신력으로 11월 11일) 모스크바 마린스키 빈민병원의 군의관 미하일 안드레예비치 도스토옙스키의 둘째 아들로 태어났다.
1833~1837년	모스크바 기숙학교에서 수학했다.
1837년	1월 29일, 푸시킨이 단테스와의 결투에서 사망하자 몹시 흥분했다. 2월 27일, 어머니 마리야 표도로브나 도스토옙스카야(네차예바)가 사망했다.
1838년	1월 16일, 페테르부르크 공병학교에 입학했다.
1839년	6월 8일, 아버지가 다로보예 영지의 농노들에 의해 피살됐다.
1843년	8월 12일, 장교 수업 과정을 끝내고 공병국 제도실

에서 근무하기 시작했다.

1844년 6~7월, 발자크의 『외제니 그랑데』 번역, 발표.
10월 19일 소위로 제대했다.

1845년 5월, 『가난한 사람들』 완성. 비평가 벨린스키, 시인 네크라소프를 비롯한 문학인들과 친교했다.
가을, 벨린스키 클럽에 출입하기 시작했다.

1846년 1월 15일, 『가난한 사람들』이 《페테르부르크 모음집》에 발표되었다.
2월에 「분신」이, 10월에 「프로하르친 씨」가 《조국 수기》에 발표되었다.

1847년 연초에 벨린스키와 사상적, 감정적 이유로 절연.
봄부터 페트라솁스키의 '금요일' 모임에 출입했다.
4~6월, 에세이 「페테르부르크 연대기」(전 4편)를 신문 《상트-페테르부르크 통보》에, 10~12월, 소설 「여주인」을 《조국 수기》에 발표했다.

1848년 5월, 벨린스키가 사망했다.
「약한 마음」, 「폴준코프」, 「정직한 도둑」, 「크리스마스트리와 결혼식」, 「백야」, 「남의 아내와 침대 밑의 남편」 등의 단편을 《조국 수기》에 발표했다.

1849년 1~2월, 미완의 장편 『네토치카 네즈바노바』의 일부를 《조국 수기》에 발표했다.
4월 15일, 페트라솁스키 모임에서 고골에게 보내는 벨린스키의 편지를 낭독했다.
4월 23일, 당국에 의해 체포되어 페트로파블로프

스크 요새에 감금되었다.

9월 30일, 재판 시작, 11월 13일, 상기 편지 낭독 죄로 사형을 언도받았다.

12월 22일, 세묘놉스키 연병장에서 사형이 집행되기 직전, 황제 니콜라이 1세의 칙령에 의해 사형 집행이 중지되고 강제 노동형으로 감형됐다.

1850년 1월, 토볼스크 체류 중 12월 당원(제카브리스트)의 부인들의 방문을 받고, 이 중 폰비지나 부인에게서 성경을 건네 받았다.

1월 23일, 옴스크의 요새의 형장에 도착. 이후 1854년 2월까지 복역했다.

1854년 3월, 사병으로 강등되어 세미팔라친스크에 배치됨. 이곳의 세무관 이사예프와 안면을 트고 그의 아내 마리야 드미트리예브나 이사예바를 사랑하게 됐다.

1855년 2월 18일, 니콜라이 1세가 사망했다.

8월 4일, 이사예프가 사망했다.

1857년 2월 6일, 미망인이 된 마리야 드미트리예브나와 결혼했다.

8월, 페트로파블로프스크 요새에서 구상, 일부 집필했던 「꼬마 영웅」을 《조국 수기》에 발표했다.

시베리아 유형의 경험을 기록하기 시작했다.

1859년 3월 18일, 퇴역했다.

7월 2일 세미팔라친스크를 떠나 8월 19일 트베리

	에 도착, 가을을 보냈다.
	11월, 페테르부르크 거주 허가를 얻고 12월, 십 년 만에 페테르부르크로 돌아왔다.
	3월, 『아저씨의 꿈』을, 11~12월, 『스체판치코보 마을 사람들』을 각각 《러시아의 말》과 《조국 수기》에 발표했다.
1860년	9월, 신문 《러시아 세계》에 『죽음의 집의 기록』 초반부를 발표했다.
	모스크바에서 첫 작품집(전 2권)이 출간됐다.
1861년	1월, 형 미하일과 함께 잡지 《시대》 창간, 첫 호 발간. 여기에 『상처받은 사람들』 발표. 이때부터 1865년까지 아폴리나리야 수슬로바와 친교, 서신 교환 및 여행을 했다.
1862년	1월, 《시대》에 『죽음의 집의 기록』 후반부를 발표했다.
	6월, 첫 유럽 여행. 베를린, 드레스덴, 프랑크푸르트, 쾰른, 파리 등을 돌고, 런던에서 1846년부터 알고 있던 사상가 겸 작가 게르첸, 무정부주의자 바쿠닌 등을 만났다.
	12월, 《시대》에 「악몽 같은 이야기」를 발표했다.
1863년	2~3월, 《시대》에 「여름 인상에 대한 겨울 메모」를 연재했다.
	5월, 《시대》가 정치적 이유로 발행 정지 조치를 받았다.

8월부터 10월까지 유럽 여행. 바덴바덴, 함부르크 등에서 도박으로 많은 돈을 잃었다.

1864년 1월, 형 미하일과 함께 두 번째 잡지 《세기》 창간 허가를 받았다.

3월 21일, 《세기》 첫 호에 『지하로부터의 수기』를 발표했다.

4월 15일, 아내 마리야 드미트리예브나 사망. 7월 10일, 형 미하일 사망. 9월 25일, 문우인 아폴론 그리고리예프 사망. 잇따른 불행으로 인해 심리적, 경제적 어려움에 시달렸다.

1865년 6월, 《세기》 2호에 고골의 「코」를 모델로 한 단편 「악어」 발표. 거의 직후, 《세기》가 재정난으로 발행이 중단되었다.(통권 13호.)

여름, 출판업자 스첼롭스키와 1866년 11월 1일까지 특정 분량의 새 소설을 탈고하고 모든 작품을 양도하며 이를 어길 시 이후 모든 작품의 저작권을 넘긴다는 굴욕적인 계약을 체결. 그의 출판사에서 그동안의 작품을 모은 작품집이 나왔다.

7월부터 10월까지 독일의 비스바덴으로 세 번째 유럽 여행을 떠났다.

11월, 수슬로바에게 청혼하지만 거절당했다.

1866년 1월, 《러시아 통보》에 『죄와 벌』 연재 시작, 12월에 완결. 모스크바와 그 근교 류블리노에 체류했다.

10월 4일부터 29일까지, 원고 마감일에 대기 위

해 속기사 안나 그리고리예브나 스니트키나를 고용하여 『노름꾼』 전부와 『죄와 벌』 마지막 부분을 속기하게 했다.

1867년 2월 15일, 안나 그리고리예브나와 결혼했다.

4월 14일, 유럽으로 떠나 각국을 돌며 이후 사 년간 머무름. 그동안 드레스덴 미술관에서 라파엘로의 「시스티나의 성모」, 바젤 미술관에서 한스 홀바인의 「무덤 속 그리스도의 주검」을 보고 큰 감명을 받음. 끊임없이 도박에 손을 대서 경제 사정이 매우 악화됨. 『백치』 집필 시작. 리가 방문, 바쿠닌의 강연을 들었다.

1868년 2월 22일, 딸 소피야 출생, 석 달 후 사망.

가을, 밀라노를 거쳐 피렌체로 갔다.

《러시아 통보》에 『백치』를 발표했다.

1869년 7월, 드레스덴으로 돌아왔다.

9월 14일, 딸 류보비 출생.

11월, 모스크바에서 '네차예프 사건' 발생, 『악령』의 소재가 되었다.

1870년 《서광》에 초기작 「남의 아내와 침대 밑의 남편」을 토대로 한 『영원한 남편』을 발표했다.

1871년 1월, 《러시아 통보》에 『악령』 연재 시작, 1872년에 완결 되었다.

7월, 가족과 함께 드레스덴에서 페테르부르크로 돌아왔다.

	7월 16일, 아들 표도르 출생.
1872년	5월, 가족과 함께 페테르부르크 근교의 스타라야 루사로 떠나, 이곳에서 여름을 보냈다.
1873년	메셰르스키 공작의 잡지 《시민》의 편집장이 됨과 동시에 「작가 일기」라는 지면을 마련하여 각종 시사 칼럼, 에세이, 단편 소설 등을 싣기 시작했다.
1874년	봄, 메셰르스키 공작과의 마찰 및 건강상의 이유로 《시민》 편집 일을 그만뒀다.
	4월, 《조국 수기》에 실을 장편 소설을 부탁하기 위해 네크라소프가 도스토옙스키를 방문했다.
	6월, 건강 악화로 요양차 독일의 엠스로 떠났다.(1875년, 1876년, 1879년에도 한 차례씩 방문.)
	8월, 스타라야 루사로 돌아와 겨울 동안 『미성년』을 집필했다.
1875년	1월, 『미성년』을 《조국 수기》에 발표하기 시작했다.
	8월, 아들 알렉세이 출생.
1876년	1월, 《작가 일기》를 단행본 형태의 월간 잡지로 출간, 대성공을 거뒀다.
	《작가 일기》 11월 호에 단편 「온순한 여자」를 발표했다.
1877년	《작가 일기》 4월 호에 단편 「우스운 인간의 꿈」을 발표했다.
	12월 2일, 러시아 과학아카데미의 어문학 분과 위원으로 선출되었다.

	12월 27일, 네크라소프 사망, 30일, 그의 장례식에서 추도문을 낭독했다.
1878년	5월, 아들 알렉세이가 갑작스러운 간질 발작으로 사망했다.
	철학자 블라지미르 솔로비요프와 함께 옵치나 푸스트인 수도원을 방문했다.
1879년	《러시아 통보》에 『카라마조프가의 형제들』을 발표하기 시작했다.
1880년	5월 23일, 푸시킨 동상 제막식 행사 참석차 모스크바에 도착했다.
	6월 8일, 상기 행사 관련 모임에서 이른바 「푸시킨론」 낭독, 열광적인 반응을 얻었다.
	11월, 『카라마조프가의 형제들』이 완결됐다.
1881년	1월, 《작가 일기》 1881년 첫 호를 집필하기 시작했다.
	1월 26일, 여동생이 찾아와 상속 문제로 다투고 간 뒤 각혈했다.
	1월 28일 저녁 8시 38분, 폐동맥 파열로 사망했다.
	2월 1일, 페테르부르크의 알렉산드르-네프스카야 대수도원 묘지에 묻혔다.

세계문학전집 239

지하로부터의 수기

1판 1쇄 펴냄 2010년 2월 26일
1판 28쇄 펴냄 2024년 5월 14일

지은이 표도르 도스토옙스키
옮긴이 김연경
발행인 박근섭, 박상준
펴낸곳 (주)민음사

출판등록 1966. 5. 19. (제 16-490호)
서울특별시 강남구 도산대로1길 62(신사동) 강남출판문화센터 5층 (우편번호 06027)
대표전화 02-515-2000 팩시밀리 02-515-2007
www.minumsa.com

ISBN 978-89-374-6239-9 04800
ISBN 978-89-374-6000-5 (세트)

세계문학전집 목록

1·2 **변신 이야기** 오비디우스·이윤기 옮김 서울대 권장도서 100선
3 **햄릿** 셰익스피어·최종철 옮김 서울대 권장도서 100선 | 미국대학위원회 선정 SAT 추천도서
4 **변신·시골의사** 카프카·전영애 옮김 서울대 권장도서 100선
5 **동물농장** 오웰·도정일 옮김 미국대학위원회 선정 SAT 추천도서 | 《타임》 선정 현대 100대 영문소설
6 **허클베리 핀의 모험** 트웨인·김욱동 옮김 《뉴스위크》 선정 100대 명저
7 **암흑의 핵심** 콘래드·이상옥 옮김 미국대학위원회 선정 SAT 추천도서 | 《뉴스위크》 선정 10대 명저
8 **토니오 크뢰거·트리스탄·베네치아에서의 죽음** 토마스 만·안삼환 외 옮김 노벨 문학상 수상 작가
9 **문학이란 무엇인가** 사르트르·정명환 옮김
10 **한국단편문학선 1** 김동인 외·이남호 엮음 국립중앙도서관 선정 청소년 권장도서
11·12 **인간의 굴레에서** 서머싯 몸·송무 옮김
13 **이반 데니소비치, 수용소의 하루** 솔제니친·이영의 옮김 노벨 문학상 수상 작가
14 **너새니얼 호손 단편선** 호손·천승걸 옮김
15 **나의 미카엘** 오즈·최창모 옮김
16·17 **중국신화전설** 위앤커·전인초, 김선자 옮김
18 **고리오 영감** 발자크·박영근 옮김
19 **파리대왕** 골딩·유종호 옮김 노벨 문학상 수상 작가 | 《타임》 선정 현대 100대 영문소설
20 **한국단편문학선 2** 김동리 외·이남호 엮음
21·22 **파우스트** 괴테·정서웅 옮김 서울대 권장도서 100선 | 미국대학위원회 선정 SAT 추천도서
23·24 **빌헬름 마이스터의 수업시대** 괴테·안삼환 옮김
25 **젊은 베르테르의 슬픔** 괴테·박찬기 옮김 논술 및 수능에 출제된 책(1998~2005)
26 **이피게니에·스텔라** 괴테·박찬기 외 옮김
27 **다섯째 아이** 레싱·정덕애 옮김 노벨 문학상 수상 작가
28 **삶의 한가운데** 린저·박찬일 옮김
29 **농담** 쿤데라·방미경 옮김
30 **야성의 부름** 런던·권택영 옮김
31 **아메리칸** 제임스·최경도 옮김
32·33 **양철북** 그라스·장희창 옮김 노벨 문학상 수상 작가 | 서울대 권장도서 100선
34·35 **백년의 고독** 마르케스·조구호 옮김 노벨 문학상 수상 작가 | 서울대 권장도서 100선
36 **마담 보바리** 플로베르·김화영 옮김 서울대 권장도서 100선
37 **거미여인의 키스** 푸익·송병선 옮김
38 **달과 6펜스** 서머싯 몸·송무 옮김
39 **폴란드의 풍차** 지오노·박인철 옮김
40·41 **독일어 시간** 렌츠·정서웅 옮김
42 **말테의 수기** 릴케·문현미 옮김
43 **고도를 기다리며** 베케트·오증자 옮김 노벨 문학상 수상 작가 | 서울대 권장도서 100선
44 **데미안** 헤세·전영애 옮김 노벨 문학상 수상 작가
45 **젊은 예술가의 초상** 조이스·이상옥 옮김 서울대 권장도서 100선
46 **카탈로니아 찬가** 오웰·정영목 옮김
47 **호밀밭의 파수꾼** 샐린저·정영목 옮김 《타임》 선정 현대 100대 영문소설 | 미국대학위원회 선정 SAT 추천도서 | 《뉴스위크》 선정 100대 명저 | BBC 선정 꼭 읽어야 할 책
48·49 **파르마의 수도원** 스탕달·원윤수, 임미경 옮김
50 **수레바퀴 아래서** 헤세·김이섭 옮김 노벨 문학상 수상 작가 | 국립중앙도서관 선정 청소년 권장도서

51·52 **내 이름은 빨강** 파묵·이난아 옮김 노벨 문학상 수상 작가
53 **오셀로** 셰익스피어·최종철 옮김 서울대 권장도서 100선
54 **조서** 르 클레지오·김윤진 옮김 노벨 문학상 수상 작가
55 **모래의 여자** 아베 코보·김난주 옮김
56·57 **부덴브로크 가의 사람들** 토마스 만·홍성광 옮김 노벨 문학상 수상 작가
58 **싯다르타** 헤세·박병덕 옮김 노벨 문학상 수상 작가
59·60 **아들과 연인** 로렌스·정상준 옮김 《뉴스위크》 선정 100대 명저
61 **설국** 가와바타 야스나리·유숙자 옮김 노벨 문학상 수상 작가 | 서울대 권장도서 100선
62 **벨킨 이야기·스페이드 여왕** 푸슈킨·최선 옮김
63·64 **넙치** 그라스·김재혁 옮김 노벨 문학상 수상 작가
65 **소망 없는 불행** 한트케·윤용호 옮김 노벨 문학상 수상 작가
66 **나르치스와 골드문트** 헤세·임홍배 옮김 노벨 문학상 수상 작가
67 **황야의 이리** 헤세·김누리 옮김 노벨 문학상 수상 작가
68 **페테르부르크 이야기** 고골·조주관 옮김
69 **밤으로의 긴 여로** 오닐·민승남 옮김 노벨 문학상 수상 작가 | 미국대학위원회 선정 SAT 추천도서
70 **체호프 단편선** 체호프·박현섭 옮김
71 **버스 정류장** 가오싱젠·오수경 옮김 노벨 문학상 수상 작가
72 **구운몽** 김만중·송성욱 옮김 서울대 권장도서 100선 | 국립중앙도서관 선정 청소년 권장도서
73 **대머리 여가수** 이오네스코·오세곤 옮김
74 **이솝 우화집** 이솝·유종호 옮김 논술 및 수능에 출제된 책(1998~2005)
75 **위대한 개츠비** 피츠제럴드·김욱동 옮김 《타임》 선정 현대 100대 영문소설
76 **푸른 꽃** 노발리스·김재혁 옮김
77 **1984** 오웰·정회성 옮김 《타임》 선정 현대 100대 영문소설 | 《뉴스위크》 선정 100대 명저
78·79 **영혼의 집** 아옌데·권미선 옮김
80 **첫사랑** 투르게네프·이항재 옮김
81 **내가 죽어 누워 있을 때** 포크너·김명주 옮김 노벨 문학상 수상 작가
82 **런던 스케치** 레싱·서숙 옮김 노벨 문학상 수상 작가
83 **팡세** 파스칼·이환 옮김
84 **질투** 로브그리예·박이문, 박희원 옮김
85·86 **채털리 부인의 연인** 로렌스·이인규 옮김
87 **그 후** 나쓰메 소세키·윤상인 옮김
88 **오만과 편견** 오스틴·윤지관, 전승희 옮김 미국대학위원회 선정 SAT 추천도서
89·90 **부활** 톨스토이·연진희 옮김 논술 및 수능에 출제된 책(1998~2005)
91 **방드르디, 태평양의 끝** 투르니에·김화영 옮김
92 **미겔 스트리트** 나이폴·이상옥 옮김 노벨 문학상 수상 작가
93 **페드로 파라모** 룰포·정창 옮김
94 **차라투스트라는 이렇게 말했다** 니체·장희창 옮김 국립중앙도서관 선정 청소년 권장도서
95·96 **적과 흑** 스탕달·이동렬 옮김 국립중앙도서관 선정 청소년 권장도서
97·98 **콜레라 시대의 사랑** 마르케스·송병선 옮김 노벨 문학상 수상 작가 | BBC 선정 꼭 읽어야 할 책
99 **맥베스** 셰익스피어·최종철 옮김 서울대 권장도서 100선 | 미국대학위원회 선정 SAT 추천도서
100 **춘향전** 작자 미상·송성욱 풀어 옮김 서울대 권장도서 100선
101 **페르디두르케** 곰브로비치·윤진 옮김
102 **포르노그라피아** 곰브로비치·임미경 옮김
103 **인간 실격** 다자이 오사무·김춘미 옮김
104 **네루다의 우편배달부** 스카르메타·우석균 옮김

105·106 **이탈리아 기행** 괴테 · 박찬기 외 옮김
107 **나무 위의 남작** 칼비노 · 이현경 옮김
108 **달콤 쌉싸름한 초콜릿** 에스키벨 · 권미선 옮김
109·110 **제인 에어** C. 브론테 · 유종호 옮김 BBC 선정 꼭 읽어야 할 책
111 **크눌프** 헤세 · 이노은 옮김 노벨 문학상 수상 작가
112 **시계태엽 오렌지** 버지스 · 박시영 옮김 《타임》 선정 현대 100대 영문소설 | 《뉴스위크》 선정 100대 명저
113·114 **파리의 노트르담** 위고 · 정기수 옮김 미국대학위원회 선정 SAT 추천도서
115 **새로운 인생** 단테 · 박우수 옮김
116·117 **로드 짐** 콘래드 · 이상옥 옮김 《뉴스위크》 선정 100대 명저
118 **폭풍의 언덕** E. 브론테 · 김종길 옮김 미국대학위원회 선정 SAT 추천도서
119 **텔크테에서의 만남** 그라스 · 안삼환 옮김 노벨 문학상 수상 작가
120 **검찰관** 고골 · 조주관 옮김
121 **안개** 우나무노 · 조민현 옮김
122 **나사의 회전** 제임스 · 최경도 옮김 미국대학위원회 선정 SAT 추천도서
123 **피츠제럴드 단편선 1** 피츠제럴드 · 김욱동 옮김
124 **목화밭의 고독 속에서** 콜테스 · 임수현 옮김
125 **돼지꿈** 황석영
126 **라셀라스** 존슨 · 이인규 옮김
127 **리어 왕** 셰익스피어 · 최종철 옮김 서울대 권장도서 100선 | 《뉴스위크》 선정 100대 명저
128·129 **쿠오 바디스** 시엔키에비츠 · 최성은 옮김 노벨 문학상 수상 작가
130 **자기만의 방·3기니** 울프 · 이미애 옮김
131 **시르트의 바닷가** 그라크 · 송진석 옮김
132 **이성과 감성** 오스틴 · 윤지관 옮김
133 **바덴바덴에서의 여름** 치프킨 · 이장욱 옮김
134 **새로운 인생** 파묵 · 이난아 옮김 노벨 문학상 수상 작가
135·136 **무지개** 로렌스 · 김정매 옮김
137 **인생의 베일** 서머싯 몸 · 황소연 옮김
138 **보이지 않는 도시들** 칼비노 · 이현경 옮김
139·140·141 **연초 도매상** 바스 · 이운경 옮김 《타임》 선정 현대 100대 영문소설
142·143 **플로스 강의 물방앗간** 엘리엇 · 한애경, 이봉지 옮김 미국대학위원회 선정 SAT 추천도서
144 **연인** 뒤라스 · 김인환 옮김
145·146 **이름 없는 주드** 하디 · 정종화 옮김
147 **제49호 품목의 경매** 핀천 · 김성곤 옮김 《타임》 선정 현대 100대 영문소설
148 **성역** 포크너 · 이진준 옮김 노벨 문학상 수상 작가 | 퓰리처상 수상 작가
149 **무진기행** 김승옥
150·151·152 **신곡(지옥편·연옥편·천국편)** 단테 · 박상진 옮김 《뉴스위크》 선정 100대 명저
153 **구덩이** 플라토노프 · 정보라 옮김
154·155·156 **카라마조프가의 형제들** 도스토옙스키 · 김연경 옮김
157 **지상의 양식** 지드 · 김화영 옮김 노벨 문학상 수상 작가
158 **밤의 군대들** 메일러 · 권택영 옮김 퓰리처상 수상 작가
159 **주홍 글자** 호손 · 김욱동 옮김 서울대 권장도서 100선 | 미국대학위원회 선정 SAT 추천도서
160 **깊은 강** 엔도 슈사쿠 · 유숙자 옮김
161 **욕망이라는 이름의 전차** 윌리엄스 · 김소임 옮김
162 **마사 퀘스트** 레싱 · 나영균 옮김 노벨 문학상 수상 작가
163·164 **운명의 딸** 아옌데 · 권미선 옮김

165 **모렐의 발명** 비오이 카사레스 · 송병선 옮김
166 **삼국유사** 일연 · 김원중 옮김 서울대 권장도서 100선
167 **풀잎은 노래한다** 레싱 · 이태동 옮김 노벨 문학상 수상 작가
168 **파리의 우울** 보들레르 · 윤영애 옮김
169 **포스트맨은 벨을 두 번 울린다** 케인 · 이만식 옮김
170 **썩은 잎** 마르케스 · 송병선 옮김 노벨 문학상 수상 작가
171 **모든 것이 산산이 부서지다** 아체베 · 조규형 옮김 《타임》 선정 현대 100대 영문소설
172 **한여름 밤의 꿈** 셰익스피어 · 최종철 옮김 미국대학위원회 선정 SAT 추천도서
173 **로미오와 줄리엣** 셰익스피어 · 최종철 옮김 미국대학위원회 선정 SAT 추천도서
174·175 **분노의 포도** 스타인벡 · 김승욱 옮김 노벨 문학상 수상 작가 | 《타임》 선정 현대 100대 영문소설
176·177 **괴테와의 대화** 에커만 · 장희창 옮김
178 **그물을 헤치고** 머독 · 유종호 옮김 《타임》 선정 현대 100대 영문소설
179 **브람스를 좋아하세요...** 사강 · 김남주 옮김
180 **카타리나 블룸의 잃어버린 명예** 하인리히 뵐 · 김연수 옮김 노벨 문학상 수상 작가
181·182 **에덴의 동쪽** 스타인벡 · 정회성 옮김 노벨 문학상 수상 작가
183 **순수의 시대** 워튼 · 송은주 옮김 《뉴스위크》 선정 100대 명저 | 퓰리처상 수상작
184 **도둑 일기** 주네 · 박형섭 옮김
185 **나자** 브르통 · 오생근 옮김
186·187 **캐치-22** 헬러 · 안정효 옮김 《타임》 선정 현대 100대 영문소설
188 **숄로호프 단편선** 숄로호프 · 이항재 옮김 노벨 문학상 수상 작가
189 **말** 사르트르 · 정명환 옮김
190·191 **보이지 않는 인간** 엘리슨 · 조영환 옮김 《타임》 선정 현대 100대 영문소설
192 **왑샷 가문 연대기** 치버 · 김승욱 옮김 퓰리처상 수상 작가
193 **왑샷 가문 몰락기** 치버 · 김승욱 옮김 퓰리처상 수상 작가
194 **필립과 다른 사람들** 노터봄 · 지명숙 옮김
195·196 **하드리아누스 황제의 회상록** 유르스나르 · 곽광수 옮김
197·198 **소피의 선택** 스타이런 · 한정아 옮김 퓰리처상 수상 작가
199 **피츠제럴드 단편선 2** 피츠제럴드 · 한은경 옮김
200 **홍길동전** 허균 · 김탁환 옮김
201 **요술 부지깽이** 쿠버 · 양윤희 옮김
202 **북호텔** 다비 · 원윤수 옮김
203 **톰 소여의 모험** 트웨인 · 김욱동 옮김
204 **금오신화** 김시습 · 이지하 옮김
205·206 **테스** 하디 · 정종화 옮김 미국대학위원회 선정 SAT 추천도서 | BBC 선정 꼭 읽어야 할 책
207 **브루스터플레이스의 여자들** 네일러 · 이소영 옮김
208 **더 이상 평안은 없다** 아체베 · 이소영 옮김
209 **그레인지 코플랜드의 세 번째 인생** 워커 · 김시현 옮김 퓰리처상 수상 작가
210 **어느 시골 신부의 일기** 베르나노스 · 정영란 옮김
211 **타라스 불바** 고골 · 조주관 옮김
212·213 **위대한 유산** 디킨스 · 이인규 옮김 서울대 권장도서 100선 | BBC 선정 꼭 읽어야 할 책
214 **면도날** 서머싯 몸 · 안진환 옮김
215·216 **성채** 크로닌 · 이은정 옮김
217 **오이디푸스 왕** 소포클레스 · 강대진 옮김 서울대 권장도서 100선
218 **세일즈맨의 죽음** 밀러 · 강유나 옮김
219·220·221 **안나 카레니나** 톨스토이 · 연진희 옮김 서울대 권장도서 100선

222 **오스카 와일드 작품선** 와일드 · 정영목 옮김
223 **벨아미** 모파상 · 송덕호 옮김
224 **파스쿠알 두아르테 가족** 호세 셀라 · 정동섭 옮김 노벨 문학상 수상 작가
225 **시칠리아에서의 대화** 비토리니 · 김운찬 옮김
226·227 **길 위에서** 케루악 · 이만식 옮김 《타임》 선정 현대 100대 영문소설 | 《뉴스위크》 선정 100대 명저
228 **우리 시대의 영웅** 레르몬토프 · 오정미 옮김
229 **아우라** 푸엔테스 · 송상기 옮김
230 **클링조어의 마지막 여름** 헤세 · 황승환 옮김 노벨 문학상 수상 작가
231 **리스본의 겨울** 무뇨스 몰리나 · 나송주 옮김
232 **뻐꾸기 둥지 위로 날아간 새** 키지 · 정회성 옮김 《타임》 선정 현대 100대 영문소설
233 **페널티킥 앞에 선 골키퍼의 불안** 한트케 · 윤용호 옮김 노벨 문학상 수상 작가
234 **참을 수 없는 존재의 가벼움** 쿤데라 · 이재룡 옮김
235·236 **바다여, 바다여** 머독 · 최옥영 옮김
237 **한 줌의 먼지** 에벌린 워 · 안진환 옮김 《타임》 선정 현대 100대 영문소설
238 **뜨거운 양철 지붕 위의 고양이 · 유리 동물원** 윌리엄스 · 김소임 옮김 퓰리처상 수상작
239 **지하로부터의 수기** 도스토옙스키 · 김연경 옮김
240 **키메라** 바스 · 이운경 옮김
241 **반쪼가리 자작** 칼비노 · 이현경 옮김
242 **벌집** 호세 셀라 · 남진희 옮김 노벨 문학상 수상 작가
243 **불멸** 쿤데라 · 김병욱 옮김
244·245 **파우스트 박사** 토마스 만 · 임홍배, 박병덕 옮김 노벨 문학상 수상 작가
246 **사랑할 때와 죽을 때** 레마르크 · 장희창 옮김
247 **누가 버지니아 울프를 두려워하랴?** 올비 · 강유나 옮김
248 **인형의 집** 입센 · 안미란 옮김
249 **위폐범들** 지드 · 원윤수 옮김 노벨 문학상 수상 작가
250 **무정** 이광수 · 정영훈 책임 편집 서울대 권장도서 100선
251·252 **의지와 운명** 푸엔테스 · 김현철 옮김
253 **폭력적인 삶** 파솔리니 · 이승수 옮김
254 **거장과 마르가리타** 불가코프 · 정보라 옮김
255·256 **경이로운 도시** 멘도사 · 김현철 옮김
257 **야콥을 둘러싼 추측들** 욘존 · 손대영 옮김
258 **왕자와 거지** 트웨인 · 김욱동 옮김
259 **존재하지 않는 기사** 칼비노 · 이현경 옮김
260·261 **눈먼 암살자** 애트우드 · 차은정 옮김 《타임》 선정 현대 100대 영문소설
262 **베니스의 상인** 셰익스피어 · 최종철 옮김
263 **말리나** 바흐만 · 남정애 옮김
264 **사볼타 사건의 진실** 멘도사 · 권미선 옮김
265 **뒤렌마트 희곡선** 뒤렌마트 · 김혜숙 옮김
266 **이방인** 카뮈 · 김화영 옮김 노벨 문학상 수상 작가 | 미국대학위원회 선정 SAT 추천도서
267 **페스트** 카뮈 · 김화영 옮김 노벨 문학상 수상 작가 | 국립중앙도서관 선정 청소년 권장도서
268 **검은 튤립** 뒤마 · 송진석 옮김
269·270 **베를린 알렉산더 광장** 되블린 · 김재혁 옮김
271 **하얀 성** 파묵 · 이난아 옮김 노벨 문학상 수상 작가
272 **푸슈킨 선집** 푸슈킨 · 최선 옮김
273·274 **유리알 유희** 헤세 · 이영임 옮김 노벨 문학상 수상 작가

275 **픽션들** 보르헤스·송병선 옮김 서울대 권장도서 100선
276 **신의 화살** 아체베·이소영 옮김
277 **빌헬름 텔·간계와 사랑** 실러·홍성광 옮김
278 **노인과 바다** 헤밍웨이·김욱동 옮김 노벨 문학상 수상 작가 | 퓰리처상 수상작
279 **무기여 잘 있어라** 헤밍웨이·김욱동 옮김 미국대학위원회 선정 SAT 추천도서
280 **태양은 다시 떠오른다** 헤밍웨이·김욱동 옮김 《타임》 선정 현대 100대 영문 소설
281 **알레프** 보르헤스·송병선 옮김
282 **일곱 박공의 집** 호손·정소영 옮김
283 **에마** 오스틴·윤지관, 김영희 옮김
284·285 **죄와 벌** 도스토옙스키·김연경 옮김 미국대학위원회 선정 SAT 추천도서
286 **시련** 밀러·최영 옮김
287 **모두가 나의 아들** 밀러·최영 옮김
288·289 **누구를 위하여 종은 울리나** 헤밍웨이·김욱동 옮김 노벨 문학상 수상 작가
290 **구르브 연락 없다** 멘도사·정창 옮김
291·292·293 **데카메론** 보카치오·박상진 옮김
294 **나누어진 하늘** 볼프·전영애 옮김
295·296 **제브데트 씨와 아들들** 파묵·이난아 옮김 노벨 문학상 수상 작가
297·298 **여인의 초상** 제임스·최경도 옮김 미국대학위원회 선정 SAT 추천도서
299 **압살롬, 압살롬!** 포크너·이태동 옮김 노벨 문학상 수상 작가
300 **이상 소설 전집** 이상·권영민 책임 편집
301·302·303·304·305 **레 미제라블** 위고·정기수 옮김
306 **관객모독** 한트케·윤용호 옮김 노벨 문학상 수상 작가
307 **더블린 사람들** 조이스·이종일 옮김
308 **에드거 앨런 포 단편선** 앨런 포·전승희 옮김 미국대학위원회 선정 SAT 추천도서
309 **보이체크·당통의 죽음** 뷔히너·홍성광 옮김
310 **노르웨이의 숲** 무라카미 하루키·양억관 옮김
311 **운명론자 자크와 그의 주인** 디드로·김희영 옮김
312·313 **헤밍웨이 단편선** 헤밍웨이·김욱동 옮김 노벨 문학상 수상 작가
314 **피라미드** 골딩·안지현 옮김 노벨 문학상 수상 작가
315 **닫힌 방·악마와 선한 신** 사르트르·지영래 옮김
316 **등대로** 울프·이미애 옮김 《타임》 선정 현대 100대 영문소설 | 《뉴스위크》 선정 100대 명저
317·318 **한국 희곡선** 송영 외·양승국 엮음
319 **여자의 일생** 모파상·이동렬 옮김
320 **의식** 노터봄·김영중 옮김
321 **육체의 악마** 라디게·원윤수 옮김
322·323 **감정 교육** 플로베르·지영화 옮김
324 **불타는 평원** 룰포·정창 옮김
325 **위대한 몬느** 알랭푸르니에·박영근 옮김
326 **라쇼몬** 아쿠타가와 류노스케·서은혜 옮김
327 **반바지 당나귀** 보스코·정영란 옮김
328 **정복자들** 말로·최윤주 옮김
329·330 **우리 동네 아이들** 마흐푸즈·배혜경 옮김 노벨 문학상 수상 작가
331·332 **개선문** 레마르크·장희창 옮김
333 **사바나의 개미 언덕** 아체베·이소영 옮김
334 **게걸음으로** 그라스·장희창 옮김 노벨 문학상 수상 작가

335 코스모스 곰브로비치 · 최성은 옮김

336 좁은 문 · 전원교향곡 · 배덕자 지드 · 동성식 옮김 노벨 문학상 수상 작가

337·338 암 병동 솔제니친 · 이영의 옮김 노벨 문학상 수상 작가

339 피의 꽃잎들 응구기 와 시옹오 · 왕은철 옮김

340 운명 케르테스 · 유진일 옮김 노벨 문학상 수상 작가

341·342 벌거벗은 자와 죽은 자 메일러 · 이운경 옮김 퓰리처상 수상 작가

343 시지프 신화 카뮈 · 김화영 옮김 노벨 문학상 수상 작가

344 뇌우 차오위 · 오수경 옮김

345 모옌 중단편선 모옌 · 심규호, 유소영 옮김 노벨 문학상 수상 작가

346 일야서 한사오궁 · 심규호, 유소영 옮김

347 상속자들 골딩 · 안지현 옮김 노벨 문학상 수상 작가

348 설득 오스틴 · 전승희 옮김

349 히로시마 내 사랑 뒤라스 · 방미경 옮김

350 오 헨리 단편선 오 헨리 · 김희용 옮김

351·352 올리버 트위스트 디킨스 · 이인규 옮김

353·354·355·356 전쟁과 평화 톨스토이 · 연진희 옮김

357 다시 찾은 브라이즈헤드 에벌린 워 · 백지민 옮김

358 아무도 대령에게 편지하지 않다 마르케스 · 송병선 옮김

359 사양 다자이 오사무 · 유숙자 옮김

360 좌절 케르테스 · 한경민 옮김 노벨 문학상 수상 작가

361·362 닥터 지바고 파스테르나크 · 김연경 옮김 노벨 문학상 수상 작가

363 노생거 사원 오스틴 · 윤지관 옮김

364 개구리 모옌 · 심규호, 유소영 옮김 노벨 문학상 수상 작가

365 마왕 투르니에 · 이원복 옮김 공쿠르상 수상 작가

366 맨스필드 파크 오스틴 · 김영희 옮김

367 이선 프롬 이디스 워튼 · 김욱동 옮김 퓰리처상 수상 작가

368 여름 이디스 워튼 · 김욱동 옮김 퓰리처상 수상 작가

369·370·371 나는 고백한다 자우메 카브레 · 권가람 옮김

372·373·374 태엽 감는 새 연대기 무라카미 하루키 · 김난주 옮김

375·376 대사들 제임스 · 정소영 옮김

377 족장의 가을 마르케스 · 송병선 옮김 노벨 문학상 수상 작가

378 핏빛 자오선 매카시 · 김시현 옮김

379 모두 다 예쁜 말들 매카시 · 김시현 옮김

380 국경을 넘어 매카시 · 김시현 옮김

381 평원의 도시들 매카시 · 김시현 옮김

382 만년 다자이 오사무 · 유숙자 옮김

383 반항하는 인간 카뮈 · 김화영 옮김 노벨 문학상 수상 작가

384·385·386 악령 도스토옙스키 · 김연경 옮김

387 태평양을 막는 제방 뒤라스 · 윤진 옮김

388 남아 있는 나날 가즈오 이시구로 · 송은경 옮김

389 앙리 브륄라르의 생애 스탕달 · 원윤수 옮김

390 찻집 라오서 · 오수경 옮김

391 태어나지 않은 아이를 위한 기도 케르테스 · 이상동 옮김 노벨 문학상 수상 작가

392·393 서머싯 몸 단편선 서머싯 몸 · 황소연 옮김

394 케이크와 맥주 서머싯 몸 · 황소연 옮김

395 **월든** 소로 · 정회성 옮김
396 **모래 사나이** E. T. A. 호프만 · 신동화 옮김
397·398 **검은 책** 오르한 파묵 · 이난아 옮김 노벨 문학상 수상 작가
399 **방랑자들** 올가 토카르추크 · 최성은 옮김 노벨 문학상 수상 작가
400 **시여, 침을 뱉어라** 김수영 · 이영준 엮음
401·402 **환락의 집** 이디스 워튼 · 전승희 옮김
403 **달려라 메로스** 다자이 오사무 · 유숙자 옮김
404 **아버지와 자식** 투르게네프 · 연진희 옮김
405 **청부 살인자의 성모** 바예호 · 송병선 옮김
406 **세피아빛 초상** 아옌데 · 조영실 옮김
407·408·409·410 **사기 열전** 사마천 · 김원중 옮김 서울대 권장도서 100선
411 **이상 시 전집** 이상 · 권영민 책임 편집
412 **어둠 속의 사건** 발자크 · 이동렬 옮김
413 **태평천하** 채만식 · 권영민 책임 편집
414·415 **노스트로모** 콘래드 · 이미애 옮김
416·417 **제르미날** 졸라 · 강충권 옮김
418 **명인** 가와바타 야스나리 · 유숙자 옮김 노벨 문학상 수상 작가
419 **핀처 마틴** 골딩 · 백지민 옮김 노벨 문학상 수상 작가
420 **사라진 · 샤베르 대령** 발자크 · 선영아 옮김
421 **빅 서** 케루악 · 김재성 옮김
422 **코뿔소** 이오네스코 · 박형섭 옮김
423 **블랙박스** 오즈 · 윤성덕, 김영화 옮김
424·425 **고양이 눈** 애트우드 · 차은정 옮김
426·427 **도둑 신부** 애트우드 · 이은선 옮김
428 **슈니츨러 작품선** 슈니츨러 · 신동화 옮김
429·430 **세계의 끝과 하드보일드 원더랜드** 무라카미 하루키 · 김난주 옮김
431 **멜랑콜리아 I–II** 욘 포세 · 손화수 옮김 노벨 문학상 수상 작가
432 **도적들** 실러 · 홍성광 옮김
433 **예브게니 오네긴 · 대위의 딸** 푸시킨 · 최선 옮김
434·435 **초대받은 여자** 보부아르 · 강초롱 옮김
436·437 **미들마치** 엘리엇 · 이미애 옮김
438 **이반 일리치의 죽음** 톨스토이 · 김연경 옮김
439·440 **캔터베리 이야기** 초서 · 이동일, 이동춘 옮김
441·442 **아소무아르** 졸라 · 윤진 옮김
443 **가난한 사람들** 도스토옙스키 · 이항재 옮김

세계문학전집은 계속 간행됩니다.